W9-ANI-765

Los devorasueños

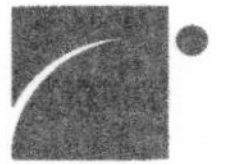

Los devorasueños

Jacqueline West

Traducción de Librada Piñero

Rocaeditorial

Título original: *The Collectors*

Primera publicación por Greenwillow Books, un sello de Harper Collins Publishers.
Derechos de traducción acordados mediante Upstart Crow Literary Group, Inc. y
Sandra Bruna Agencia Literaria, S. L.

Primera edición: febrero de 2020

Av. Marquès de l'Argentera 17, pral.
08003 Barcelona
actualidad@rocaeditorial.com
www.rocalibros.com

Impreso por RODESA
Estella (Navarra)

ISBN: 978-84-17541-06-4
Depósito legal: B. 634-2020
Código IBIC: YFB

RE41064

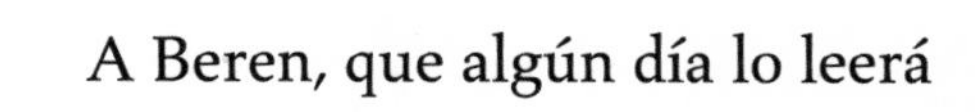
A Beren, que algún día lo leerá

ÍNDICE

1

COSAS PEQUEÑAS

La araña colgaba sobre la mesa.

Era una mesa grande de un restaurante abarrotado de gente, pero se encontraba en el rincón más oscuro, y la telaraña estaba tejida entre los brazos de una vieja lámpara de araña de hierro forjado que nadie se acordaba de limpiar nunca.

Bajo ella había una familia sentada a la mesa: dos abuelas y un abuelo, una tía y un tío, la madre y el padre y el hijo, que precisamente aquel día cumplía cuatro años.

La araña se colocó encima de la silla del niño y se quedó allí esperando, observando, con los ojos brillantes como moras mojadas.

Al ver aparecer en tropel a varios camareros que llevaban un pastel con cuatro velas encendidas, la araña descendió un poco más por su hilo. Los camareros y la familia empezaron a cantar y aplaudir.

—¡Pide un deseo! —dijo una de las abuelas.

El niño sopló las velas y todo el mundo volvió a aplaudir.

Y en aquel momento, mientras todos sonreían, aplaudían y se disponían a cortar el pastel, algo se elevó en el aire en forma de voluta de humo de vela.

La araña lo cogió. Era lo que había estado esperando.

Lo envolvió en una bola de hilo fuerte y pegajoso. Después se escabulló a toda prisa por el techo hacia la ventana más cercana y se coló por la rendija que había sobre el alféizar, arrastrando el fardo tras ella.

Una vez fuera, la azotó una racha de viento fresco del anochecer y tuvo que aferrarse con sus seis patas al muro de ladrillo del restaurante. Aun así, no soltó el fardo. Cuando hubo pasado la racha, lo fue bajando lentamente por la pared, con cuidado, hacia la acera.

Una paloma gris emprendió el vuelo desde la señal de tráfico donde se encontraba, pasó planeando por debajo de la ventana del restaurante, cortó el hilo de la araña con el pico y volvió a remontar el vuelo por la calle oscura con el fardo colgando del pico como un diminuto péndulo roto.

La paloma aterrizó sobre el hombro de una mujer que vestía un largo abrigo negro. Esta levantó la mano y la paloma dejó caer el fardo en ella. Cuando lo tuvo en su poder, la mujer se lo guardó en uno de los numerosos bolsillos del abrigo.

Después dio media vuelta y se alejó entre las sombras con la paloma sobre el hombro. La araña volvió a escabullirse por la rendija de la ventana y nadie se dio cuenta de aquella cosa pequeña, extraña y tremendamente importante que acababa de suceder.

Eso es lo que pasa con las cosas pequeñas: es muy fácil que pasen desapercibidas.

Ello hace que las cosas pequeñas sean peligrosas.

Los microbios, las chinches, las arañas... tanto la viuda negra que se esconde bajo los montones de leña podrida como las pacientes y observadoras que viven en las lámparas de araña de los restaurantes italianos de toda la vida.

La mayoría de nosotros no las vemos hasta que ya es demasiado tarde. Así que es bueno que otra persona —alguien callado, observador y que también pase desapercibido fácilmente— esté siempre vigilando.

2

UNA ARDILLA MOJADA

Una tarde de verano, en una ciudad enorme, en un extremo de un parque muy grande, estaba sentado un niño muy bajito llamado Van.

Su nombre completo era Giovanni Carlos Gaugez-Garcia Markson, pero nadie le llamaba así. Su madre, que era quien le había puesto todos esos nombres, lo llamaba Giovanni. La mayoría de la gente le llamaba solo Van, que a él le gustaba mucho más. Y los chavales del cole lo llamaban Minivan, que quiere decir monovolumen en inglés, y eso no le gustaba nada.

Van siempre era el más bajito de la clase. Como su madre era cantante de ópera y tenía un trabajo que los hacía viajar por todo el mundo, Van también era siempre el nuevo de la clase. Y, por lo general, era el único chico que llevaba unos diminutos audífonos azules detrás de las orejas. Le gustaban juegos, programas y libros diferentes que al resto de chavales. Estaba acostumbrado a estar solo.

De hecho, se le daba muy bien.

Así pues, aquella tarde en concreto, Van estaba sentado solo en un gran banco de piedra. Su madre se estaba probando zapatos en una tienda del otro lado de la calle y de vez en cuando levantaba la vista para comprobar a través del cristal del escaparate que su hijo siguiera allí. Le había advertido que no se moviera del banco, pero a Van no le importaba porque le interesaba más mirar a su alrededor que levantarse.

Había mucho que observar. Gente que estaba de pícnic a la sombra, otros que corrían por los caminos, o que jugaban con sus perros lanzándoles cosas para que las fueran a buscar y las trajeran de vuelta. Había palomas por todas partes. Un hombre con una guitarra rosa cantaba una canción cuya letra Van no alcanzaba a oír. A unos pocos metros, una enorme fuente de piedra salpicaba y resplandecía, con sus gotitas de agua cayendo de una pileta a otra como cortinas de cuentas de cristal.

Un chaval pasó zumbando junto a la fuente en bicicleta y las ruedas dejaron un rastro de hierba chafada.

Y fue allí donde Van lo vio.

En la hierba aplastada que había dejado la rueda sobresalía un pequeño brazo de plástico rojo. Tenía la mano abierta y la palma hacia delante, como si tuviera una pregunta importante que hacer y esperara a que le concedieran la palabra.

Van miró por encima del hombro. Su madre estaba sentada en la zapatería, inclinada sobre un par de zapatos de tacón.

El brazo seguía esperando. Van arrastró el trasero hacia el borde del banco y, tras una última miradita rápida hacia la zapatería, se bajó del banco y corrió por la hierba.

Se agachó junto al brazo de plástico rojo. El resto del cuerpo, si es que lo había, estaba enterrado. Van cogió el brazo, tiró de él y apareció un hombrecillo rojo de entre la tierra.

Llevaba puesto un traje espacial rojo, tenía los brazos y las piernas flexibles, también rojos, y un casco que parecía un globo de chicle fosilizado. Van le quitó un poco de tierra del hombro y se lo metió en el bolsillo de la chaqueta. Después revisó con cuidado la hierba de alrededor. Quizás una nave espacial de plástico rojo hubiera hecho un aterrizaje de emergencia por allí cerca.

Vio algo que brillaba en la tierra, que resultó ser una canica de cristal azul con una espiral dorada en su interior. Van hizo rodar la canica sobre la palma de la mano, observando su centelleo bajo el sol de primavera. Se la metió también en el bolsillo. Para el astronauta, la canica podía ser un planeta lejano, o un meteorito lleno de algún elemento poderoso y sobrenatural. El chico intentaba decidir qué tipo de elemento debía de ser cuando, justo delante de él, vio brillar otra cosa en el camino.

En el mismo momento, un hombre con barba corta que llevaba un cortavientos la vio también y se inclinó para cogerla. Después se giró hacia la fuente y lanzó la cosa brillante al aire con la punta del pulgar.

Van vio cómo la moneda trazaba un arco, iba girando hasta la pila más grande de la fuente y caía en el agua con un suave *plop*. En realidad, los oídos de Van no oyeron ningún ruido pero su mente rellenó lo que habría oído si hubiese estado unos metros más cerca.

El hombre dio media vuelta, vio que Van le estaba mirando y le dedicó una media sonrisa áspera.

—No hay hadas de mano detrás, ¿verdad? —le pareció que decía el hombre. «No hay nada de malo en desear, ¿verdad?» El hombre se metió las manos en los bolsillos y se fue arrastrando los pies.

Al cabo de un instante, los arbustos que había a la izquierda de Van se estremecieron con fuerza y el chico se giró.

De entre las hojas, como si la hubieran disparado con un lanzagranadas, salió una ardilla de pelo claro, casi plateado, y de cola muy poblada. El animal saltó sobre el borde de la fuente, agitando la cola y haciendo ruiditos, entusiasmada.

Un momento después salió otra cosa de entre los arbustos. Esta vez era una persona, una joven, una niña de cabello castaño recogido en una cola de caballo y que llevaba un largo abrigo verde que a todas luces le quedaba enorme. Se acercó corriendo donde estaba la ardilla y, sin ni siquiera parar a remangarse el abrigo, se inclinó sobre el borde de la fuente y metió la cabeza en el agua.

Por lo general, a Van le gustaba más hablar con adultos que con otros niños. Los adultos no le llamaban Minivan. A los adultos no les parecía ridículo llevar chalecos de *tweed* o chaquetas de punto de cachemir. Van no recordaba que ningún adulto le hubiera lanzado nunca nada que se hubiera sacado de la nariz. Sin embargo, aquella niña de extraño abrigo y coleta desaliñada tenía algo que le impulsaba a acercarse a ella.

Avanzó muy lentamente.

La chica continuaba inclinada sobre el borde de la fuente, con la ardilla agachada a su lado. Van se detuvo fuera del alcance de sus piernas, que daban coces en el aire, y desde allí pudo ver que estaba pasando las manos por el fondo asqueroso de la fuente para reunir un montón de centavos aún más asquerosos.

Van tenía la voz pequeña, como el resto del cuerpo.

—Eh... —dijo educadamente—. Creo que no deberías hacer eso.

La niña se levantó a la velocidad del rayo, como si Van le hubiera gritado al oído: «¡Cuidado! ¡Hay tejones rabiosos!». Se volvió rápidamente y su coleta roció a Van y a la ardilla con agua de la fuente. Jadeaba tan fuerte que Van empezó a jadear también.

La ardilla se sacudió el pelaje mojado.

—Perdona —dijo Van alzando las manos—. No pretendía asustarte. Pero...

—¿Qué? —gritó la niña.

—Digo que no pretendía asustarte —repitió Van más despacio, vocalizando.

Ahora que la niña lo miraba a la cara, Van se dio cuenta de que tenía los rasgos pequeños y redondos, si bien las orejas y los ojos eran grandes. No estaba seguro de qué expresaban aquellos ojos, pero, de haber tenido que elegir, probablemente habría dicho miedo.

Con un dedo frío y mojado, la niña le tocó la frente a Van y le dio un empujoncito que le hizo tambalearse.

—Eres real —dijo en voz baja.

Los audífonos de Van aumentaban el volumen de las voces, aunque también el de todas las demás cosas. En las grandes ciudades, incluso en zonas tranquilas como los parques, le llenaban la cabeza de diferentes sonidos a la vez: motores, ecos, bocinas, neumáticos, pájaros que piaban, agua que salpicaba en las fuentes. Aun así, la niña estaba lo bastante cerca y tenía una voz lo bastante clara como para que Van estuviera casi seguro de haberla oído bien. Aunque lo que había oído no tuviera sentido.

Quizás aquella niña fuera uno de los locos que su madre decía que vivían en el parque. Van dio un paso atrás por precaución.

—Sí, soy real —dijo—. Pero tú…

—¿Con quién estás? —le cortó la niña. Hablaba rápido y tenía la voz aguda—. ¿Por qué hablas conmigo? No puedes detenerme y lo sabes. Si trabajas para ellos, llegas tarde. Es mío.

La ardilla se acercó a Van saltando sobre las patas traseras, levantó los dos puños y se hinchó cuanto pudo para parecer lo más grande posible.

Ahora sí que Van estaba casi seguro de que aquella joven era uno de los locos del parque. Quizás la ardilla también lo fuera.

—Yo no trabajo para nadie —dijo mirando a la ardilla, de la que habría jurado que estaba haciendo el gesto de pegar puñetazos—. Pensaba que quizás te podía ayudar.

—¿Ayudarme? —preguntó la chica con el ceño fruncido.

—Sí… si necesitas dinero para algo —añadió Van, señalando hacia el agua—. Puede que para comprar comida, o para ir a algún sitio. Mi madre podría…

—¿Dinero? —repitió la chica.

Se acercó a Van. La ardilla hizo lo mismo, lentamente, meneando el hociquito y moviendo las orejas. Van tuvo la sensación de que ambas le estaban olfateando. O puede que no olfateando pero sí intentando percibir algo de él, algo que él mismo no olía, oía, ni veía.

La chica se le quedó mirando a los ojos. Tuvo que inclinar la cabeza un poco hacia abajo para hacerlo. Van se fijó en que tenía los ojos de un bonito marrón verdoso, como los centavos cubiertos de verdín del fondo de la fuente.

—¿Quién eres? —le preguntó la chica.

—Me llamo Van Markson —contestó él cortésmente—. ¿Y tú?

La ardilla empezó a hacer ruiditos muy fuertes, tan agudos que parecían palabras. «¡Rápido-rápido-rápido!», parecía chillar.

—Ya lo sé —dijo la chica, y esta vez sin duda no hablaba con Van.

Bajó la vista hacia el montón de centavos que había en el fondo de la fuente y después, sin perder de vista a Van, volvió a meter la mano en ella.

Van no fue capaz de contenerse.

—Esta agua está llena de microbios —dijo.

La chica sacó del agua un puñado de monedas chorreantes y se las metió en uno de los enormes bolsillos de su abrigo.

—Y no deberías llevarte esas monedas —continuó Van—. Son los deseos de la gente, sus sueños.

La chica levantó una ceja delgada y marrón.

—Ya lo sé —repitió.

—¿Y entonces por qué te las llevas?

—Porque me has hecho perder la pista de la que intentaba coger —respondió la chica con impaciencia.

—¿Por qué querías coger solo...?

—¡Rápido-rápido-RÁPIDO! —volvió a chillar la ardilla.

A Van nunca antes le había interrumpido una ardilla, aunque le habían interrumpido otras personas lo bastante a menudo como para saber que era eso lo que estaba sucediendo.

—No había visto nunca una ardilla domesticada de carne y hueso —dijo con la esperanza de llevar la conversación hacia un derrotero más agradable—. O sea, he visto *Alvin y las ardillas*, pero son dibujos animados. Y son ardillas listadas.

La ardilla le miró parpadeando.

—¿Le gustan las palomitas? —preguntó Van—. Porque podría pedirle dinero a mi madre y...

—Así que eres un crío normal, sin más —volvió a interrumpirle la niña mientras se metía el último puñado de monedas en el bolsillo—. Eres un niño bajito que estaba sentado aquí en el parque y me has visto coger unos centavos. Nada más. —Se quedó a la espera, observando a Van de cerca—. ¿Verdad?

A Van no le gustaba aquella descripción de sí mismo. No le gustaba lo de «crío». Y aún le gustaba menos lo de «sin más». Pero no había mucho más que decir. No había ninguna manera sencilla de explicar a aquella extraña niña del abrigo enorme que no estaba sentado en el parque sin más. Había rescatado un astronauta, había descubierto un meteorito y se había fijado en otras cosas que habían pasado desapercibidas a todo el mundo. Pero no eran el tipo de cosas que se decían a un extraño. O al menos no eran el tipo de cosas que decía Van.

Así que, en lugar de eso, Van dijo:

—Verdad.

La ardilla saltó sobre el hombro de la niña y le dijo algo al oído.

—No. No hay tiempo para palomitas —murmulló la niña. Volvió a mirar a Van y arrastró los pies con inquietud. A pesar de que el día era cálido, se ajustó el voluminoso abrigo al cuerpo—. No pretendo ser maleducada —dijo como si se le cayeran las palabras, sin intención—. Es solo que… la gente no suele… —Otra pausa para volverse a ajustar el abrigo—… no suele hablar conmigo. —Después se volvió—. Me tengo que ir.

—¡Espera! —dijo Van antes de que saliera disparada. Hurgó en sus bolsillos. Quería darle a aquella niña algo mejor que centavos llenos de verdín. Algo un poco especial. Sus dedos tocaron la superficie curva y suave del misterioso meteorito.

—Ten —dijo, tendiéndole la canica, que brillaba entre sus dedos bajo la luz del sol.

La chica frunció el ceño ligeramente.

—¿Qué es?

—Me la he encontrado. He pensado que… quizás te gustaría.

La niña cogió la canica que Van le ofrecía.

—A veces me fijo en cosas —dijo Van sin pensar—. Cosas interesantes.

La niña volvió a mirarle a los ojos, una mirada larga y dura.

—¿Qué quieres decir? —preguntó—. ¿Qué tipo de cosas?

Antes de que Van pudiera responder, una voz resonante dijo:

—¡Giovanni Markson!

Van se dio la vuelta.

Su madre estaba tras él, como una torre.

Si la madre de Van hubiera sido un edificio en lugar de una cantante de ópera, habría sido una catedral. Era una estructura grande, robusta, elegante, coronada por una cúpula de cabello cobrizo peinado en alto. Todos los sonidos que salían de ella parecían haber traspasado un enorme muro de piedra. Van sabía por qué los cantantes de ópera no llevan micrófono: porque no lo necesitan para nada.

—¿No te he dicho que te quedaras en aquel banco? —preguntó Ingrid Markson con su voz resonante.

—Sí —respondió Van—. Y es lo que he hecho, pero entonces…

—Y cuando salgo de la tienda te encuentro aquí, fuera de mi vista. ¿No hemos hablado ya de esto, Van?

—Sí, mamá —dijo Van—. Pero había… —Miró hacia donde un minuto antes había estado la niña, pero tanto ella como la ardilla plateada se habían esfumado—. Había una…

—Si no me puedo fiar de que estés donde prometes, te quedarás pegado a mí en muchas zapaterías más —sentenció su madre, levantando ostensiblemente la bolsa de la tienda—. Y ahora vamos a casa.

Salieron por la puerta del parque el uno al lado de la otra.

—Casi lo olvidaba —dijo su madre, que ya parecía menos enfadada y empezaba a resplandecer como de costumbre—. Hemos de hacer otra parada. Es un recado sumamente importante. ¿Vamos a la heladería de la esquina o a la italiana que hay enfrente de la estación de tren de la Veintitrés?

—A la italiana —respondió Van, aunque la verdad era que no pensaba en dulces precisamente.

Cuando giraron calle abajo, miró a su alrededor con la esperanza de ver algún indicio de una niña que llevaba un abrigo enorme y una ardilla sobre el hombro. Pero la multitud se hizo más espesa, la calle se volvió más ruidosa y la ciudad cayó sobre él como una marea y se llevó por delante todo lo demás.

3

SUPERVAN

Van no recordaba a su padre, así que lo imaginaba.

—Tu padre hacía magia —le decía su madre cuando Van le preguntaba por él. Durante años, Van se lo había imaginado con una larga capa de seda y un brillante sombrero de copa, blandiendo barajas de cartas y haciendo desaparecer conejos en medio de nubecillas de humo. Pero al final se dio cuenta de que su madre no se refería a eso.

De hecho, su padre era escenógrafo. Se llamaba Antonio Phillippe Gaugez-Garcia y se valía de luz, tela, sombras y hielo seco para crear el tipo de efectos especiales que hacía que el público contuviera el aliento. Por lo que Van sabía, estaba por ahí, probablemente en alguna concurrida ciudad europea, haciendo bosquejos de decorados y colgando extraños artilugios del extremo de cañas de pescar.

Van tampoco recordaba haberle echado de menos nunca.

Pero había heredado algo de él, aparte de los ojos y el

cabello negro y algunas partes de su nombre demasiado largo: un escenario en miniatura.

Su madre había estado a punto de deshacerse de él. Según ella, no tenía sentido guardar trastos voluminosos cuando te ibas a trasladar de nuevo al cabo de seis meses, de modo que se pasaba el día tirando cosas. Y Van se pasaba el día rescatando cosas del montón para tirar.

Y el escenario en miniatura valía especialmente la pena guardarlo. El suelo, de unos treinta centímetros de profundidad por unos sesenta de ancho, era de madera negra; la pared del fondo y los laterales, de terciopelo negro; y tenía un lujoso proscenio dorado con un telón rojo que se abría y cerraba tirando de una cuerdecita.

Tenía la medida perfecta para la colección de Van.

Aquella tarde, en cuanto él y su madre volvieron al piso donde vivían entonces, Van se escabulló por la cocina, corrió por el pasillo, se metió en su habitación y cerró la puerta tras él. Se quitó los audífonos y los colocó en su sitio, sobre la mesilla de noche. Normalmente, Van se quitaba los audífonos en cuanto llegaba a casa al final del día. Quitárselos era como pasar una gran escoba por dentro de su cabeza que barría toda la suciedad y la confusión. Ahora podía centrarse en las cosas importantes.

Van cruzó la habitación corriendo y se arrodilló ante el escenario en miniatura.

Tiró de una caja de plástico y la sacó de debajo de la cama. Dentro de ella había cientos de cositas: cosas que otras personas habían perdido, tirado u olvidado, y que Van había encontrado, recogido, limpiado y guardado.

Había espadas de plástico diminutas y paraguas de papel de los cafés con terraza; animales, tazas y coches en miniatura, joyas rotas y fichas de juegos de mesa; un soldadito de plomo que había encontrado en el metro de Londres, una rana de piedra diminuta sobre la que se había sentado en un tren alemán y un león con solo tres patas recogido en un lavabo de algún lugar de Austria.

Van había estado en muchísimos lugares, pero de la mayoría de ellos tenía recuerdos borrosos: Londres era un gran borrón grisáceo, París era un gran borrón de color marfil, Roma era un gran borrón soleado. Lo único que recordaba bien de aquellos lugares eran los objetos que había coleccionado de ellos. Sobresalían en su cabeza como patitos de goma que flotaran en un gran mar borroso.

Van se sacó el astronauta de plástico rojo del bolsillo y lo metió en la caja. Rebuscó en ella hasta encontrar un espejo en miniatura y una huevera vieja. Colocó el espejo en equilibrio sobre la huevera y lo situó en medio del escenario en miniatura, donde podía pasar por una fuente. En la caja había unos cuantos árboles de plástico que Van fue colocando por el borde del escenario. No tenía ardillas pero sí dos gatos, uno de ellos blanco y de cola plumosa. Se parecía bastante. Van examinó unas cuantas muñecas pero todas eran demasiado dulces, demasiado princesitas como para ser la niña del abrigo grande. Pensó en utilizar un soldado de plástico, o la figurita de un santo que había encontrado en una acera de Buenos Aires, pero al final eligió un peón de madera de un juego de ajedrez. No representaba bien a aquella niña tan extraña pero era lo único que no le parecía del todo mal.

El papel de Van lo interpretaría, como siempre, un pequeño superhéroe de plástico con capa negra: SuperVan.

Van colocó el gato-ardilla junto a la fuente, esparció unas cuantas monedas extranjeras por encima del espejo en miniatura y situó el peón junto a él. El peón se inclinó para coger una moneda y SuperVan entró en escena.

—¿Sabes? No deberías llevarte esas monedas —dijo SuperVan con descaro—. Son los deseos de la gente, sus sueños.

En lugar de girarse, salpicar a la ardilla y empujar a Van con un dedo mojado, el peón inclinó su cabeza nudosa.

—Ay —dijo el peón-niña—. Lo siento, no lo sabía. Es que me hace mucha falta el dinero.

—¿Para qué lo necesitas? —preguntó SuperVan—. ¿Tienes hambre? ¿Necesitas ayuda?

—Sí —respondió el peón-niña—. Sí, por favor. Tengo mucha hambre...

—Espera aquí —le indicó SuperVan.

Con SuperVan metido en el puño, Van rebuscó en su caja de los tesoros hasta encontrar un bonito juego de frutas de plástico que había estado a punto de pisar en un parque de Tokio, una copita plateada que probablemente hubiera pertenecido a un pequeño rey plateado, una pizza, una hamburguesa y otros alimentos en miniatura que en realidad eran gomas de borrar.

—¡Cuidado ahí abajo! —gritó SuperVan mientras se inclinaba sobre el escenario y dejaba caer la comida como bombas comestibles. El peón-niña y las ardillas le aclamaron.

—¡Me has salvado! —gritó el peón-niña cuando SuperVan aterrizó grácilmente sobre la fuente—. ¡Nunca te olvidaré! ¿Cómo te llamas? Así podré encontrarte.

—Puedes llamarme SuperVan. Y tú, ¿cómo te llamas?

—Me llamo…

Van se detuvo un momento e hizo girar la pieza de madera entre los dedos. ¿Qué nombre era apropiado para una niña que vagaba por los parques de la ciudad con un abrigo demasiado grande y una ardilla ruidosa sobre el hombro? Pensó en los nombres de las niñas de su colegio, y del anterior, y del anterior. Ninguno de aquellos nombres parecía encajar. De hecho, ningún nombre corriente que se le ocurría le pegaba a aquella extraña niña de la ardilla.

Aún estaba girando el peón entre los dedos cuando se abrió la puerta de la habitación. Van olió el perfume de azucena de su madre justo antes de que ella le tocara el hombro.

—¿Estás jugando con la maqueta? —preguntó ella.

A la madre de Van le gustaba llamar a las cosas de formas sofisticadas. El pequeño escenario era una maqueta. En el cine no veían películas, sino filmes. El café con leche era *café au lait*. La madre de Van nunca estaba «en el lavabo», sino indispuesta.

—Más o menos —respondió Van.

—Me acabo de dar cuenta de que me he olvidado de hacer un recado —dijo su madre, y cruzó la habitación para sentarse en el borde de la cama de Van. Van la siguió con la mirada—. Deberíamos haber comprado un regalo de cumpleaños para Peter Grey.

Van dio un respingo, le dio un golpe con el codo al escenario y SuperVan cayó dentro de la fuente.

—¿Por qué le hemos de comprar un regalo de cumpleaños a Peter Grey?

—Porque el sábado vas a su fiesta de aniversario. Ya te lo dije. —Van abrió unos ojos como platos—. Creía que te lo había dicho. Te invitó hace semanas.

—¿Me invitó?

—Bueno… Charles te invitó en nombre de Peter.

—¿Quién es Charles?

—El señor Grey. —Su madre esbozó una sonrisa radiante—. Tiene nombre, ¿sabes?

El señor Grey era el director artístico de la compañía de ópera que había contratado a la madre de Van para la temporada. Van sabía que era un hombre importante y estaba claro que el señor Grey lo sabía también. Siempre iba con traje, siempre hablaba con un acento estirado que a Van le parecía fingido y siempre parecía un poco aburrido de todo lo que pasaba a su alrededor. Peter, su hijo, era igual que él, menos por el traje y el acento.

—¿Tengo que ir? —preguntó Van.

Su madre se estiró en la cama y se tocó el cabello peinado en alto.

—¿De verdad tienes que preguntarlo?

Van dejó el peón en el escenario.

—No.

—Mañana compraré un regalo para Peter —dijo su madre. Van volvió a mirarla y ella se incorporó de la cama y se estiró lánguidamente—. En la nevera hay muchos restos de Leo, para cuando tengas hambre.

Mientras decía la última palabra, la representó en lenguaje de signos ahuecando una mano y bajándola para llevársela al pecho. Su madre siempre hablaba fuerte cuando se expresaba en lenguaje de signos, que no era muy a menudo. Van tenía casi cinco años cuando su madre se percató de su problema de audición. Desde entonces, además de llevar los audífonos azules, se había convertido en un experto en observar caras y seguir sonidos. Aunque Van tenía la impresión de que habría molado usar un lenguaje de signos secreto, sin hablar, la verdad era que solo podía utilizarlo con su madre. Y ella nunca hacía nada sin hablar.

—Vale —dijo Van.

Su madre salió de la habitación.

Al cabo de un momento, Van captó el suave murmullo que significaba que su madre estaba al piano del salón. Le siguió el murmullo más alto y claro de su canto. Su voz hacía escalas como un pincel sobre un lienzo, con los colores difuminándose por los bordes, donde las notas eran tan agudas que los oídos de Van no podían captarlas.

Van cerró la puerta de la habitación.

Después volvió a arrodillarse ante el pequeño escenario y cogió a SuperVan y al peón-niña. Pero, por algún motivo, ahora no se le ocurría nada que pudiera hacerles decir. Volvió a dejarlos en su sitio y cogió el gato-ardilla.

—¡Rápido-rápido-rápido! —dijo.

Van lo soltó también y suspiró con fuerza.

En aquel momento, Van habría preferido meter la cabeza hasta el fondo asqueroso de una fuente del parque antes que ir a la fiesta de cumpleaños de Peter Grey. Pero no le quedaba otra.

4

ALGO OSCURO

Más tarde, aquella misma noche, algo hizo salir a Van de su sueño. Una vez despierto, no conseguía recordar qué había sido. Se quedó tumbado en la cama, intentando hacer memoria. ¿Había sido un sueño? ¿O algo que le había hecho cosquillas en el brazo? ¿O un destello de luz en la ventana? No estaba seguro. Pero mientras permanecía allí estirado e iban pasando los minutos se fue dando cuenta de otra cosa: tenía sed.

Bajó las piernas de la cama y fue hacia la puerta. El pasillo estaba bastante oscuro. Van y su madre habían estado en tantos lugares diferentes que cada vez que se despertaba tenía que parar y mirar a alrededor para recordar dónde estaba. Miró atentamente a derecha e izquierda. La puerta de la habitación de su madre, a la izquierda, estaba cerrada. La cocina le esperaba a la derecha. Salió de la habitación y se apresuró por el pasillo mientras el pijama de rayas se agitaba suavemente alrededor de sus piernas.

Las luces de la noche bañaban de plata la cocina. Van

abrió la puerta de la nevera y fue separando montones de envases de cartón de comida para llevar hasta que quedó a la vista la botella del zumo de naranja. Tuvo que subirse a la encimera para alcanzar un vaso. Después, con el vaso lleno de zumo, salió de la cocina de puntillas y entró en el salón. Pasó junto al piano y llegó hasta la gran ventana abuhardillada.

Se arrodilló sobre el banco acolchado y apoyó la frente contra el cristal frío. Si se inclinaba lo suficiente, podía imaginar que volaba, como SuperVan. Planeaba sobre las calles tranquilas, más alto que los árboles, que los edificios, que los niños más altos del colegio. Van movió los dedos de los pies y dio un sorbo al zumo de naranja.

Durante la noche había lloviznado y las calles brillaban en la oscuridad. Sopló una ráfaga de viento, y de los árboles de la acera de enfrente cayeron unas cuantas hojas mojadas, relucientes bajo la luz de las farolas. Pasó un taxi a toda velocidad. Si Van hubiera estado mirando los charcos, quizás habría visto reflejado en ellos el diminuto centelleo de una estrella fugaz.

Pero Van no vio aquella estrella fugaz. Lo que vio llegó inmediatamente después.

Lo que vio fue algo oscuro.

Se filtraba por entre las sombras. Se escurría por las rejas de las alcantarillas. Se arrastraba por las esquinas. Se agazapaba tras los troncos de los árboles. Se movía con tanta suavidad que al principio Van creyó que se trataba de una única cosa, grande, como una riada de aguas negras. Pero entonces empezó a dispersarse y Van vio que no era una riada de agua sino una riada de miles de animalillos oscuros: ratas, ratones, mapaches, murciélagos, pájaros y criaturas que no sabía identificar. Unos se apresuraron a subir por las escaleras de entrada de los edificios de viviendas. Otros treparon por las chimeneas y cañerías de desagüe. Los que tenían alas alzaron el vuelo hasta los tejados y los alféizares de las ventanas.

Van lo observaba sin mover un pelo.

Las criaturas aladas revolotearon entre las cortinas corridas, se deslizaron entre las persianas, se colaron bajo el alféizar de las ventanas y, al cabo de unos segundos, volvieron a aparecer. Mientras tanto, las formas que habían trepado a todo correr por las cañerías de desagüe y se habían colado por las rendijas de los portales volvieron a escabullirse hacia el exterior. Y ahora varias de aquellas criaturas llevaban a cuestas unas lucecillas brillantes.

Van entornó los ojos y pegó la frente al cristal de la ventana tan fuerte como pudo.

Las criaturas se apresuraban hacia la calle llevando brillantes luces doradas en el pico, el hocico o las garras. Pronto hubo decenas de chispas doradas que parecían mezclarse con aquel mar de sombras, como un enjambre de luciérnagas sobre un río negro.

Las sombras y las chispas corrieron por la calle mojada y, en un abrir y cerrar de ojos, volvieron a deslizarse por las alcantarillas, se escabulleron por las esquinas y desaparecieron tan sigilosamente como habían llegado.

A Van le cayó una gotita de zumo de naranja en los dedos. Todo su cuerpo se había centrado tanto en las sombras que la mano había olvidado lo que se suponía que estaba haciendo. Van enderezó el vaso y volvió a pegar la frente al cristal.

Abajo, en la calle, todo parecía perfectamente normal. Se oyó pasar un coche y su techo brilló bajo la luz de las farolas.

Van se quedó mirando la calle unos minutos más, vigilando cualquier atisbo de movimiento. Todos los destellos resultaron no ser más que una hoja mojada o un envoltorio de caramelo movido por el viento. Con todo, Van continuó mirando fijamente hasta que le dolieron los ojos y se le durmieron los pies.

Finalmente se bajó del banco y volvió de puntillas a su habitación, donde el resto de su cuerpo también se durmió enseguida. A la mañana siguiente, cuando despertó, las pequeñas sombras le parecieron tan insólitas como un sueño, y se dijo que no eran más que eso.

Aunque no lo creía del todo.

5

UN ROBO DE POCA MONTA

Ingrid Markson se volvió hacia Van, que estaba sentado junto a ella en la parte trasera del taxi.

—Volveré a buscarte de aquí a tres horas —dijo con una voz que hizo resonar todo el coche—. ¿Tienes el regalo?

Van levantó un paquete dentro del cual había una nave espacial de Lego.

—Bien —dijo su madre—. No te olvides de dar las gracias a todo el mundo. Sobre todo a Peter. ¡Y pásalo bien!

Van se deslizó por el asiento y bajó al bordillo. Después se quedó mirando la mansión de los Grey, una casa de piedra de cuatro pisos que se alzaba entre una hilera de otras imponentes casas de piedra también de cuatro pisos. Aún miraba hacia arriba cuando el taxi se fue zumbando.

Ya no tenía escapatoria.

Van no había ido a demasiadas fiestas de cumpleaños de otros niños. Por lo general, su madre y él no se quedaban en ningún lugar el tiempo suficiente como para conocer a los niños que las celebraban. De hecho, a sus propias fiestas de cumpleaños solían asistir cantantes y músicos del espectáculo en el que estuviera actuando su madre, y a veces estaban solos su madre y él. Visitaban los dos el zoo o un parque de atracciones y después iban a comer un helado enorme, y aquellos resultaban ser los mejores cumpleaños de todos.

Pero ahora estaba solo.

Van subió los profundos escalones pisando cada uno con ambos pies. La puerta de la casa de los Grey era tan robusta, brillante y poco acogedora que golpearla para llamar habría sido como pegarle a una armadura gigante. En lugar de eso, Van pulsó el timbre.

Cuando se abrió la puerta apareció una mujer joven de pelo castaño brillante que le sonrió.

—Hola —dijo Van con toda la educación y claridad de que fue capaz—. Soy Van Markson. Vengo a la fiesta de cumpleaños. Usted debe de ser la señora Grey.

La mujer sonrió.

—Uy, no, soy la niñera. Pero estás en el lugar adecuado. Vamos, pasa.

Van entró por la puerta poco acogedora y el portazo le hizo estremecerse. La niñera continuó hablando pero el ruido de la puerta absorbió sus palabras y Van no fue capaz de descifrarlas.

—Los bichos están en la maldición de mi tren —le pareció que había dicho en un principio, pero era poco probable. Después señaló las escaleras—. Sube y únete a ellos.

«Ah —pensó Van—. Que los chicos están en la habitación de Peter». Un poco mejor que lo de los bichos. Tal vez.

La niñera ya se había esfumado. Tras apirar hondo una última vez, Van se dispuso a subir.

Las escaleras se alzaban en curva en torno al vestíbulo. La pared a su izquierda, también curva, estaba cubierta de fotografías de ópera. Mientras subía trabajosamente los peldaños, Van iba mirando la boca abierta de par en par de los cantantes e imaginaba que intentaban tragárselo como peces ávidos que salieran a respirar en un estanque.

Al llegar al piso superior, Van vio que la primera puerta de la izquierda del pasillo era la de un lavabo. Por un instante, imaginó que se escondía en él durante el resto de la fiesta. Después se imaginó que uno de los amigos de Peter entraba corriendo para ir al lavabo y se lo encontraba en cuclillas en la bañera.

Seguramente no fuera buena idea.

La siguiente puerta estaba cerrada. Van tiró de ella con cuidado y se encontró frente a estantes llenos de toallas.

La puerta de al lado del armario de las toallas estaba abierta y por ella salían hacia el pasillo destellos de luces de colores y ruidos que retumbaban. Van se dejó arrastrar por los destellos hasta la que sin duda era la habitación de Peter.

Dentro había ocho niños más que giraron la cabeza cuando Van entró de puntillas. Se lo quedaron mirando un momento con expresión vacía y volvieron a girarse hacia el juego que había en la pantalla de televisión.

—Hola —dijo Van, ya que nadie decía nada.

Tampoco nadie respondió a aquello.

—Feliz cumpleaños, Peter —dijo Van.

—Gracias —dijo un niño de pelo castaño claro que

tenía un mando en las manos, sin dejar de mirar la pantalla—. Con un problemilla a lomos del camello.

Van alteró los sonidos en su cabeza y los reorganizó como figuritas sobre un escenario. «Connor, pilla los trozos de mi pelo.» O tal vez «Colin, pilla los pomos de mi celo». Daba igual. En cualquier caso, Peter no hablaba con él.

Van avanzó un poco más. Peter y otros tres niños tenían mandos en las manos. Junto a ellos, sobre la moqueta, había despatarrados otros cuatro niños. Van fue hasta el rincón, se sentó en el borde de la cama de Peter y miró a su alrededor.

Las paredes estaban pintadas de gris pálido y llenas de carteles de películas enmarcados. El testero opuesto lo ocupaba casi por completo un enorme televisor sobre un mueble bajo. Esparcidos delante de él había videojuegos, consolas y cables. Sobre las estanterías empotradas, por encima de la cama, justo a la derecha de Van, un ejército de muñecos de acción, maquetas y naves espaciales de Lego acabadas, todo dispuesto en filas silenciosas. Van se percató de que una de las naves espaciales era exactamente la misma que esperaba abajo envuelta en papel azul brillante y con una etiqueta que decía: «Para Peter, de Van».

Tragó saliva.

En la pantalla se vio un resplandor rojo que captó su atención. Los cuatro niños que habían estado jugando hasta entonces pasaron los mandos a los cuatro que miraban. Nadie propuso ceder el turno a Van, así que se quedó allí un rato viendo cómo unos soldados futuristas cargaban por el desierto en mitad de la noche, intentando descifrar el lío de sonidos procedentes del juego y de los niños que lo jugaban.

Cuando hubo una tregua en el tiroteo, Van preguntó educadamente:

—¿Cómo se llama este juego?

Los otros niños continuaron dándole la espalda pero uno de ellos le dio un codazo a Peter en el brazo.

Peter se giró de repente, con el ceño fruncido.

—Estaba hablando —soltó.

—Ay, perdona —dijo Van—. No lo sabía.

Peter volvió a girarse hacia la pantalla sin responder a la pregunta.

Van se dejó caer atrás lentamente sobre la colcha gris, en dirección al refugio de distracción que suponían las estanterías. Se quedó mirando una fila de soldaditos de plomo diminutos. Tenían uniformes con arrugas pequeñísimas, armas chiquititas y expresiones de estoicismo diminutas. Van paseó la mirada por la estantería de abajo, que estaba llena de figuras de animales en miniatura. Había un oso, un ciervo, una nutria, un mapache… y, junto a ellos, con la cola en forma de signo de interrogación, había una ardilla pequeñita de color gris claro.

—¡Francotirador detrás de la torre de vigía! —gritó uno de los niños—. ¡Utiliza el lanzallamas!

—¡No, usa el lanzagranadas! —gritó otro.

Van puso la mano sobre la estantería con indiferencia, fingiendo desinterés. Se oyó una explosión procedente del videojuego, seguida de una ovación de los ocho niños. En ese momento, Van cerró los dedos en torno a la ardilla y, con un movimiento rápido y suave, se la metió en el bolsillo. Después volvió a sacar la mano y la puso sobre el regazo con gesto inocente.

El corazón le iba a mil.

No podía creer lo que acababa de hacer o, mejor dicho, lo que acababa de hacer su mano. Todo lo que tenía en su colección eran cosas que la gente había perdido, olvidado o tirado. Van las había rescatado; nunca había robado ninguna.

Pero necesitaba aquella ardilla, pensó Van. La habitación de Peter estaba tan repleta de cosas —no solo las estanterías, sino cada rincón, cada superficie— que nunca echaría en falta una figurita. Seguramente aquella ardilla llevaba años en la estantería sin que le prestaran atención ni le hicieran caso. En cierto modo, Van la estaba rescatando.

Volvió a tragar saliva.

El corazón se le empezó a calmar.

—¡Chicos! —Entre las bombas electrónicas y la distancia, la voz de la niñera le llegaba confusa—. ¡Bajad a por un corcel alado!

Para cuando Van hubo descifrado que probablemente hubiera dicho «Bajad a por pastel y helado», los otros niños ya habían dado un brinco y corrían en estampida hacia la puerta.

—Es mi fiesta —dijo Peter— y yo decido a quién le tocan las esquinas del pastel.

—¿Me darás una?

—Puede ser. —La voz de Peter se fue desvaneciendo por el pasillo.

Cuando el último niño desapareció por la puerta, Van se levantó. Se tocó el bolsillo para asegurarse de que el bulto de la ardilla aún estaba allí y después siguió a los chavales escaleras abajo.

Habían servido la merienda en la mesa del comedor.

Van se quedó rezagado mientras los otros niños se sentaban. Hablaban todos a la vez y el ruido le daba dolor de cabeza: ya no sabía qué cara mirar. En lugar de eso, echó un vistazo al comedor.

Era una sala demasiado ordenada y elegante como para que hubiera muchas cosas interesantes en ella. Sin embargo, se percató de que los interruptores de la luz eran unos pulsadores de botón antiguos y raros, los pomos de cristal biselado de las puertas tenían forma de anillos de compromiso gigantes y había unas ventanas altas y estrechas que daban al jardín trasero tapiado. Una de las ventanas estaba abierta. Las ramas de un abedul se inclinaban hacia ella y sus hojas verde pálido se agitaban ante la sala como unas manos que saludaran.

—Impresionante —dijo alguien entre el alboroto—. ¡No puedo creer que le hayas dado desde tan lejos!

—Es como si el juego supiera que era tu cumpleaños —dijo un niño pecoso.

—¡Sí! Felicidades. Ten, ¡un *alien* muerto!

—Vaya, hombre… —suspiró un niño de frondosos rizos negros—. Eso te lo he comprado yo…

Los demás niños se echaron a reír.

Van recordó la nave espacial de Lego repetida que esperaba en el montón de los regalos y se le empezó a hacer un nudo en el estómago. Se quedó mirando la ventana abierta. Las delicadas ramas del abedul se balanceaban.

—¡Aquí está! —exclamó la niñera al irrumpir en la habitación con una gran tarta que colocó en el centro de la mesa.

Los niños se pusieron de rodillas sobre las sillas para ver mejor y se inclinaron hacia el pastel con el cuello estirado. Desde unos pasos más atrás, Van también miró. El glaseado de la tarta era una galaxia circular morada. Entre los planetas había naves espaciales que disparaban destellos de glaseado de láser blanco. Doce velas se alzaban desde doce estrellas.

—¡Me pido una nave espacial! —gritó el niño pecoso.

—He dicho que yo decido a quién le toca qué —dijo Peter.

—Venga, que todo el mundo se aparte —dijo la niñera mientras cogía una caja de cerillas—. No quiero pegarle fuego a nadie.

—¿No deberíamos...? —empezó a preguntar Van antes de poder rectificar.

Todo el mundo se volvió a mirar.

—¿No deberíamos esperar a tu padre? —acabó de decir.

Peter frunció el ceño.

—No —respondió como si Van hubiera sugerido que le echaran ketchup por encima al pastel—. Está en el trabajo. Por eso está aquí la niñera.

Uno de los niños resopló.

—Ah —contestó Van—, supongo que tiene lógica.

—Ven a sentarte, Dan —dijo la niñera distraídamente.

Van se quedó donde estaba.

La niñera encendió una cerilla y todo el mundo empezó a chillar de nuevo. Van dio un pasito atrás y fijó la mirada más allá de la mesa, en las hojas de abedul que ondeaban. Mientras las observaba, una ardilla clarita, casi plateada, saltó del abedul y entró por la ventana abierta. Se quedó en el alféizar un instante, agitando la cola y con los ojos brillantes. Después saltó hacia la lámpara de araña que estaba suspendida sobre la mesa.

La niñera había acabado de encender las velas. Los otros niños se empujaban unos a otros y se inclinaban sobre el pastel iluminado. Ninguno de ellos prestó atención a la ardilla que colgaba de la lámpara que tenían sobre sus cabezas.

—¿Preparados? ¿Listos? —preguntó la niñera—. Cumpleaños feliz...

Los niños se unieron al canto. Van movía los labios al ritmo de la canción pero tenía los ojos fijos en la ardilla plateada.

—... te deseamos todos...

Cuando los brillantes ojos negros de la ardilla se posaron sobre Van, se quedó helada, y Van también. Después volvió la vista hacia el jardín, y Van también.

Entonces vio una cara familiar: la de una niña de cabello castaño recogido en una cola de caballo que llevaba un abrigo enorme. Estaba de pie, tras el tronco del abedul, y miraba fijamente a la ardilla. Pero en aquel momento desvió la mirada hacia Van y su cara se llenó de asombro.

—¡Cumpleaños feliz!

—¡Pide un deseo! —jaleó la niñera.

Cuando Peter sopló las velas, se oyó una ovación.

La ardilla volvió a cobrar vida y se enroscó hasta la base de la lámpara. Una vez allí, se sujetó con las patas traseras y extendió las patas delanteras. Van vio cómo intentaba recoger con ellas el humo de la vela que se elevaba. Parecía una voluta de seda, un bucle plateado centelleante. Con la voluta sujeta entre los dientes, la ardilla voló de nuevo hacia la ventana abierta.

Van ya se había sorprendido a sí mismo dos veces aquel día: había ido a la fiesta de un niño que no le caía bien, con unos niños a los que no conocía, había robado una figurita de una ardilla de la habitación del niño del cumpleaños y ahora estaba a punto de volver a sorprenderse a sí mismo. Lo notaba.

Antes de que la niñera cortara el primer trozo de pastel o Peter decidiera para quién iba a ser, Van echó a correr hacia la ventana abierta. Si le llamó alguien, no lo oyó; de todos modos, no prestaba atención. Con la mirada fija en la cara que había tras el álamo, pasó una pierna por encima del alféizar, se sujetó con los brazos a las paredes y saltó al jardín que había abajo.

6

ESPÍA FRENTE A ESPÍA

Por suerte, el suelo no estaba demasiado lejos.

Van cayó sobre el césped húmedo, de rodillas, con el consiguiente daño pasajero, y vio que aquello sin duda dejaría manchados sus mejores pantalones pero prefirió no pensar en ello. Decidió que tampoco pensaría en los niños que seguramente estarían mirándole boquiabiertos por la ventana. Aguzó la vista en un enfoque recto y luminoso, como hacía cuando buscaba tesoros perdidos por las aceras, y centró aquel foco en la cola de caballo castaña que ya estaba saltando el muro de ladrillos del fondo del jardín.

—¡Eh! —gritó Van—. ¡Niña del parque!

La niña no se giró.

Van se subió a un sólido macetero de cemento y se aupó por encima del muro de ladrillos. Aterrizó de pie en el callejón de la parte de atrás. Volvió a palpar el bulto del bolsillo para asegurarse de que la ardillita de porcelana continuaba allí.

Mientras tanto, la ardilla de carne y hueso se alejaba

saltando por el callejón, con la cola rozando el dobladillo del largo abrigo de la niña.

—Soy el que te dio la canica, ¿te acuerdas? —dijo Van, y empezó a correr—. ¡Solo quiero hablar contigo!

La niña no aminoró la marcha.

Al final del callejón, ella y la ardilla giraron a la izquierda. Van corrió tras ellas.

—¿Por qué no me dices cómo te llamas? —gritó Van—. ¿Te llamas Anna? ¿O Ella? ¿O Bob? —Quizás si lo adivinaba la niña se giraría—. ¿O Rumpelstiltskin?

La niña continuó corriendo. Pasaron como una exhalación ante manzanas de casas tranquilas y árboles susurrantes. A cada manzana, los edificios eran más altos y había más tiendas y restaurantes, más gente por la acera y más ruidos en general. La niña y la ardilla se abrían paso entre la multitud como unas tijeras por papel de seda. Van no avanzaba con tanta facilidad pero era bastante pequeño y no parecía que la gente advirtiera su presencia.

—¿Por qué… vuelvo a verte? —Van empezaba a estar sin aliento—. ¿Me estás… siguiendo?

Al oír aquello, por fin la niña se volvió.

—¿Que si te estoy siguiendo? —Van oyó que gritaba.

—O sea… no ahora mismo —jadeó al alcanzarla en un paso de peatones—. Pero… no puede ser una coincidencia… que en una ciudad tan grande… como esta… te haya vuelto a ver.

La niña volvió a girarse. Tenía una voz lo bastante clara como para que Van entendiera sus palabras a pesar de estar jadeando, del ruido del tráfico y del viento.

—¡No puedes verme! —gritó.

—¡Sí que puedo! —replicó Van—. Llevas el mismo abrigo verde oscuro del otro día. Y tienes una patata frita chafada en la suela del zapato derecho. Y...

Y de repente la niña desapareció. Tan de repente que Van no pudo ni acabar la frase. Sin nube de humo, sin trampilla. Sencillamente ya no estaba allí. Y la ardilla tampoco. El lugar de la acera que habían ocupado estaba vacío.

Van corrió hacia el punto en el que se habían esfumado y miró detenidamente en todas direcciones.

Justo detrás de él había una tienda con un letrero de neón brillante: MASCOTAS EXÓTICAS, anunciaba entre oleadas de luz cambiante. El escaparate estaba lleno de tanques de camaleones, anolis y serpientes con una piel que se parecía a sofisticadas baldosas de lavabo. Más adentro, Van alcanzó a ver hileras de acuarios burbujeantes, loros que se acicalaban las espléndidas plumas con el pico y una jaula gigante llena de lo que parecían hámsteres espinosos. Pero ni rastro de la niña o la ardilla.

Dos puertas más allá había una pastelería. En el escaparate, sobre blondas de papel, lucían pasteles espolvoreados de chocolate y rematados con frutas del bosque. Había pirámides de colores pastel formadas por exquisitas galletitas francesas y al fondo destacaban unos *cupcakes* coronados con rosas glaseadas. Por la puerta de la pastelería salía el aroma embriagador del azúcar caliente. Aquel olor era tan perturbador que Van por poco se olvidó de lo que andaba buscando.

La niña. Eso era.

¿Había entrado en la pastelería o en la tienda de mascotas?

Van retrocedió un paso, intentando decidir. ¿La pastelería o la tienda de mascotas? Se mordió el labio. ¿La tienda de mascotas o la pastelería? Y entonces, por primera vez, vio el edificio que había entre ambas.

Era una oficina pequeña y grisácea que parecía cerrada. El único escaparate que tenía estaba tapada por persianas venecianas. Junto a la puerta había colgado un letrero descolorido en el que se leía AGENCIA URBANA DE RECOLECCIÓN. Era el típico lugar que pasaría desapercibido a la mayoría de la gente. De hecho, a punto estuvo Van de no reparar en él.

Como si una mano invisible le empujara, avanzó a trompicones hacia la puerta deslucida, que se abrió al girar el pomo.

El interior de la oficina estaba a oscuras. Por entre las persianas solo se filtraba un hilo de luz del día. Mientras a Van se le adaptaban los ojos, vio que la oficina no solo estaba a oscuras sino también vacía. No había mesas, ni archivadores... ni un solo mueble. Palpó las paredes pero tampoco parecía haber interruptores. Notaba un olor raro, como de papel antiguo, especias y humo de vela.

Se aventuró a cruzar el suelo cubierto de moqueta. Al fondo de la habitación, medio escondida tras una pared divisoria, había una puerta gris cerrada. Van alcanzó el pomo, esperando encontrar un aseo con olor a humedad o quizás un armario vacío.

Pero lo que encontró le cortó la respiración.

Al otro lado de la puerta había una escalera de piedra empinada, tan larga que no se veía el final. Bajaba en línea recta y por en medio estaba tan oscura que desaparecía por completo. Sin embargo, más allá, en algún punto bajo la oficina deslucida, muy por debajo de las calles de la ciudad, brillaba una luz verde-dorada. Una ráfaga que olía a humo y especias le agitó las puntas del pelo.

Van avanzó tímidamente hacia la escalera y la pesada puerta se cerró de golpe tras él. Lentamente y en silencio, fue descendiendo en la oscuridad hacia aquella luz verde-dorada.

7

BAJO TIERRA

El olor a papel viejo y a humo era cada vez más fuerte y la luz verde-dorada, cada vez más intensa. Contenien-do el aliento, Van bajó de puntillas hasta el final de la larga escalera, pegó la espalda a la fría pared de piedra y echó un vistazo.

Se encontraba ante la entrada de una sala subterrá-nea enorme cubierta de piedras de color verde claro por todas partes: el suelo, las paredes y el techo alto above-dado. Casi le recordaba un andén de metro, salvo porque no había trenes ni vías y el espacio era diez veces mayor que cualquier estación de metro que hubiera visto.

Del techo colgaban hileras de lámparas con tulipas de pétalos de cristal verde y dorado. Por el suelo de piedra había multitud de palomas, varias ratas y oleadas de ratones que corrían alborotados. No había ni rastro de la niña ni de la ardilla, pero Van tenía la sensación de que habían estado allí un instante antes, casi le parecía estar pisando sobre sus huellas, y ese convencimiento le hacía estremecerse de emoción. Justo delante, tras una baranda de piedra verde, Van vio el inicio de otra escalera.

Corrió hacia la baranda y se inclinó sobre ella. Ante él vio un agujero, un abismo inmenso, hueco y susurrante. Era vertiginosamente profundo e increíblemente oscuro. A su alrededor discurrían tramos de escalera que formaban una espiral angular descendiente. En cada rellano, en el punto donde las escaleras giraban bruscamente antes de volver a descender en picado, había entradas que se bifurcaban hacia la penumbra de otras salas subterráneas. Cuando Van miró hacia abajo no vio el final del abismo.

La niña y la ardilla debían de estar por allí.

Le recorrió un escalofrío. La idea de continuar avanzando bajo tierra, de alejarse de la luz, del día, de todo cuanto conocía, resonaba en su cabeza con una gravedad espantosa.

Se aferró a la baranda. ¿Qué estaba haciendo allí? ¿En qué estaba pensando al dejarse llevar hacia una alcantarilla gigante, o estación, o refugio antiaéreo, o lo que fuera aquello, detrás de una niña que igualmente no quería hablar con él? Lo que debía hacer era dar media vuelta, subir las escaleras y correr hacia la luz del día antes de que le viera alguien. Debía encontrar el camino de vuelta a casa de Peter y...

«¿Y qué? —dijo una voz imaginaria que le salía del bolsillo—. ¿Volver a aquel asco de fiesta como si no hubiera pasado nada? ¿Olvidar que has visto a la niña y a la ardilla? ¿No enterarte nunca de qué es este lugar?»

Van se metió la mano en el bolsillo y la cerró en torno a la ardillita de porcelana. Si había llegado hasta allí bien podía ir un poquitín más lejos.

Sin que le diera tiempo de cambiar de opinión, empezó a bajar las escaleras. Con una mano se agarraba a la baranda, intentando no pensar en la oscuridad sin fin que había al otro lado, y con la otra apretaba con fuerza la ardillita de porcelana. El ruido de sus pies al arrastrarlos llenaba el ambiente helado.

Al llegar al primer rellano, aminoró el paso. Ante él se cernía un arco más del doble de alto que él. En lo alto, escrito en mayúsculas negras grabadas en la piedra verde, se leían las palabras EL ATLAS.

Van pasó bajo el arco y se encontró en una sala casi tan grande como la de arriba. Tenía el suelo y el techo del mismo color verde claro y estaba iluminada por hileras de las mismas lámparas con tulipas de cristal. Las paredes, en cambio, parecían revestidas con trozos de papel pintado hecho trizas. Al acercarse a ellas, Van se dio cuenta de que no era papel pintado sino mapas. Mapas de todo tipo, unos llenos de ilustraciones de árboles y casas, otros con cuadrículas, otros con unos misteriosos remolinos.

En el centro de la sala, en torno a unas mesas, estaban reunidas varias personas con abrigos largos oscuros. Tenían la cabeza inclinada hacia delante y señalaban cosas sobre unas hojas de papel inmensas. Ninguna de ellas era una niña con una ardilla en el hombro, pero, mientras Van las miraba, una de ellas se giró y fue directamente hacia él.

Van retrocedió hacia las sombras y pegó la espalda a la pared, conteniendo la respiración. El hombre del abrigo largo pasó como una exhalación, tan cerca de Van que este pudo ver los ojos negros y brillantes del búho que llevaba sobre el hombro. Pero pasó de largo por el arco y bajó por la escalera.

Cuando Van se aseguró de que el hombre del búho

estaba fuera de su vista, volvió a salir al rellano. Miró hacia el siguiente tramo de escaleras y allá abajo, desapareciendo por otro arco, vio algo que parecía un abrigo verde grueso con una cola de pelo gris claro.

Van salió como un rayo tras él.

El ambiente era cada vez más frío; el aroma de humo y especias, cada vez más fuerte. La oscuridad de los pisos inferiores parecía ascender a su alrededor y se le arremolinaba sobre la piel, ligera como una neblina.

El siguiente arco se abría ante él como una boca expectante. Sobre él se leían las palabras EL CALENDARIO. Van entró como una flecha.

En aquella sala había más movimiento que en la de arriba. Era igual de grande que la del Atlas, con el mismo techo abovedado y las paredes de piedra, pero estaba llena de filas y más filas de estanterías. Había personas de abrigo oscuro yendo y viniendo entre ellas, cogiendo libros, devolviéndolos. A ojos de Van, parecía mucho más una biblioteca que un calendario, pero cuando avanzó sigilosamente entre dos estanterías se dio cuenta de que todos los libros eran el mismo. Todos y cada uno de ellos eran volúmenes grandes y lisos encuadernados en cuero negro. Habrían sido perfectamente idénticos de no haber sido por las sutiles marcas de los lomos. Van echó un vistazo a la hilera que tenía más cerca. *11 de mayo—Da. 11 de mayo—Dal. 11 de Mayo—De.*

Van estaba a punto de coger uno de los libros cuando le llamó la atención un destello clarito y peludo. Miró a través de los estantes.

La niña de la ardilla se apresuraba hacia el siguiente pasillo.

Van salió corriendo de lado, sin perderla de vista. Sin duda era ella, con sus ojos color verdín y la coleta desaliñada. La niña se dirigía al extremo más alejado de la sala, donde había un hombre sentado tras un gran escritorio de madera. Van se acercó siguiéndola y se asomó tras una estantería.

El hombre del escritorio tenía los rasgos suaves y el pelo largo y gris como el acero. Dijo algo y la niña respondió. El hombre se inclinó para garabatear algo en uno de los grandes libros negros y Van vio un murciélago diminuto que dormía colgado bocabajo del lóbulo de su oreja derecha. La niña dijo algo más —a Van le pareció oír las palabras «este bar» o «esperar» y «cumpleaños» o «peldaños»— y el hombre dijo algo como «muy bien», y la niña dio media vuelta y se fue corriendo.

Van se dispuso a seguirla pero una fila de gente con abrigo negro había empezado a llenar la sala. Fue esquivándola para que no le vieran, pero para cuando llegó al arco la niña ya había bajado el siguiente tramo de escaleras.

Van se detuvo en el rellano. Si allí ya hacía frío y estaba oscuro, más abajo la cosa solo podía empeorar. Van cerró los puños. ¿Qué haría SuperVan?

SuperVan continuaría adelante. Bajaría las escaleras como un rayo y no se detendría hasta haberse enterado de todo lo que hubiera que enterarse y haber ayudado todo lo que hubiera que ayudar.

Así que Van continuó también.

Cada vez hacía más frío. La oscuridad se hizo más densa y se le pegaba a la cara como si fuera barro.

A Van no le gustaba la oscuridad. Como no podía oír todo lo que había que oír, le gustaba ver todo lo que había que ver. Y a menudo veía cosas que pasaban desapercibidas a los demás. Normalmente eso equilibraba las cosas, pero en la oscuridad se sentía pequeño e inseguro, como SuperVan despojado de todos sus poderes.

Además, allí, en la oscuridad, había cosas; lo notaba. Pequeñas formas negras —pájaros, o murciélagos, u otra cosa por el estilo— que revoloteaban y saltaban a su alrededor. Una vez notó sin lugar a dudas que un ala le rozaba el cuello y un instante después le pareció que algo de patas largas y finas le reptaba por el pelo. Pero cuando intentó espantarlo con la mano no había nada.

Al principio, cuando empezó el ruido, Van pensó que su imaginación le estaba jugando otra mala pasada. Pero el ruido se fue haciendo cada vez más fuerte, hasta que resultó evidente que no podía estar únicamente dentro de su cabeza.

Era un estruendo enorme. Como un rugido horrible, como un aullido que hacía temblar las paredes y le hacía vibrar las plantas de los pies. No sabía decir qué lo producía pero fuera lo que fuese parecía estar muy, muy abajo.

Absolutamente todo su cuerpo —dedos de los pies, rodillas, columna vertebral, estómago— quería dar media vuelta y echar a correr escaleras arriba, alejarse de aquel ruido, del frío y de la oscuridad. Pero Van se aferró a la baranda y respiró hondo. Ya casi se había tranquilizado lo bastante como para dar otro paso cuando delante de él se abrió un haz de luz plateada.

Entrecerró los ojos. Ante él se alzaba otro arco, el doble de alto y de ancho que los anteriores. Y sobre el arco había dos palabras que le pusieron todos los pelos del cuerpo de punta.

La colección.

Van bajó como un rayo los escalones que le quedaban y franqueó el arco. El haz de luz plateada ya se estaba desvaneciendo porque, como pudo ver, surgía de entre unas enormes puertas dobles de madera que se estaban cerrando rápidamente. Y por ellas vio desaparecer una silueta: la de una niña con una ardilla sobre el hombro.

Sin conceder a su cerebro la posibilidad de pensarlo dos veces, Van corrió tras ella y cruzó la puerta antes de que se cerrase del todo.

8

LA COLECCIÓN

Tras las puertas apareció la sala más grande de todas.

Era tan enorme que a su lado las demás parecían diminutas. Era más espaciosa que cualquier catedral o sala de conciertos que Van hubiera visto nunca. El suelo de piedra iba menguando en la distancia como una alfombra que se fuera estrechando. Las paredes eran tan altas que parecían inclinarse hacia el interior. El techo, en lugar de ser de piedra y abovedado como los demás, era un mosaico de fragmentos de cristal que dejaba entrar un manto de luz plateada. Su grandeza, su luz, unidas a los olores a metal, especias y humo, resultaban aturdidoras.

Van se obligó a enfocar la vista. Las imponentes paredes estaban atestadas de estanterías: hileras y más hileras de estanterías que se elevaban hasta el techo. Ante ellas, escaleras de mano, andamios y escaleras de caracol, escalones de metal que giraban y se entrecruzaban como telarañas. Había personas ataviadas con abrigos oscuros que subían y bajaban por aquellas escaleras. En el suelo había más gente garabateando los libros maestros, escribiendo etiquetas de papel atadas a cordeles, anudando o pegando otras en botellas de cristal de todas las formas, tamaños y colores.

Porque de eso estaban llenos las estanterías: de botellas.

Botellas verdes, turquesa y añil. Botellas que brillaban y botellas cubiertas de una gruesa capa de polvo. Botellas grandes como garrafas y tan pequeñas que cabían dentro de una boca cerrada. Su resplandor deslumbraba. Pero Van no conseguía distinguir qué había en su interior.

Y no había tiempo para acercarse más a ellas, ya que la niña de la ardilla se dirigía hacia el centro de la sala a toda velocidad. Van avanzó a toda prisa hacia ella, escondiéndose a su paso tras escaleras varias. Ninguna de las personas de abrigo negro pareció verle. Mientras observaba desde detrás de una escalera de caracol, la niña se acercó a un podio elevado donde un hombre con gafas que tenía la forma y el tamaño de un pingüino emperador garabateaba en un libro enorme.

La niña se detuvo al llegar al podio, el hombrecillo asintió y la niña entregó algo pequeño, blando y plateado a la mujer de abrigo oscuro que estaba sentada a una mesa que había a la derecha. La mujer metió el objeto plateado en una botella de cristal azul. El hombre que había a su lado anudó una etiqueta al cuello de la botella. Una tercera persona, una mujer que llevaba alrededor del cuello lo que parecía una comadreja, cogió la botella y se dirigió apresuradamente hacia el fondo de la gran sala.

Van corrió de lado para no perder de vista la botella. Esquivó un montículo de monedas deslustradas desperdigadas por el suelo de piedra, otro montón de lo que parecían huesecillos hechos añicos, y vio que la mujer colocaba la botella en un estante bajo. Van esperó hasta que se hubo ido y entonces salió como una flecha hacia allí.

Las botellas del estante que tenía ante él eran pequeñas, más o menos del tamaño de su mano. Unas eran de color, otras transparentes como el hielo; unas estaban inmaculadas, otras cubiertas de mantos de polvo. Las botellas verde esmeralda tenían forma de frascos de vidrio de boca ancha y todas ellas contenían algo que brillaba como un carboncillo dorado. En la etiqueta que colgaba de una de aquellas botellas verdes se podía leer, en tinta negra descolorida, «Elisabeth O'Connell. 12 de agosto de 1900. Lluvia de meteoros de las Perseidas». Incluso a pesar de la gruesa capa de polvo, Van vio que el carbón dorado brillaba en el interior.

Pero él buscaba otra botella. Y allí estaba. Al final del estante, justo ante él, había una botellita centelleante de color añil. En su interior había una voluta plateada que giraba lentamente.

Van leyó la etiqueta de papel que colgaba de ella. Después volvió a leerla, asegurándose de que las palabras y los números continuaban allí.

«Peter Grey. 8 de abril. Doceavo cumpleaños.»

Van recordó los últimos momentos de la fiesta de cumpleaños: el pastel de la nave espacial, Peter soplando las velas, la ardilla con la voluta plateada entre los dientes.

Alargó la mano hacia la botella y la voluta plateada empezó a girar más rápido.

Era como el brazo alzado del astronauta que había encontrado enterrado en el parque. Era como todos los otros objetos olvidados, ignorados, que Van había encontrado y salvado. Le estaba esperando.

Con movimientos tan sutiles que solo los habría percibido alguien que le estuviera observando atentamente, Van agarró la botella y se la metió en el bolsillo, junto a la ardillita de porcelana.

De pronto, Van notó el peso de una mano sobre el hombro.

—¿Qué estás haciendo? —le dijo una voz al oído.

Van se volvió hacia la derecha pero no vio a nadie. Nadie salvo una ardilla plateada de cola peluda que se había encaramado a su hombro y le observaba con ojos brillantes.

—¿Qué? —susurró Van.

La ardilla parpadeó.

—¿Qué?

—¿Acabas de decir: «¿Qué estás haciendo?»?

—Puede ser. Seguramente. —Los ojos de la ardilla vagaron más allá del rostro de Van y se detuvieron en una botella que centelleaba—. ¡Hala! ¡Azul! El azul es mi color favorito. Y el verde. Y el marrón. Y el rosa. Y el azul. ¡Hala, mira! ¡Azul!

Van contuvo la respiración y se estremeció de arriba abajo. No sabía qué era menos probable: que la ardilla le hubiera hablado o que lo hubiera hecho con tanta claridad que pareciera que la voz procedía de dentro de su cabeza.

—¿Todo esto no serán imaginaciones mías? —dijo Van con un susurro—. ¿Igual que me he imaginado que oía a la ardilla que llevo en el bolsillo?

La ardilla que tenía sobre el hombro parecía sorprendida.

—¿Llevas una ardilla en el bolsillo?

—Eh…

—¿Cuál es? ¿Cornelius, que es pequeña? ¿O Elizabetta? ¿O Barnavelt? Espera, no: si Barnavelt soy yo. ¿Es Cornelius?

—¿Estás…? —Van hablaba con un hilo de voz—. ¿Estás hablando de verdad?

—No es que yo esté hablando. Es que tú estás escuchando. —La ardilla ladeó la cabeza y meneó el hocico—. ¿No hueles a palomitas?

—¿Qué?

—Quizás alguien ha deseado palomitas. Me encantan las palomitas. —Volvió a mirar a Van—. ¡Eh! ¿Qué haces con esa botella?

Van se llevó una malo delatora al bolsillo.

—¿Qué botella?

—La que tienes en el bolsillo. Con Cornelius.

—Ah. Pues… pues… —tartamudeó Van—. Es de un amigo mío. O algo así. Solo se la estoy guardando.

—Pero Piedra ha dicho… —La ardilla dio un respingo—. ¡Un halcón! —gritó, y se metió de un brinco bajo el cuello de la camisa de Van.

Cuando levantó la vista, el niño vio que un pájaro de grandes alas planeaba hacia ellos. Su sombra atenuaba el brillo de las hileras de botellas.

La ardilla esperó hasta que el halcón hubo desaparecido.

—No me gustan los halcones —susurró mientras regresaba muy lentamente al hombro de Van. Entonces volvió a dar un respingo—. ¡Eh, Piedra!

Van se dio la vuelta, dispuesto a esquivar la roca que pudiera abalanzarse sobre ellos esta vez.

Pero tras él estaba la niña de la cola de caballo.

Tenía la boca abierta y los ojos, de color centavo cubierto de verdín, los miraba con asombro.

—¡Piedra! —exclamó la ardilla con entusiasmo—. ¡Qué alegría verte! ¡Hacía siglos!

Piedra no respondió. Se limitó a mirar fijamente a Van, quien le devolvió la mirada. Se quedaron así, mirándose fijamente, tanto tiempo que Barnavelt se distrajo y empezó a acicalarse las pezuñas ruidosamente.

—¿Qué estás haciendo aquí? —preguntó Piedra al fin.

—¿Qué estás haciendo aquí? —soltó Van al mismo tiempo que ella—. ¿Qué estáis haciendo aquí todos vosotros? ¿Por qué recogéis centavos viejos y humo de las velas de cumpleaños?

Piedra abrió los ojos aún más. Por encima de su hombro, Van vio que en el podio había un hombre que se estaba sacando un puñado de monedas del bolsillo. Al cogerlas una a una, de entre las puntas de sus dedos emergía una luz trémula y redonda que parecía proceder de dentro de las propias monedas. Apareció un destello verdoso cuando el hombre entregó las lucecillas a otro hombre, quien las dejó caer dentro de una botella azul celeste que tapó con un corcho. Después, el primer hombre tiró las monedas al montón y se fue.

—Estoy casi seguro de que huele a palomitas —dijo una vocecilla al oído de Van—. ¿Alguien más huele a palomitas?

—No, Barnavelt —dijeron Piedra y Van al mismo tiempo.

Piedra levantó las cejas. Van cogió aire. No tuvo tiempo de moverse, ni de hablar, ni siquiera de pensar algo que preguntar antes de que Piedra la cogiera del brazo como un rayo.

—Tienes que marcharte de aquí ahora mismo —rugió, y, con Van todavía agarrado del brazo, salió disparada hacia las puertas dobles.

—¿Por qué? —preguntó Van mientras la niña le arrastraba hacia la salida. Aún llevaba a Barnavelt sobre el hombro—. ¿Por qué no puedo estar aquí?

—Porque podría verte alguien —siseó Piedra—. Me cuesta creer que no te hayan visto ya.

—¿Qué pasaría si me vieran?

—No lo sé. —Piedra tiró de él, atravesaron las puertas y salieron a la oscuridad de la escalera—. Pero no sería nada bueno.

Entre traspiés, Van subió las escaleras tras ella.

—¿Me harían daño?

Piedra se quedó en un silencio que hizo que a Van se le revolviera el estómago. Después la niña empezó a subir más rápido, mascullando algo que él no pudo oír.

—¡Sí! ¡Vamos! —jaleó la ardilla sobre el hombro de Van—. ¡Arre!

—Pero si no he hecho nada —dijo Van, lo que casi no era mentira. Sin embargo, al pensar en la botella que llevaba en el bolsillo se le revolvió el estómago de nuevo—. Solo he mirado.

—¡Eso ya está mal! —dijo Piedra. Su voz hacía eco en la penumbra—. ¡No tendrías que haber visto nada de esto!

—¿Por qué no? ¿Qué estáis…?

Pero el resto de las palabras de Van se perdieron ante un rugido creciente. El mismo estruendo horrible de antes, que parecía surgir de las profundidades, llenó la oscuridad y la cabeza de Van hasta que todo retumbó. Los escalones que pisaba empezaron a temblar. Van se soltó de Piedra y se aferró a la baranda de piedra, que también temblaba. Cerró los ojos y se agarró con fuerza.

Al final, los temblores fueron disminuyendo, el ruido se desvaneció y el aire helado se calmó.

Van soltó la baranda y levantó la vista hacia Piedra, que estaba de pie junto a él.

—¿Qué ha sido eso?

—¿Qué ha sido qué? —preguntó Piedra parpadeando.

—Ese ruido.

—¿Qué ruido?

—Tienes que haberlo oído. ¡Ese ruido! ¡Ese rugido, como un aullido enorme!

Los ojos de Van fueron de Piedra a Barnavelt y la ardilla también le miró. Después dio un brinco y voló hasta el hombro de la niña.

—Creo que viene de abajo —dijo Van, y se inclinó sobre la baranda. La oscuridad descendía ante él, infinita y vacía—. ¿Estamos sobre un túnel de tren o algo por el estilo? ¿O hay algún animal gigante ahí abajo?

Piedra respondió en un tono extrañamente crispado.

—No sé de qué me hablas...

—De ese ruido —repitió Van, ahora exasperado—. Lo he notado. Lo he...

Se giró hacia Piedra pero lo que vio no fue solo a la niña, sino a un corrillo de personas con abrigo oscuro que les rodeaba.

Alguien le agarró del brazo y cuando Van levantó la vista se encontró con los ojos de un gran pájaro negro.

Estaba posado en el hombro de un hombretón de ojos oscuros y pelo largo y negro que llevaba un abrigo cubierto de correas, ganchos y saquitos de cuero. Justo por debajo de la clavícula le asomaba, amenazador, un puñal enfundado.

El hombre cogió a Van por la camisa con ambas manos y lo levantó del suelo.

—Muchachito —dijo con voz dura y profunda—, acabas de cometer un grave error.

9

UN GRAVE ERROR

Van no había subido escaleras tan rápido en toda su vida.

Claro que no las estaba subiendo de verdad, ya que varias manos le sostenían por los brazos y el cuello y todas ellas tiraban de él escaleras arriba. Le pasaron en volandas por el siguiente rellano y le hicieron entrar en el Calendario, donde estaban los enormes libros negros. Antes de que la multitud se cerrara a su alrededor, Van vio por última vez a Piedra y a Barnavelt. Intentó pensar algo que decir, algo que lo arreglara todo, pero las palabras huían como las palomas a su paso.

El grupo lo arrastró al centro de la gran sala de piedra. Todo el mundo hablaba al mismo tiempo. Van oyó algo como «chaval normal y corriente», que alguien gritaba «no sabía encontrar la salida» y que el hombretón del cuervo en el hombro gruñía algo como «incluso» o «intruso», o «peligro» o «el libro». Cada vez había más gente y más ruido de gente que discutía, y Van sintió que se hundía en una oscuridad negra y pegajosa como alquitrán caliente en la que ya no había dónde agarrarse.

Cerró los ojos y las voces se desvanecieron.

Empezó a canturrear para sus adentros. Era una melodía sin letra que se había inventado hacía años. La llamaba melodía de SuperVan. Ahora la canturreaba justo al volumen necesario para que le resonara en la cabeza.

«Dun da-dun DUNNN... dun da-dunnn...»

Las voces fortísimas se gritaban unas a otras. Van notó que algo con garras y bigotes le olfateaba la mejilla y que algo suave y peludo se le restregaba por las espinillas, y después una sacudida repentina en el hombro mientras dos adultos empezaban a empujarse.

—¡Basta! —bramó una voz.

Alguien volvió a cogerle por la camisa. Van abrió los ojos y vio que la cara del hombretón se cernía frente a él. El cuervo de su hombro agitó las alas.

—¡Basta de discusión! —gritó el hombre a la multitud—. ¡Me lo bajo al Retén!

—Suéltalo, Jota —dijo una voz clara y profunda.

La multitud se calló. Van, que colgaba de los puños del hombretón, no veía de dónde provenía la voz pero en medio de aquel silencio podía oír todas y cada una de sus palabras.

—Debe de pesar veinte kilos como mucho —continuó diciendo la voz tranquila y profunda.

—Veinticinco —gimió Van.

—Veinticinco kilos —repitió la voz profunda—. ¿De veras crees que va a escapar?

—«¡Escapaar!» —graznó el cuervo—. «¡Miraaar!»

—Es que nos mira, nos ve —dijo el hombre llamado Jota—. Ha bajado hasta aquí sin que ninguno de nosotros se diera cuenta. ¿Qué es?

—No lo sé —dijo la voz profunda y clara—. ¿Por qué no dejas que nos lo diga? Vamos, suéltalo, Jota.

Van notó que le bajaban al suelo muy despacio. Jota le soltó la camisa y el niño se tambaleó hacia atrás, desorientado por el torbellino de voces y cuerpos, y pudo, por fin, echar un vistazo a su alrededor.

Le rodeaban decenas de personas, todas ataviadas con abrigos largos y oscuros con muchos bolsillos o con ganchos, botones y talegos que colgaban de correas de piel que llevaban cruzadas. Había hombres y mujeres de todos los tonos de piel y tipos de cabello, y los ojos les brillaban como agua en calma. Contra el cuello de una mujer de cabello sedoso estaba acurrucada una paloma gris. Y un hombre con coleta llevaba un mapache vivo alrededor del cuello. Unas cuantas personas llevaban arañas gigantes en la solapa a modo de broche. Un hombre altísimo y delgado, de cabello gris desaliñado y pómulos duros, llevaba una gran rata negra en cada hombro.

Había tanto para ver que, solo por un instante, Van se olvidó de estar aterrado.

—Bueno, chico —dijo el hombre altísimo de pómulos marcados que llevaba las ratas sobre los hombros, y Van se dio cuenta de que la voz clara y profunda era la suya. Cuando hablaba, todo el mundo callaba—. Dinos quién eres.

—Soy... soy Van —dijo, y tragó saliva—. Van Markson. —Y alargó una mano temblorosa—. Encantado de conocerle.

El hombre se quedó mirando la mano un instante. Cuando por fin se decidió a encajársela, la mano de Van desapareció completamente en la suya.

—Soy Clavo —dijo el hombre altísimo.

Sin soltarle la mano, Clavo miró a Van lentamente de arriba abajo, inclinando la cabeza a uno y otro lado. De repente dio un respingo. Sus duros pómulos y su nariz larga y fina, juntamente con las ratas, se acercaron a Van.

—¿Qué es esto? —preguntó directamente a su oído.

Una de las ratas estiró las patas delanteras y pasó al hombro de Van. Su hocico peludo le olfateó el lóbulo de la oreja.

—Ah, eso. —Van apartó los bigotes con la mano que tenía libre—. Es mi audífono.

Clavo entornó los ojos.

—¿Estás grabando esto? ¿O transmitiéndoselo a alguien? —se oyó un murmullo y la aglomeración se cerró más a su alrededor—. ¿Para quién trabajas?

—Tengo… tengo once años —dijo Van, tembloroso—. No trabajo para nadie.

—¿Entonces por qué llevas un micrófono escondido?

—No es un micrófono —dijo Van—. Me ayuda a oír. Es un amplificador y…

Pero la multitud no le escuchaba. Los murmullos y susurros crecieron y sumieron a Van en un oscuro mar de ruido. El corazón le iba a mil. Empezó a canturrear otra vez lo bastante alto como para que su voz hiciera retroceder aquella ruidosa oleada de irritación.

Dun da-dun DUNNN*…*

La rata continuó olisqueándole el lóbulo de la oreja. Los bigotes, finos como terciopelo deshilachado, susurraban contra su piel. Al final, Van se giró hacia ella —por extraño que pareciera, estaba convencido de que era hembra— y se encontró con sus ojillos brillantes mirándole fijamente.

Van estaba tan acostumbrado a que no advirtieran su presencia —incluso personas de su misma edad, de su mismo curso y con el mismo número de piernas que él—, que le desconcertaba que lo miraran tan a fondo.

«Hola», pensó.

La rata continuó mirándole un momento más, hasta que dio media vuelta, corrió otra vez al hombro de Clavo y pegó el hocico a su oreja.

—Gracias —le pareció oír que murmuraba Clavo. El hombre altísimo miró al niño—. Aparte del aparato que llevas en el oído, ¿eres normal y corriente? —preguntó, y todo el mundo calló de nuevo.

A Van no le gustaba cómo sonaba aquello. Ni el «aparte de» ni el «normal y corriente». Le gustaba tan poco como cuando Piedra había dicho que era «un crío normal, sin más». Pero el círculo de desconocidos de abrigo oscuro continuaba cerniéndose a su alrededor y el tramo de escaleras que conducía al exterior era larguísimo y estaba muy lejos.

—Sí —dijo Van—. Soy una persona, sin más.

—Una persona —repitió Clavo—. Pero ¿con quién estás? ¿A quién perteneces?

—Bueno... Vivo con mi madre —empezó a explicar Van—. Es cantante. Es un poco famosa. Si te gusta la ópera, claro. Pero justo antes de venir aquí estaba en una fiesta de cumpleaños, así que me rodeaba un montón de gente, si se refiere a...

El hombretón llamado Jota se acercó a Clavo.

—... encontró el camino de entrada él solo —oyó Van que gruñía.

—Sí —dijo Clavo, que alzó una mano y esperó a que

la muchedumbre se tranquilizara—. ¿Cómo has conseguido entrar, Van Markson?

—Pues… pues simplemente… —tartamudeó—… he seguido a la niña. A Piedra. La de la ardilla.

—¿La niña? —repitió Clavo—. ¿Esta niña? —inquirió haciendo un gesto hacia Piedra, que estaba allí al lado abriendo y cerrando las manos con inquietud. La ardilla sobre su cabeza se puso sobre las patas traseras y empezó a hacer ruiditos a la defensiva.

—¡Yo no he hecho nada malo! —gritó Piedra—. No le he traído yo. Me he limitado a recoger lo mío. ¡No sé cómo me ha visto!

Clavo se giró hacia Van.

—¿Cómo la has visto?

—Bueno… la primera vez la vi cogiendo monedas de la fuente del parque. Y la segunda vez ha sido en la fiesta de cumpleaños…

Pero la gente había empezado a murmurar de nuevo, furiosa.

—¿Dos veces? —la voz de Clavo era apenas audible en medio de los murmullos.

—Nos pusimos a hablar —dijo Van—. Ella me salpicó y yo le di una canica.

Pero nadie le escuchaba. Las palabras se superponían, los siseos y las vocales se estrellaban unos contra otras y se enmarañaban en nudos que le presionaban el cuerpo.

—¿… hablaste con él? —bramó una voz por encima del hombro de Van.

—¡Crío! —gritó otra voz—. ¡Ahí… ha visto!

El cuervo de Jota graznó.

De entre las sombras apareció un gato negro y larguirucho que empezó a serpentear alrededor de los tobillos de Van y le miró con unos ojos negros y brillantes de pupilas rasgadas. Unos ojos de depredador.

Una vez más, la voz clara y profunda de Clavo cortó el alboroto.

—¿Y qué ha visto? —Antes de continuar, Clavo esperó a que hubiera silencio. Después se volvió hacia Van con las manos abiertas—. ¿Por qué no nos explicas qué has visto exactamente, Van Markson?

Van tragó saliva.

—Bueno... —balbuceó. Miró a Piedra con la esperanza de que le hiciera alguna señal sutil que le indicara cuánto podía explicar. Pero tanto ella como la ardilla se limitaban a devolverle la mirada, petrificadas. Van apartó la vista.

—Pues... pues me he fijado en que los suelos están bastante limpios, y eso que aquí abajo hay un montón de palomas.

Clavo apretó los labios.

—¿Y?

—Y... me he fijado en que hay una sala llena de mapas y de cartas. La que se llama Atlas. —Los ojos de Van fueron nerviosamente de Clavo a Jota, que volvía a estar justo detrás de su hombro derecho—. Y también me he fijado en que todos los libros de esta habitación son iguales, así que supongo que son más para escribir cosas en ellos que para leerlos. Creo que quizás tengan algo que ver con aniversarios. Y me he fijado en que en esa sala enorme de abajo hay un montón de cosas metidas en botellas, como moneditas brillantes y una cosa que parece humo de vela. También me he fijado en que Piedra no quiere en absoluto que yo esté aquí. Y en que ahí abajo, en la oscuridad, creo que hay algo realmente grandísimo, y en que Piedra no piensa hablar de ello. Pero eso… —Van se detuvo, con la boca seca—. Eso es todo.

La muchedumbre que le rodeaba estaba en silencio. Nadie se movía, ni siquiera las arañas y los pájaros. En el ambiente flotaba una ausencia resonante.

—Eso es todo —dijo Clavo al fin, con mucha suavidad.

—Es peligroso. Te lo he dicho. —La voz de Jota era como un cuchillo golpeando a Van en la nuca—. Se le ha de contener.

—No podemos retenerlo —dijo la mujer de cabellos lustrosos que llevaba una paloma sobre el hombro. Van se giró para verle la cara—. Saldrán a buscarle. ¿Nos conviene eso, Jota? ¿Una ciudad llena de gente buscándonos?

—¿Y qué sugieres, Sésamo? —gruñó Jota, mirando a Van—. Si no quieres retenerlo, ¿nos deshacemos de él definitivamente?

A Van se le subió el corazón a la boca y todo él se tensó, preparado para escapar.

—No —respondió Clavo.

El cuervo de Jack dio un pequeño graznido. Nadie más dijo nada.

Clavo se inclinó hacia Van. Tenía los ojos grises, fríos e inalterables.

—Por el hecho de venir aquí —dijo—, por el hecho de hablar con nosotros, simplemente de vernos, te has puesto en grave peligro. No has de permitir que nadie sepa de nuestra existencia. ¿Lo entiendes?

Van asintió, no le quedaba otra.

—No vuelvas a venir aquí. No hables con nadie de

nada que tenga que ver con nosotros, ni con este lugar. Te estaremos vigilando. Si se lo explicas a alguien, nos enteraremos.

Van tragó saliva.

Clavo se inclinó aún más cerca.

—Y si descubrimos que le has hablado a alguien de nosotros, tendremos que eliminarte a ti y a quienquiera que lo sepa. ¿Entendido?

Van volvió a asentir.

Clavo le tendió una mano de dedos largos y Van hizo lo propio con la suya, más pequeña. Y las encajaron.

—Tenemos tu palabra —dijo Clavo mientras se enderezaba—. Y ahora, Piedra te escoltará hasta la salida.

La sala volvió al frenesí. Los pájaros alzaron el vuelo en todas direcciones, los roedores saltaron hacia las escaleras, la gente de abrigo oscuro volvió a las estanterías y mesas o desapareció por la puerta. Incluso Jota se marchó después de lanzar una última mirada a Van.

—¿En serio? —susurró Piedra a Clavo, aunque tan fuerte que Van lo oyó.

—Si no es tonto de remate se dará cuenta de la suerte que ha tenido —dijo, señalando hacia Van con la cabeza—. Adiós, Van Markson.

Piedra dudó un momento pero después dio media vuelta y se apresuró hacia las escaleras. Van la siguió corriendo. Cuando miró atrás por última vez, vio que Clavo y sus ratas aún le miraban, de pie bajo la luz de las lámparas.

Por lo general, cuando Van tenía miedo se volvía más silencioso, pero ahora el silencio únicamente le hacía sentirse solo. Y la única persona que le hacía sentirse menos solo era la extraña niña de ojos de color centavo cubierto de verdín.

—¿Así que… —empezó a decir mientras la seguía escaleras arriba—… te llamas Piedra?

Piedra no contestó.

—Es un nombre raro.

Piedra giró la cabeza como un rayo.

—Van sí que es un nombre raro —soltó—. Con lo bajito que eres deberían haberte puesto Minivan.

—¡Ja! —gritó Barnavelt—. ¡Minivan! ¡Lo he pillado! ¡Minivan!

Van suspiró.

La ardilla continuó riendo entre dientes lo que duró el tramo de escaleras.

—¿Por qué le pusiste Barnavelt? —preguntó Van cuando la ardilla dejó de reír al fin.

Piedra volvió a mirarle con dureza.

—¿Quién te ha dicho que se llama Barnavelt?

Van fingió no oírla. Miró por encima de su hombro, hacia la entrada abovedada del Atlas, donde unos cuantos adultos de abrigo oscuro andaban atareados con su trabajo.

—¿Hay más niños aquí abajo?

Esta vez Piedra no se giró pero Van se dio cuenta de que daba un respingo.

—En estos momentos, no —respondió.

Van se quedó en silencio un instante, observando cómo el bajo del abrigo de Piedra se agitaba ante él por el suelo de la enorme sala de entrada. Esperó a estar a mitad del tramo de escaleras que conducía a la Agencia Urbana de Recolección antes de preguntar, con la voz más despreocupada que pudo:

—¿Qué era ese ruido tan fuerte?

—¿Qué ruido? —preguntó Piedra dubitativa.

—Ese ruido enorme, como de terremoto.

—Nada. Solo... una cosa que hay en el Retén.

—¿Para qué sirve el Retén? —preguntó Van.

—Para retener cosas —respondió Piedra.

—¿Qué cosas?

—Muchas cosas.

—Muchas cosas —repitió Barnavelt—. Yo sé muchas cosas. Mi nombre, tu nombre, cómo abrir una nuez, cuándo una ramita es demasiado fina, un montón de números, como el tres, que es un número, el dos mil ciento, que es otro número...

—Y la gran sala llena de botellas... —dijo Van tirándose a la piscina—. ¿Qué es esa cosa que brilla en el interior de todas ellas? ¿Qué tiene que ver con las monedas, el humo y los huesecillos? ¿Son sustancias químicas, o átomos, o...?

Piedra se giró tan de repente que Van a punto estuvo de chocar con ella. La ardilla que llevaba sobre el hombro dio un respingo.

—¡Eh, hola! —chilló Barnavelt como si hiciera días que no veía a Van—. ¿Cómo te va?

—Haces demasiadas preguntas —dijo Piedra en un tono tan afilado como un cuchillo de carnicero—. No puedes saberlo porque no puedes saberlo.

Pero Van ya había unido la línea de puntos y ahora no iba a haber cuchillo de carnicero capaz de cortarle los pensamientos. La sala llena de botellas, los montones de monedas, el humo de las velas de cumpleaños, los huesecillos rotos... Eran huesos de los deseos.

—¿Estáis coleccionando los deseos de la gente? —preguntó en voz baja.

Piedra le agarró con tanta fuerza que Van soltó un chillido. Sin decir una palabra, lo empujó por la puerta escondida que daba a la Agencia Urbana de Recolección, lo hizo cruzar la sucia oficina y lo sacó a la calle.

Van salió a la acera dando tumbos. La luz del día resultaba cegadora. En la calle, los coches aceleraban y pitaban. El repentino ruido de la ciudad le aporreaba la cabeza. Por la claridad del cielo sabía que aún era por la tarde, pero nada más. Quizás se hubiera ido de la fiesta de Peter hacía una hora, tal vez dos, tal vez más.

Piedra, que había salido por la puerta corriendo tras él, estaba diciendo algo que él no conseguía oír. Después empezó a correr.

Van salió corriendo tras ella. Le dolían las piernas de haber subido cientos de escalones. Le dolía el pecho. El mundo era demasiado ruidoso y confuso. Pero aún peor que todo aquel ruido era pensar en lo que haría su madre cuando se enterara de que se había escapado. Imaginaba su cara aterrada, el olor de su perfume cuando se le acercara para abrazarlo… y en aquel punto se le apagó la imaginación. No podía ponerse a suponer qué haría su madre después porque, en toda su vida, Van no había hecho nada ni la mitad de malo que aquello.

Avanzó tambaleándose por la siguiente acera, y por la siguiente, y por la siguiente, persiguiendo la coleta al vuelo de Piedra.

—¿Estás…? —le pareció oír gritar a Piedra.

«¿Estás qué?» Quizás solo había dicho «te vas». Van corría tan rápido como podía. Pero después de tantas escaleras y de todas aquellas manzanas tenía las piernas de trapo.

De repente, Piedra se detuvo. Van vio que miraba algo al otro lado de la calle y se erguía. Después retrocedió.

—¡Vete! —gritó, empujando a Van delante de ella—. ¡Ya casi has llegado!

Van dio un traspiés con el bordillo y bajó a la calle.

Cuando vio a Piedra por última vez, la niña, con expresión de pánico, estaba dando media vuelta y empezaba a correr por donde habían venido.

Un ruido como el rugido del Retén martilleó los oídos de Van. El ambiente se llenó de neblina, como si una nube densa acabara de estallar justo encima de él. Y entonces, mientras Van daba otro paso vacilante… el mundo se inclinó.

Por unos instantes largos y glaciales, Van se dio cuenta de que estaba volando. Pero no como lo haría Super-Van, sino más bien como lo haría una planta si la tiraran por una ventana.

Después notó como si el lado derecho se le incendiara. Golpeó el suelo con la cabeza y notó que uno de los audífonos se le salía del oído. El rugido se hizo más fuerte y empezó a resonarle en la cabeza. Por encima de él, en el cielo, las azoteas y las copas de los árboles giraban vertiginosamente.

Entre Van y aquel cielo que no paraba de dar vueltas había un insecto amarillo gigante que parecía decir algo. Un instante después, un par de manos le levantaron del suelo con cuidado. El chico se sentó con los ojos entreabiertos. El insecto se convirtió en un hombre que llevaba mallas de licra, casco de ciclista y gafas de sol. Alguien le puso a Van en la mano el audífono que se le había caído y él se lo colocó.

—... irar a ambos lados —gritaba el insecto-ciclista—. He tocado el timbre... he gritado...

—Puede que no le haya oído —dijo una voz calmada justo por encima del hombro de Van—. Es sordo.

—Tengo discapacidad auditiva —corrigió Van. El martilleo de la cabeza le hizo cerrar los ojos.

Un brazo se apoyó en su hombro.

—¿... encuentras bien?... ¿... daño?

—Eh... —Van se tocó la cadera dolorida. Había aterrizado de lado. Del lado en que llevaba la botella de cristal. Metió la mano escocida en el bolsillo. Allí estaba la botella, sana y salva.

Pero tenía un manchurrón bien grande en el pantalón, a la altura de la cadera, y cuando sacó la mano del bolsillo vio que tenía levantada la piel de la palma.

—¿... un golpe en la cabeza? —dijo la voz cercana.

—Ha sido lo segundo en aterrizar —respondió Van—. Ha sido un golpe flojo, creo.

Oyó más palabras y ruidos a su alrededor pero ya no prestaba atención. La confusión le pasó del corazón, que le iba a mil, al resto del cuerpo dolorido, y para cuando sus ojos volvieron a enfocar, el insecto-ciclista se largaba zumbando.

Van se giró hacia la derecha.

Sentado a su lado en el bordillo había un hombre mayor vestido con un traje blanco. Tenía el cabello gris cuidadosamente ondulado y los ojos azules rodeados de arrugas de expresión a causa de la sonrisa que dibujaban sus labios, una sonrisa alentadora y cálida, como la que te ofrece el médico después de ponerte el recordatorio de una vacuna.

—Seguro que no te acuerdas de mí —dijo el hombre—. Soy Ivor Falborg.

—Yo soy…

—Giovanni Markson —le cortó el hombre—. O Van, que es más corto.

Van parpadeó.

—¿Cómo lo sabe?

—Bueno, soy bastante aficionado a la ópera —explicó el hombre—. Os conocí a ti y a tu fabulosa madre hace unos meses en la fiesta de una asociación de amigos de la ópera. —Se puso en pie y tiró de Van—. ¿Seguro que te encuentras bien? Estaré encantado de pararte un taxi.

—No —dijo Van—. Puedo caminar. Creo.

—Entonces espero que al menos me dejes acompañarte a casa. Vivo en vuestro barrio.

—Ah… es que… no voy a casa —explicó Van notando que se le volvía a hacer un nudo en el estómago—. He de volver a casa de los Grey.

—¿De Charles y Peter Grey? —Volvió a aparecer la sonrisa del señor Falborg—. ¡Pero si son buenos amigos míos! Has de dejar que te acompañe. Está aquí mismo.

El señor Falborg tenía razón. Nada más doblar la esquina, Van reconoció la hilera de altivas casas de piedra y amplias escaleras de entrada.

Y allí, al pie de una de aquellas escaleras, había un coche de policía. En la acera estaban algunos de los niños de la fiesta de cumpleaños tirándose bellotas unos a otros. Peter estaba sentado en el bordillo con los brazos cruzados sobre el pecho. La niñera de Peter estaba diciéndole algo entre sollozos a un policía que garabateaba en una libretita. De pie en la acera, aferrando con una mano el pañuelo de seda que llevaba al cuello y mirando calle arriba y calle abajo, estaba la madre de Van.

De repente, a Van le parecía que su estómago era un cuenco de gachas de avena frías. Avanzó por la acera hacia la muchedumbre escondiéndose tras la sombra del señor Falborg tanto como le era posible.

La niñera fue la primera en verlos. Van vio que abría la boca y gritaba algo al tiempo que apuntaba con un dedo en dirección a él.

Ingrid Markson se dio la vuelta.

—¡Giovanni!

Pese a los tacones, se plantó a su lado en dos segundos y lo envolvió entre sus brazos. Van se hundió contra ella un momento, a salvo, agradecido y contentísimo de que las manos que lo abrazaban fueran las de su madre y no las de Jota, si bien hubiera preferido que la escena no la presenciara aquel grupo de niños.

—¿En qué estabas pensando? —le preguntó su madre mientras le retiraba los brazos para poder verle la cara, aunque de hecho hablaba tan fuerte que la oían él y toda la calle—. ¿Cómo se te ha ocurrido saltar por la ventana y escapar? ¿En una ciudad como esta? ¿Qué demonios estabas pensando? —Le cogió la mano que tenía magullada—. ¿Pero qué te ha pasado? ¿Estás bien?

Van abrió la boca pero no salió nada.

—Un choque menor con un ciclista —dijo el señor Falborg—. Yo mismo lo presencié pero me temo que no estuve a tiempo de hacer nada.

—¿Que te ha atropellado una bicicleta? —Su madre le

apretó la cara entre las manos perfumadas de azucena—. ¿Estás herido? ¿Te has dado un golpe en la cabeza?

El policía y la niñera se dirigían hacia ellos. Los demás niños, excepto Peter, se habían acercado. Continuaban lanzándose bellotas pero se notaba que también ponían la oreja con disimulo.

Van era incapaz de ordenar sus pensamientos y, de todos modos, tenía la boca tan estrujada entre las manos de su madre que era imposible que saliera de ella palabra alguna.

—Uh... —balbuceó.

—Creo que cayó de lado —intervino el señor Falborg amablemente—. Espero que no le importe que me entrometa, *signorina* Markson. Soy Ivor Falborg, miembro de la Asociación de Amigos de la Ópera. Nos conocimos en la gala del mes de marzo.

—Ay, sí, el señor Falborg —dijo la madre de Van—. Qué suerte que estuviera usted allí —añadió, y volvió a mirar a Van—. Aún no me has contado qué pensabas que estabas haciendo.

Van tragó saliva. Sus pensamientos iban de la ventana abierta a la ardilla Barnavelt, al gato blanco que había usado como ardilla suplente en su escenario en miniatura, y de allí a...

—Vi un gato callejero —soltó.

—¿Un gato callejero? —repitió su madre.

—Estaba en el jardín. Pensé que quizás estaba perdido, así que intenté cogerlo.

La madre de Van lo miraba como si acabaran de obligarla a comerse una galleta para perros. Se echó hacia atrás con los labios apretados.

—¿Que saltaste por una ventana y te escapaste de una fiesta de cumpleaños porque viste un gato que quizás estaba perdido?

El policía y la niñera, que continuaba sollozando, se reunieron con ellos. Los otros niños se acercaron disimuladamente un poquito más.

—Sí —dijo Van—. Fue por eso.

Ingrid Markson volvió a ponerse recta.

—Se ve que fue tras un gato callejero —explicó a los allí reunidos—. Lamento mucho las molestias, agente. Y señor Falborg, ha sido muy amable al dedicarnos su tiempo.

—Señora Markson —dijo la niñera, que parecía muy insegura—. Lo... lo... siento mucho... Yo no...

—No ha sido culpa suya. —La madre de Van le dio unas palmaditas en el brazo—. No ha sido culpa de nadie más que de Van.

—Y del gato —añadió Van, aunque nadie le hizo caso.

—... parece que todo el mundo está donde debe —dijo el policía haciendo un gesto hacia la madre de Van y la niñera antes de regresar al coche patrulla—. Les dejo para que acaben su fiesta.

—La fiesta se ha acabado —dijo alguien en voz alta.

Todos miraron alrededor.

Peter no se había movido del bordillo.

—David ha tenido que irse ya —dijo—. Y de aquí a diez minutos vienen a recoger a todos los demás. Nos hemos pasado la tarde aquí fuera, buscando por los jardines de los vecinos. Ni siquiera he llegado a abrir los regalos.

—¡Peter! —dijo la niñera en tono de reprobación—. Van está sano y salvo. Eso es lo que importa.

La mirada de Peter se encontró con la de Van. Peter tenía los ojos de un azul tan gélido que a Van le recordaba el de las piscinas. En aquel instante sus ojos se empequeñecieron, el agua se oscureció, y Van prácticamente notó el odio helado de Peter desbordándose y llevándoselo por delante.

—Estoy segura de que Giovanni lamenta mucho haber interrumpido la fiesta. —Ingrid Markson habló lo bastante fuerte para empujar a Van hacia delante. Acabó la tarea con los dedos—. ¿Verdad que sí, Giovanni?

Van dio un paso hacia Peter.

—Sí. Lo siento.

Peter volvió la cara hacia un lado y habló en un murmullo, así que Van no pudo leerle los labios, pero estaba casi seguro de que había dicho: «Ya puedes sentirlo».

Van se metió la mano en el bolsillo y apretó la ardillita de porcelana.

—Gracias por invitarme a tu fiesta —dijo con la mejor de sus sonrisas—. Me lo he pasado muy bien.

Cuando llegaron a casa, la madre de Van le lavó la mano herida, chasqueó la lengua al ver las rozadurass de los pantalones y finalmente lo mandó directo a su habitación aunque, de todos modos, Van ya estaba a punto de irse.

Tras asegurarse de cerrar bien la puerta, Van se quitó los audífonos y sacó su colección de debajo de la cama. Hurgó en la caja hasta dar con la bolsa de terciopelo con cierre de cordón que había encontrado en el suelo de unos grandes almacenes franceses.

Van se sacó la botella azul del bolsillo y la sostuvo en

alto ante la luz, girándola de lado a lado. «Peter Grey. 8 de abril. Decimosegundo cumpleaños.» En su interior, la voluta plateada brillaba delicadamente. Era el deseo de Peter.

Van se preguntaba qué deseo habría pedido Peter. Miró el interior de la botella, a ver si el humo plateado le daba alguna pista, pero allí no había nada. Al menos nada que Van fuera capaz de ver. ¿Cuántos deseos robados más había encerrados en aquella sala subterránea? ¿Millones? ¿Miles de millones? Y, sobre todo, ¿por qué los robaba la gente del abrigo oscuro?

Lentamente, Van deslizó la botella en la bolsa de terciopelo y la colocó lo más al fondo de la caja que pudo, bajo su montón de tesoros.

Van se volvió hacia el escenario en miniatura. Quitó de él los dinosaurios de plástico que había dispuesto el día anterior y puso en su lugar a SuperVan y al peón-niña en el centro. Después colocó entre ellos la ardillita de porcelana que había robado. Volvió a rebuscar en la caja de tesoros hasta encontrar el camión de la basura oxidado en miniatura.

—Brrrum, brrrum.ÑIII.

El camión de la basura dobló una concurrida esquina a toda velocidad. La ardillita gris no estaba a tiempo de escapar. El peón-niña vio con horror cómo los pesados neumáticos se precipitaban sobre el animalito…

Y entonces apareció un rayo rojo y negro procedente de las alturas. Como una exhalación, SuperVan voló ante el camión de la basura, tan cerca que su capa pasó zumbando por el parachoques como una gran bayeta. Cogió a la ardilla en brazos y remontó el vuelo mientras el camión se alejaba en la distancia.

—¡Has salvado a Barnavelt! —gritó el peón-niña cuando SuperVan aterrizó en la acera con elegancia.

—¡Sí! ¡Me has salvado! ¡Eres un salvavidas! ¡Me encantan los salvavidas! —aclamó la ardilla—. Y me encantan los bolos, y las ráfagas de estrellas, y...

—No tiene importancia —dijo SuperVan con modestia.

—No. Eres un héroe —dijo el peón-niña, y se le acercó—. Has demostrado que podemos confiar en ti. Así que ahora... te contaremos todos nuestros secretos.

Van miró al peón-niña y a la ardilla en miniatura pero, por alguna razón, allí, en su habitación normal y corriente, era incapaz de imaginar qué podía pasar después.

Mientras Van miraba el escenario en silencio, un cuervo se posó en el alféizar de la ventana. El animal movió la cara, inteligente y afilada, de lado a lado, y se percató de la escena que estaba sucediendo tras el cristal: el niño preocupado, el escenario en miniatura, la diminuta ardilla de porcelana. Sus ojos pequeños y brillantes parpadearon. Después extendió las alas y planeó hasta el hombro de un hombre de abrigo largo y negro que esperaba en la penumbra de la acera.

El cuervo graznó algo suavemente al oído del hombre, que acto seguido dio media vuelta y se marchó con el animal posado sobre el hombro. Nadie de la acera, ni de la calle, ni de los altos edificios llenos de gente a ambos lados de la calle se percató de que hubieran estado allí.

10

GUIRNALDAS DE PELO Y COSAS AÚN MÁS RARAS

—¿Por qué no me puedo quedar hoy en casa y ya está? —preguntó Van a la mañana siguiente mientras corría por la acera tras la sombra de su madre, perfumada de azucena—. No quiero pasar todo un sábado en tu ensayo.

—Ya sabes por qué —dijo su madre—. Me has demostrado que no me puedo fiar de que vayas a quedarte donde debes. Estamos en una ciudad grande y peligrosa y tú eres muy pequeño y muy especial. —Le puso la mano sobre la cabeza de un modo que hizo que Van se zafara de ella—. Además, resulta que sé que Peter va a estar allí.

El recuerdo de los ojos de hielo de Peter unido a la idea de la ardilla y la botellita de cristal azul robadas, ahora ambas escondidas en su caja de los tesoros, hizo que se le volviera a hacer un nudo en el estómago.

—Peter me odia —dijo.

—Seguro que no te odia —dijo su madre—. Pero tal vez podrías tomarte la molestia de ser especialmente agradable con él para compensarle por haber interrumpido su fiesta.

—Tal vez —dijo Van sin demasiada convicción.

—A Charles y a mí nos encantaría que pasarais un poco más de tiempo juntos —continuó su madre—. Os haríais mucho bien.

—¿Que nos haríamos mucho bien? —repitió Van—. ¿Como… el brócoli?

—¡Como el brócoli y el bimi! —cantó su madre.

Por un instante, Van pensó en fugarse de allí. Se imaginó despegando como SuperVan: su cuerpo era un rayo con capa que salía disparado por la ciudad… Pero ni siquiera su yo imaginario podía escapar a su madre real. Le habría pillado a la vuelta de la esquina.

A Van le entró el bajón y se quedó mirando la acera. Chicles pegados, tapones de botellas, unos cuantos pétalos de flor chafados. Y allí, bajo un arbusto, una cosa de ojos negros y brillantes.

Van se agachó tan de repente que su madre casi chocó contra él.

—Giovanni, ¿pero se puede saber qué…? —empezó.

Pero Van no la escuchaba. Se acercó lentamente a aquella cosa que había entre las sombras de las hojas. Quizás fuera el cuervo de Jota, con su pico como de lápiz afilado. O una de las ratas de Clavo. Fuera lo que fuese, estaba vivo y le devolvía la mirada. Con el corazón a mil, Van alargó la mano y apartó las ramas.

Bajo el arbusto había una bolita de pelo gris diminuta y temblorosa.

—¡Es un polluelo! —gritó Van. El pajarillo parpadeó mirándolo con ojos negros como el carbón y sacudió un ala torcida—. ¡Creo que está herido!

—Oh —dijo su madre—. Debe de haberse caído del nido. Pobrecito.

—¿Qué podemos hacer?

—Giovanni… —Su madre suspiró—. Estas cosas pasan. Y tenemos que irnos o llegaré tarde.

Van apartó el brazo del alcance de su madre.

—¡No podemos dejarlo aquí!

Su madre volvió a suspirar.

—Está en la calle, que es adonde pertenece. No lo toques, que seguro que tiene la rabia, o bichos varios.

—Los pájaros no cogen la rabia —replicó Van, aunque la verdad era que no estaba seguro de ello—. ¡Tenemos que ayudarle!

—Giovanni, es un animal salvaje. Uno no puede llevarse a casa un cuervo, o un gorrión o un… un…

—Un polluelo de petirrojo —dijo una voz amable.

Un hombre de traje blanco se había detenido junto a ellos tan silenciosamente que Van no había advertido su presencia. Cuando levantó la vista, notó una oleada de calidez que manaba de la arrugada sonrisa del señor Falborg.

—Eres muy observador, Maestro Markson —dijo el señor Falborg sin perder la sonrisa—. Y *signorina* Markson, ¡qué placer encontrarme con la mejor soprano del mundo dos días seguidos! Las estrellas deben de haberse alineado a mi favor.

—Es usted adorable, señor Falborg —respondió la madre de Van, también con una sonrisa—. De hecho Van y yo íbamos de camino a la ópera.

—Yo no —corrigió Van—. No pienso dejar al pollito aquí.

—Giovanni —dijo su madre en un tono que empezaba a parecerse al de la campana de la catedral.

—Si se me permite la sugerencia —intervino el señor Falborg—, yo podría llevar al petirrojo a una clínica veterinaria estupenda que hay aquí cerca. Es donde llevo a mi Renata a hacer la revisión anual. Renata es mi gata persa. Como Renata Tebaldi: es bastante diva. —Sonrió a Van—. Y si a usted le parece bien, *signorina* Markson, estaría encantado de que Van me acompañara.

Van se giró hacia su madre.

—¿Puedo, mamá? Por favor...

—Después lo llevaré directamente a la ópera —se ofreció el señor Falborg—. Si usted acepta, claro está.

Después se calló un momento, a la espera de una respuesta. Su expresión era tan cálida y arrugada que Van no creía que nadie hubiera podido negarse a su propuesta.

La madre de Van tampoco se negó.

—De acuerdo —dijo, y se inclinó adelante para besar a su hijo en la frente—. Pero compórtate. ¿Me has oído, Giovanni?

—Te he oído —balbuceó Van.

—Es una suerte que hayas visto ese pajarillo —dijo el señor Falborg mientras Ingrid Markson se alejaba rápidamente, y se sacó un pañuelo de seda azul del bolsillo del chaleco—. De no ser por ti, seguramente no habría sobrevivido. Ya está. —Se agachó y envolvió al polluelo en el pañuelo—. Así podrá pensar que está a salvo en el cielo.

La clínica veterinaria estaba solo a dos manzanas. Por el camino, Van se encontró una moneda de cuarto de dólar y un caballero de Lego, cosa que hizo que la mañana pareciera aún más soleada. Dejaron al petirrojo a cargo de una técnica veterinaria muy amable que prometió que cuidarían del pajarito y después lo dejarían en libertad. El señor Falborg le pidió que le enviara la factura a su casa y después se marcharon.

Se sonrieron con cara de «buen trabajo». Entonces Van pensó en Peter Grey y en la sala de ensayos de la ópera, donde todo era estridente, borroso y aburrido, y en todas las cosas que podía hacer un soleado sábado de verano.

—¿Ocurre algo? —preguntó el señor Falborg.

—Es que… la verdad es que no quiero ir a la ópera. Y el ensayo no acaba hasta las tres, o sea que tendré que estarme horas allí sentado.

—Mmm… —El señor Falborg parecía pensativo—. ¿Y si llegaras a la ópera un buen rato antes de que acabara el ensayo pero pasaras el resto del tiempo en mi casa?

Van notó que se le arrugaba la cara en una sonrisa tipo señor Falborg.

—Estaría bien.

La casa del señor Falborg, como él mismo, era alta y pulcra. Los cinco pisos de ladrillo blanco estaban rodeados por un jardín de arbustos esculpidos y árboles, y la puerta estaba pintada del mismo tono azul cielo que el pañuelo del señor Falborg.

—Pasa, por favor —dijo el señor Falborg mientras atravesaban el umbral y entraban en un recibidor de techos altos.

Van ahogó un suspiro, sorprendido: esperaba encontrarse con puertas de pisos numeradas a lado y lado de un pasillo.

—¿Es suyo todo el edificio?

—Es de mi familia desde hace bastante tiempo. ¡Ah! ¡Gerda! —exclamó el señor Falborg al ver aparecer por el otro extremo del recibidor a una señora de mediana edad vestida con un cuidado traje gris—. Permítame que le presente a Giovanni Markson, hijo de la renombrada soprano Ingrid Markson.

—La gente me llama Van —dijo con timidez.

—Enkantada de konocerrrle —Gerda hablaba con un acento marcado que Van no conseguía identificar. La mujer le sonrió con calidez—. Señor Falborg… trrres llamadas del komerrrciante veneciano esta tarde.

—Gracias, Gerda —dijo el señor Falborg. Después se giró hacia Van—. ¿Me perdonas un momentito? Por favor, ponte cómodo en el salón. —Acompañó a Van hacia una entrada en arco—. Quizás Gerda pueda traernos un refrigerio.

Gerda cruzó el recibidor en dirección a la parte trasera de la casa, el señor Falborg se fue por la derecha y Van pasó sigilosamente bajo el arco y se encontró en un amplio salón.

La estancia tenía las paredes blancas, el techo era también blanco y de él colgaban lámparas de araña y había sillones blancos dispuestos alrededor de una gran chimenea de ladrillos y repisa pintados de blanco. Pero ahí acababa la blancura. Había helechos verdes que brotaban de canastos colgados y estanterías empotradas en las que se veían libros de tapa dura y gastada en tonos cálidos. Las paredes estaban cubiertas de marcos de todas las formas y medidas, y cada uno de ellos contenía una cosa diferente: siluetas de papel recortadas, una postal antigua, unas cuantas mariposas clavadas.

Las superficies planas estaban cubiertas con más curiosidades: conchas marinas brillantes, barcos de madera dentro de botellas, antiguos juguetes de metal, flores que parecían vivas talladas en piedra. Con sumo cuidado, Van tocó la trompa de un elefante de hierro fundido. La trompa se inclinó hacia abajo y en seguida recuperó la posición inicial. Van dio un brinco.

—Limonada y galletas de jengibre —dijo Gerda, y Van dio otro brinco—. Sírvase, por favor. —Gerda dejó la bandeja sobre una mesa y desapareció rápidamente por la puerta.

Van rodeó de costado el sofá bajo y cogió un pedacito de galleta. Era tan quebradiza y picante que parecía que intentara devolverle el mordisco.

—... veo... ya está aquí el jefe serio... —oyó Van que decía el señor Falborg por encima de su hombro. «Veo que ya está aquí el refrigerio».

Van se dio la vuelta.

—Los ha traído la señora Gerda... eh... la señora... su esposa.

—Espero que mi esposa no me llamara señor Falborg —dijo él con una sonrisa—. Gerda y su marido, Hans, me ayudan a llevar la casa. También me ayudan a gestionar mis negocios: ventas, adquisiciones y demás. Y hacen que esta casa tan grande sea menos solitaria. Si no fuera por ellos, estaríamos solo yo y mis colecciones —añadió, haciendo un gesto que abarcaba la sala—. Ocupan mucho espacio pero no hacen demasiada compañía: Huchas mecánicas, sellos, canicas, guirnaldas de pelo...

Van estaba casi convencido de que esto último lo había entendido mal.

—¿Guirnaldas de pelo?

—Adornos victorianos hechos de pelo humano —explicó el señor Falborg—. Hará unos diez años que los colecciono, no más. Sin embargo, algunas de mis colecciones son el resultado de toda una vida. Mis discos de ópera, mis pisapapeles... —Se le iluminaron aún más los ojos azules—. Si me acompañas podrás comprobarlo tú mismo.

El señor Falborg pasó bajo otro arco, dobló una esquina y se encontró frente a unas puertas dobles. Tras abrirlas, encendió la luz y la habitación entera cobró vida.

—Vaya... —exclamó Van.

La sala estaba repleta de vitrinas de cristal iluminadas, de las que había solo en las joyerías más lujosas, según había visto Van. Todos los estantes de cada vitrina estaban llenos de burbujas de cristal, todas de diferentes colores y ligeramente brillantes. A Van le vino a la cabeza la imagen de la sala llena de botellas relucientes pero vio que el señor Falborg abría una vitrina y sacaba algo de ella, y volvió a la realidad.

—Esta es una de las más antiguas de mi colección —explicó el señor Falborg sosteniendo una esfera de cristal verde con espirales doradas—. La encontré en un anticuario de Nueva Orleans. No debía de ser mucho mayor que tú. Desde aquel día quedé enganchado.

Van contempló la galaxia de pisapapeles. Los había llenos de ciclones de burbujas, otros con capas de cristal de color que parecían tentáculos de medusa, otros con flores que debían de haberse cogido hacía un siglo.

—Hala... —murmuró.

—Esto de coleccionar es algo huidizo —dijo el señor

Falborg, inclinándose junto a él—. El mundo entero se convierte en una tienda de curiosidades y el próximo descubrimiento podría estar en cualquier parte. Y sabes que mirar el mundo de esa forma te hace parecer distraído y extraño, pero no puedes evitarlo porque en cuanto dejes de mirar podrías perderte un auténtico tesoro.

Van se volvió a mirar al señor Falborg. Le recorría un cosquilleo extraño, bastante parecido a cuando se percataba de que había algo especial esperándole en el suelo.

—Y cuando ves el tesoro —continuó el señor Falborg— sencillamente has de tenerlo. Necesitas incorporarlo a tu colección porque…

—Porque pertenece a ella —añadió Van.

Al señor Falborg le centellearon los ojos.

—¡Exacto! —Le puso la mano en el hombro a Van—. Sabía que había detectado a un compañero coleccionista. ¿Y cuál es tu pasión? ¿Qué coleccionas?

—Solo… cosillas que encuentro —dijo Van—. Cosas que se le caen a la gente, o que tiran.

—Qué interesante —dijo el señor Falborg—. ¿Te apetece otra galleta? ¿O prefieres ver las guirnaldas de pelo?

—Las guirnaldas de pelo —contestó Van sin dilación.

El señor Falborg le condujo fuera de la sala, dobló varias esquinas, pasó por muchas más puertas cerradas y subió por una larga escalera. Van le siguió.

Por dentro, la casa del señor Falborg era mucho más serpenteante de lo que Van habría supuesto. Cada pasillo se dividía en varias direcciones y cada recoveco y repisa estaba atestado de extraños tesoros. En un testero había cientos de máscaras colgadas. Otra pared estaba forrada de viejos pósteres de circo. Un distribuidor entero estaba lleno de cadáveres de serpiente disecados o enmarcados. Para cuando el señor Falborg abrió una puerta, Van ya casi había olvidado adónde iban.

Aquella sala era larga y estrecha, estaba forrada de algo oscuro y tenía unas cortinas de terciopelo rojo que tapaban la luz casi por completo. Había artilugios de latón sobre elegantes mesas de madera. Van vio una cosa que parecía una máquina de escribir, otra que parecía una caja registradora muy antigua y otra que podría haber sido tanto una máquina de coser como un taladro de dentista. El señor Falborg encendió la lámpara de araña y de pronto Van se dio cuenta de que las paredes estaban literalmente cubiertas de cajas de cristal, dentro de las cuales había lo que parecían sofisticados bordados, aunque no estaban hechos sobre tela.

Van se acercó más. En lugar de hilos de colores, los bordados estaban hechos con miles y miles de cabellos humanos que, anudados y enrollados, formaban diminutos brotes, árboles, tallos y hojas, cosas que deberían haber sido verdes, o rosas, o blancas, pero que en cambio eran de un color marrón desteñido.

—Qué raras son… —dijo Van por fin.

El señor Falborg asintió.

—Pues sí que lo son. Imagínate a los artesanos de la época victoriana seleccionando cabellos de sus cepillos noche tras noche.

—Rarísimas —insistió Van.

—Si tuviéramos más tiempo te enseñaría mis cajas de música pero están abajo, en el sótano. Quizás otro día.

—Me encantaría —respondió Van sonriendo.

El señor Falborg le devolvió la sonrisa.

Y entonces, justo por encima del hombro del señor Falborg, a Van le llamó algo la atención. En el rincón más apartado y oscuro de la habitación, empotradas en paneles de seda y prácticamente escondidas tras las cortinas de terciopelo rojo, había unas puertas dobles negras y resplandecientes.

—¿Qué hay ahí? —preguntó Van—. ¿Otra colección?

—Ah. —El señor Falborg se deslizó entre Van y las puertas negras—. Ahí hay una colección que no muestro a los invitados, me temo. —Van esbozó una sonrisa pesarosa—. Es la más valiosa de todas mis colecciones y su seguridad es crucial.

La curiosidad, junto con la cara apacible del señor Falborg, hicieron que Van se mostrara más audaz que de costumbre.

—Tendría muchísimo cuidado —prometió, mirando otra vez hacia las puertas—. Puede fiarse de mí.

Pero apenas había acabado de hablar cuando el recuerdo de varios secretos se cernió sobre él: la ardilla que le había robado a Peter; la manera en que se había colado en la sucia agencia de recolección, a través de infinitos pasillos subterráneos, hasta entrar en la sala llena de deseos embotellados; la botellita de cristal azul con la voluta plateada colocada en el fondo de la caja de tesoros que guardaba bajo la cama. Claro que nunca le robaría nada al señor Falborg… pero tampoco había tenido la intención de robar nada en casa de Peter Grey ni en la colección subterránea. A lo mejor no era tan de fiar como decía.

—Estoy convencido de que me puedo fiar de ti —dijo el señor Falborg en un tono que tranquilizó a Van—. Pero hay otros que…

El señor Falborg se calló y se quedó mirando fijamente un puntito que había en la pared, cerca de las puertas negras medio escondidas. Van siguió su mirada. Entrecerró los ojos y se dio cuenta de que el puntito era una arañita marrón que estaba suspendida sin moverse ni un ápice.

El señor Falborg se sacó el pañuelo azul del bolsillo y cual látigo, de un golpe salvaje, chafó la araña contra la pared. Van hizo una mueca de dolor. Al chocar contra la pared, la mano del señor Falborg hizo un ruido enorme, incluso para los oídos de Van, mucho mayor de lo necesario para chafar una araña diminuta.

El señor Falborg se volvió, miró a Van y la mirada de fría repulsión de sus rasgos se fundió rápidamente en una sonrisa. Después dejó el pañuelo sobre la mesa más cercana.

—No todas las criaturas son nuestras amigas —dijo mientras miraba su reloj de pulsera—. Ay, no. Se me ha ido el santo al cielo. Deberíamos ir yendo hacia la ópera —dijo haciendo un gesto hacia la puerta—. Gracias, Maestro Markson.

Bajo el sol de media tarde, emprendieron un corto paseo hacia la ópera durante el cual el señor Falborg fue explicando un montón de historias sobre canicas poco comunes y sellos excepcionales que Van solo oía a medias. El joven también se encontró una llave antigua en una alcantarilla y para cuando el señor Falborg le abrió la puerta del vestíbulo de la ópera e hizo una reverencia a modo de adiós, Van apenas recordaba por qué le había arraigado en el fondo del estómago la diminuta semilla de una extraña sensación de desasosiego.

11

IREMOS A POR TI

Pasaban tres minutos de la medianoche cuando la ventana de Van se abrió un poquitín.

Van, profundamente dormido y sin los audífonos, que estaban en su sitio encima de la mesilla de noche, no oyó crujir la ventana. Tampoco oyó el repique de las garras sobre la madera de los pies de la cama, ni el golpe seco de un pesado gancho de metal al engancharse al alféizar de la ventana. Una racha de viento fresco entró por la ventana abierta y le hizo ondear el cabello. El chico se agitó ligeramente pero no se despertó.

Dos pares de botas treparon por la pared de ladrillo que subía hasta su ventana. Dos abrigos largos y oscuros hicieron frufrú al saltar por encima del alféizar. Van tampoco oyó nada de eso.

No fue hasta que una sombra cayó sobre él y le tapó el resplandor neblinoso de la luz nocturna que Van finalmente abrió los ojos.

Dos hombres con abrigo oscuro se inclinaron sobre su cama. Uno llevaba un mapache vivo envuelto alrededor del cuello. El otro tenía rasgos duros, ojos brillantes y llevaba un enorme cuervo negro sobre el hombro.

Antes de que Van pudiera gritar, Jota le tapó la boca con su manaza.

Jota movió los labios. El otro hombre asintió y retiró las mantas. A Van no le dio tiempo ni de desear que esos dos no le hubieran visto con su pijama de trenes en miniatura: en un santiamén, Jota se lo echó al hombro y alguien le tapó la cabeza con una bolsa de tela negra.

Van notó que le empujaban y le levantaban por encima del alféizar, el aire húmedo de la noche a través del pijama, el hombro de Jota clavado en el estómago. Intentó gritar pero era como si la bolsa atrapase el sonido dentro de su cabeza, donde de todos modos apenas se oía ni a sí mismo. Por un momento le pareció que estaba cayendo, después otras manos le cogieron y le alzaron para ponerle en un asiento estrecho y mullido y se le sentó alguien al lado.

Al cabo de un momento, una sacudida le hizo bambolearse hacia atrás. La brisa le indicaba que se estaba moviendo hacia delante, y rápido.

«Deben de haberse enterado de lo de la botella», pensó. Sabían que la había robado. Se le heló el cuerpo.

—Por favor —boqueó a través de la bolsa negra—. Os la devolveré. Haré lo que…

La manaza le volvió a tapar la boca. Si alguien respondió, Van no lo oyó.

Entre la respiración y el sudor de Van y aquella manaza sellando el aire del interior, la bolsa no tardó en hacerse sofocante primero, asfixiante después. Muy lentamente, intentando no ponerse histérico, Van dejó caer la cabeza de lado. La mano se quedó donde estaba. Por fin la bolsa se había retorcido lo bastante para que Van pudiera ver el exterior por el borde inferior.

Iba sentado en un pequeño carruaje abierto de asientos de cuero negro y ruedas grandes y finas. Tiraban de él dos hombres en bicicleta, con los abrigos oscuros ondeando al viento tras ellos.

El carruaje giró hacia un callejón, después hacia otro y después hacia otro más. En un momento, Van ya se había desorientado. Aunque suponía que tanto daba, puesto que ya sabía adónde se dirigían.

Finalmente, el carruaje se detuvo. Jota volvió a echarse a Van al hombro y la bolsa volvió a taparle la vista. Notó el recinto sombrío de la oficina vacía y el aire helado mientras bajaban la empinada escalera de piedra.

—Por favor —suplicó—. Haré lo que queráis. Por favor.

Quien lo llevaba ni siquiera se paró.

Más giros y escaleras. Hacia abajo, a la izquierda, a la derecha.

Finalmente lo pusieron de pie a una velocidad de vértigo. Unas manos lo empujaron hacia atrás y Van se tambaleó sobre una superficie metálica fría que vibraba y se balanceaba bajo sus pies descalzos. Le quitaron la bolsa de la cabeza.

Van parpadeó, aturdido y mareado, y se dio cuenta de que estaba mirando hacia abajo, hacia una oscuridad expectante y sin fin. Soltó un alarido. Sin los audífonos, lo oyó amortiguado y débil, incluso dentro de su cabeza. ¿Podía oírlo alguien más?

Estaba en una especie de ascensor que se bamboleaba, o más bien en una especie de jaula colgante, por lo que pudo ver. Las paredes eran rejas de barrotes separados. Unos centímetros bajo sus pies, un lado de la jaula estaba abierto y por allí se veía la profundidad que caía en picado.

A escasa distancia de él, de pie sobre un saliente de piedra firme, estaban Jota y otros dos hombres de rasgos duros. Jota asía la manivela de una gran rueda de metal que mandaba sobre una polea y una serie de engranajes y cuerdas.

Van tuvo un fogonazo y lo vio: iban a bajarle a la oscuridad, a aquella negrura profunda y cegadora, junto a aquella cosa monstruosa, fuera lo que fuera, que producía aquel rugido que hacía temblar las piedras. Al Retén.

—¡No! —chilló—. ¡No, por favor! ¡Os la devolveré!

Jota movió la boca y se detuvo, a la espera.

—¡No te oigo! —gritó Van.

Jota volvió a mover los labios pero Van no fue capaz de descifrar ni una sola palabra.

Uno de los hombres le dijo algo al oído a Jota, que entornó los ojos. El cuervo que llevaba al hombro alzó el vuelo.

—¡Miente! —oyó Van que gritaba el pájaro—. ¡Miente!

Jota giró la manivela y la jaula se precipitó hasta detenerse un buen trozo más abajo con un bamboleo violento. Van patinó sobre el suelo de metal y se agarró tan fuerte al borde de la pared abierta que pensó que se le iban a romper los huesos.

—¡POR FAVOR! —gritó hacia arriba, a los hombres del saliente—. ¡No sé qué queréis!

El hombre de la coleta sacudió la cabeza. El tercer hombre murmuró algo. Jota miró a Van con sus ojos negros como el carbón, a la espera.

Y volvió a girar la manivela.

Van perdió pie, cayó de espaldas y resbaló por la jaula de metal hacia uno de los extremos más alejados. Se golpeó la columna contra los barrotes. Levantó la vista hacia los tres hombres, hacia el saliente, hacia la luz verde-dorada, cada vez más lejana, y le recorrieron el cuerpo punzadas de terror.

—¡No! —gritó—. ¡Que alguien me ayude, por favor!

De repente vio que por encima de él destellaba algo de alas nacaradas. Cruzó la oscuridad del agujero y planeó sobre la jaula de metal en la que Van no dejaba de temblar. La paloma aterrizó elegantemente sobre la manivela justo entre las manos de Jota.

Un instante después, una mujer de abrigo largo y oscuro llegó corriendo al saliente de piedra. La paloma voló de la manivela a su hombro. Van reconoció a la mujer de cabello sedoso de la multitud que le había rodeado en el Calendario. Sésamo era más baja que Jota pero cuando se puso ante él Van habría jurado que este se encogía de miedo.

La mujer se giró rápidamente señalando la jaula de metal y a Van, acobardado en su interior. Estaba furiosa.

—¡Qué... suelta... esto! —gritó—. ¡... atreves... quién...!

Debajo de Van, el suelo volvió a estremecerse. La jaula

osciló y Van se apretó contra la pared, apuntalándose para otra caída. Pero en lugar de eso, la jaula empezó a subir y a mecer lentamente hacia el saliente.

De nuevo, unas manos lo sujetaron. Van estaba demasiado superado para hacer otra cosa que desplomarse como un saco de patatas. Apenas notó quién lo cogía, quién se lo llevaba en brazos o adónde iban, pero de pronto estaban entrando en otra sala más pequeña de paredes de piedra donde había una chimenea encendida y varias alfombras, y allí estaban el altísimo Clavo y sus ratas, la mujer de cabello sedoso y Jota y sus hombres. Y todo el mundo parecía furioso.

Echaron a Van sobre un sillón gastado. Los adultos gritaban: Sésamo cara a cara con Jota; Clavo y los demás hombres justo detrás de ellos. El ruido producía una música horrible dentro de la cabeza de Van. De vez en cuando se colaba alguna palabra: «Traicionado... oír... solo... sabe...»

Pero Van estaba demasiado alterado y agotado para intentar siquiera seguir sus palabras. En lugar de eso, clavó la mirada en el suelo.

A la luz de la chimenea, las piedras parecían húmedas y borrosas, y por el rabillo del ojo veía unas extrañas sombras. Quizás estuviera soñando. Quizás aquel suave roce que notaba en el tobillo fuera su madre al sentarse al borde de la cama para despertarlo.

De repente parpadeó. Dos grandes ratas le estaban trepando por las perneras del pantalón de pijama. Se quedó helado. Las ratas se apresuraron torso arriba, le subieron por los brazos y se pusieron a descansar una a cada lado de su cuello. Le pinchaban en los hombros con las uñas puntiagudas y le hacían cosquillas con los bigotes mientras pegaban ligeramente el hocico húmedo a los lóbulos de sus orejas. Van se estremeció y cerró los ojos con todas sus fuerzas.

Pero entonces, entre el resto de voces que se desvanecían en la oscuridad, Van se dio cuenta de que el cosquilleo que notaba en la piel no era solo de los bigotes. Eran voces. Voces agudas y diminutas, como el tic-tac de un reloj metido en el fondo de un bolsillo.

Y era capaz de oír cuanto decían incluso sin los audífonos.

—Un coleccionista —dijo la voz de la derecha.

—¿Y qué colecciona? —preguntó la voz de la izquierda.

—Cosas pequeñas —respondió la primera, algo más aguda—. En una habitación muy pequeñita.

—Ah, una habitación pequeñita con telón rojo.

Van cogió aire, tembloroso.

—¿Os referís a mi maqueta? —susurró en un tono casi tan bajo como las ratas.

Ambos roedores se quedaron helados.

—Es un escenario en miniatura —continuó—. Con telón.

—Ah —dijeron las ratas y se quedaron en silencio dándole palmaditas.

—¿Me estáis... me estáis leyendo la mente? —preguntó Van.

—No sabemos leer —dijo la primera rata.

—Somos ratas —explicó la otra.

—No, quiero decir si sabéis lo que estoy pensando. ¿Cómo sabéis que tengo una colección?

—La vio Lemuel —dijo la rata de voz más grave—. Y la vio Serafina.

—No conozco a nadie que se llame Lemuel. Ni Serafina tampoco.

—Lemuel el cuervo —dijo la rata—. Y Serafina la araña.

—¿Me han estado vigilando?

—Te están vigilando.

—Raduslav —la alertó la rata de voz más aguda—, dices secretos.

—Dichosos secretos —dijo Raduslav—. No es un mentiroso, Violetta.

—Sí. Huele a leal —dijo Violetta, olisqueando el lóbulo de la oreja de Van—. Parece leal.

—Mmm... ¿Violetta, Raduslav...? —se aventuró Van haciendo un gesto hacia los adultos que discutían—. ¿Qué van a hacerme?

—No lo sé —contestó Raduslav.

—Algo —respondió Violetta.

Van se tragó el nudo que tenía en la garganta.

—¿Van a hacerme daño?

—No —contestó Raduslav—. Solo te retendrán.

—¿Retenerme? —chilló Van.

—Puede ser —dijo Raduslav—. Puede que para siempre. Puede que no.

—¿Dónde está tu máquina? —preguntó Violetta.

—¿Mi máquina?

—La maquinita azul.

—Ah, mis audífonos. En casa. Por eso no puedo oír lo que están diciendo los adultos sobre mí.

Las ratas volvieron a detenerse en seco y entonces

Violetta saltó abajo y corrió por el suelo hasta el dobladillo del abrigo de Clavo. Van la vio trepar y decirle algo al oído.

El rostro de Clavo cambió por completo. Un instante después, su silueta alta y oscura avanzó entre Van y la chimenea y le cubrió de sombra.

—Van Markson —dijo Clavo, agachándose ante el niño para estar a su altura. La otra rata saltó a su hombro desde el de Van—. Si estoy cerca de ti, ¿puedes entenderme?

—Me ayuda verle la cara —contestó Van—. Y que el resto de la habitación esté muy en silencio.

Clavo lanzó una mirada a los demás.

—Lo estará —dijo, y volvió a mirar a Van. La luz de la chimenea bañaba sus rasgos y se los marcaba más que de costumbre—. Sabemos lo que has hecho —dijo lentamente.

«La botellita de cristal azul.» Van tenía un remolino en el estómago y la cabeza a punto de estallar. Miró por encima del hombro y vio que Jota y sus hombres le estaban fulminando con la mirada. No tenía escapatoria.

—Yo no he…

Clavo le cortó.

—Sabemos adónde has ido y a quién has visto.

Van no entendía nada.

—¿La cría de petirrojo? ¿Los petirrojos también trabajan para vosotros? Porque yo solo…

—… sabe extasiado —interrumpió uno de los hombres de Jota. «¿Sabe extasiado? ¿Sabe demasiado?»

—… no volvemos a Sofía con él —gruñó Jota—. «No podemos fiarnos de él».

Clavo levantó la mano e hizo callar a Jota.

—¿... has... a alguien sopa nosotros?

—¡No! —chilló Van—. ¡No se lo he contado a nadie! ¡Lo juro!

—Miedo —dijo la vocecilla clara de Violetta.

—Y algo de culpa —añadió Raduslav—. Pero no miente.

—¡Sí! —dijo Van con agradecimiento—. ¿Lo ve? No estoy mintiendo.

Todo el mundo se quedó muy quieto.

En la comisura de los labios de Clavo apareció algo que no era exactamente una sonrisa. La sala se había quedado tan en silencio que sus palabras resonaron en las paredes.

—¿Con quién estás hablando, Mark Markson?

Van se quedo mirando a Clavo petrificado.

—Dile que sabes lo que coleccionamos —susurró Violetta.

—¡Sé lo que coleccionáis! —dijo Van a la desesperada—. ¡Sé lo de los deseos!

Si antes la sala estaba en silencio, ahora ya no se oía ni la respiración de los presentes, como si la hubieran sellado dentro de una botella de cristal.

Aunque demasiado tarde, Van se percató de que aquello era una prueba. Y la acababa de superar. O de suspender.

Durante un minuto largo, frío y silencioso, todo el mundo se quedó mirándole.

—Así que lo sabe —dijo Clavo con aquella voz profunda que parecía atraer a todo el mundo—. Oye a las criaturas. Y lo sabe.

Otro minuto de silencio. Van se esforzaba por respirar. Notaba los pulmones como dos ciruelas pasas oprimidas contra el corazón, que le iba a mil.

—¿No nos interesaría bastante —continuó Clavo— tener de nuestro lado a alguien como él, alguien a quien la gente ve pero sin advertir su presencia?

Los coleccionistas se miraron unos a otros y empezaron a hablar todos a la vez, intercambiando palabras que Van no conseguía captar. El niño se hundió en el sillón y observó atentamente cómo todo el mundo se congregaba alrededor de un amplio escritorio de madera. Clavo garabateó algo con un bolígrafo sobre un papel, el grupo se dispersó y el hombre regresó lentamente a donde estaba sentado Van.

—... que nos equivoquemos fiándonos de ti —dijo mientras se inclinaba de nuevo y ponía su cara pétrea y afilada a la altura de la de Van—... ti depende. Demuéstranos que no eres nuestro enemigo. —Su voz se hizo más profunda—. O tendremos que tratarte como si lo fueras.

—Sí —dijo Van a la desesperada—. Lo haré. Lo demostraré.

Claro está, no tenía ni idea de cómo iba a hacerlo, pero en aquel momento habría prometido casi cualquier cosa con tal de salir de aquella sala subterránea llena de extraños enfadados.

Clavo tendió un papel doblado a Van.

—Instrucciones escritas. Para que no haya malentendidos. —Y le lanzó una mirada tan larga e intensa que de repente Van supo cómo debía de sentirse una patata pelada. Después Clavo se volvió hacia los tres hombres fornidos—. Llevadle a su casa.

Jota ya estaba al lado de Van.

—Roblón, Maza —le pareció oír a Van—. Vamos.

Antes de que Van tuviera tiempo de desdoblar el papel siquiera, los hombres lo sujetaron y lo sacaron a rastras de la habitación, lo llevaron por un pasillo de piedra y escaleras arriba de nuevo hacia la Agencia Urbana de Recolección. La bandada de cuervos los siguió con unos graznidos que eran como las risas que provoca un chiste que no tiene ninguna gracia.

Jota se sentó junto a Van en el carruaje. Los otros hombres se subieron a las bicicletas y todos salieron pitando por los callejones. Jota no decía nada. Cuando Van se atrevió a mirarle, vio que tenía la mirada fija al frente y que los ojos le brillaban como asfalto caliente. Tras la capota negra del carruaje, el cielo estaba nublado y muy gris, con la sola excepción de la luz de la luna que salía por un agujero desdibujado. Las sombras de los cuervos se cernían sobre la ciudad.

El carruaje dobló una esquina a toda velocidad y por un instante a Van le pareció haber visto la gran casa blanca del señor Falborg con una luz encendida en la ventana de uno de los pisos superiores, pero entonces volvieron a girar y el vaivén le envió contra el asiento. No consiguió ponerse derecho de nuevo hasta que llegaron al edificio de su casa.

El hombre del mapache —Maza, creía Van—, lanzó la cuerda con el gancho y la coló por la ventana de Van a la primera.

Jota bajó de un salto del carruaje.

—Supe.

—¿Qué? —preguntó Van.

Jota se señaló la espalda con el pulgar.

—Sube.

Vacilando, Van pasó los brazos alrededor del cuello de Jota, que agarró la cuerda y empezó a trepar. En cuestión de segundos ya pendían sobre la acera. Van se agarraba fuerte a la espalda de Jota. En pocos segundos habían llegado al alféizar de la ventana de Van.

Jota se inclinó por la abertura y Van cayó sobre el parqué de su habitación, respirando pesadamente y con la sensación de tener espaguetis hervidos en lugar de huesos.

—Velo —murmuró Jota señalando el papel que Van tenía aún enrollado en el puño. «Léelo.»

Van asintió.

Tras lanzarle otra mirada a Van, Jota volvió a deslizarse por el alféizar y desapareció de su vista.

Van se tambaleó. Cuando llegó a la ventana, los tres hombres de abrigo oscuro y su extraño carruaje se habían desvanecido en la oscuridad.

Cerró la ventana y le puso el cerrojo, aunque de repente le parecía que hacerlo era como cerrar una puerta mosquitera para impedir el paso de una tormenta. Corrió las cortinas, se metió en la cama y se tapó hasta la barbilla. Después apagó la luz de la mesilla de noche.

El papel que Clavo le había dado era grueso, amarillento y de bordes irregulares. Estaba escrito con letra inclinada y difícil de leer. Van puso el papel de lado y se lo acercó.

> Has conocido a un coleccionista de otro tipo. Puede que te haya mostrado algunos de sus tesoros, pero posee una

colección que guarda a buen recaudo. Debes examinar de cerca esa colección, ver qué contiene. Como prueba de que la has visto y de que estás de nuestro lado, deberás traernos un objeto perteneciente a ella. Si no haces lo que te pedimos, significará que no eres nuestro aliado sino nuestro enemigo.

Van notó una presión en el pecho. Volvió a doblar el papel con manos temblorosas. Primero lo echó a los pies de la cama pero aún lo veía allí, observándole. Se dejó caer de la cama, recuperó la nota y la metió detrás de la cortina negra del fondo del escenario en miniatura. Después puso a SuperVan delante de ella, montando guardia.

«Un coleccionista de otro tipo.»

Solo podía referirse a una persona. Y si los cuervos, las palomas, las arañas y las personas de abrigos largos oscuros habían espiado a Van en su propia habitación, bien podían haberle espiado cuando entraba en la gran casa blanca del señor Falborg.

«Posee una colección que guarda a buen recaudo.»

Aquella habitación oscura de cortinas rojas. Las puertas negras que había escondidas al fondo.

Van volvió a notar una creciente sensación de desasosiego en el fondo del estómago.

Pero el señor Falborg era tan agradable… Y ahora se suponía que Van tenía que espiarle, robarle sus secretos y revelarlos.

¿Y si no quería aliarse con los coleccionistas? Claro que, pensándolo bien, si secuestraban a quien quizá fuera un amigo, ¿qué no le harían a un enemigo?

Aquel aullido procedente de las profundidades resonaba en la memoria de Van. ¿En qué asunto oculto, oscuro y horrible se había metido?

Van cruzó corriendo la habitación y se metió bajo las mantas. Incluso bien envuelto entre ellas, tardó mucho en dejar de tiritar y aún más en dormirse al fin.

12

UNOS INVITADOS INESPERADOS

El día siguiente, Van lo pasó reviviendo aquella horrible noche, inspeccionando su casa en busca de arañas espía y chocando distraídamente contra las cosas. Su madre lo pasó enderezando las cosas contra las que había chocado Van, ordenando la cocina y cantando la música que sonaba en el equipo. Pero Van estaba demasiado preocupado como para darse cuenta de ello.

Estaba arrodillado sobre el asiento de la ventana con la frente pegada al cristal, observando la calle en busca de gente que llevara abrigo oscuro o de bichos indefinibles, cuando llamaron a la puerta.

Su madre corrió a abrir. Sonreía ya incluso antes de girar el pomo.

—Vaya, ¡hola! —exclamó ante el señor Grey y Peter, que estaban en la puerta con los brazos cargados de bolsas de comida—. ¡Pasad, por favor!

Van bajó las piernas de la ventana y se sentó.

Los Grey dejaron las bolsas en la encimera de la cocina. El señor Grey y su madre se besaron en la mejilla.

Peter se quedó mirando al frente con sus fríos ojos de color piscina.

—¿Meto el vino en la nevera? —preguntó el señor Grey.

—Perfecto —respondió la madre de Van—. Giovanni, Charles va a prepararnos su famoso *risotto*. ¿Por qué no vais Peter y tú a jugar a tu habitación mientras nosotros cocinamos?

Van notó que el pecho se le oprimía. La ardilla robada y la botellita azul que contenía el deseo de cumpleaños de Peter continuaban escondidos bajo su cama. Le parecía arriesgado que Peter estuviera cerca de ellos, como dejar una pecera con una piraña en el borde de la bañera mientras estás dentro.

—¿Me has oído, Giovanni? —preguntó su madre.

—Sí —contestó Van.

Con el deseo de que se le ocurriera algún modo de salir de aquello, Van bajó del asiento de la ventana y fue hacia el pasillo. Peter fue tras él sigilosamente. Entraron en la habitación de Van y Peter dio un portazo.

Van fue hasta la cama, protegiendo la caja de los tesoros con su cuerpo. Aprovechó el movimiento para alcanzar sus audífonos y colocárselos rápidamente.

—Tengo unos cuantos juegos —dijo—. O también podemos jugar al Lego.

Peter se quedó junto a la puerta, desvió la mirada de Van y contempló la habitación. Después se encogió de hombros.

—¿Quieres dibujar? —ofreció Van.

—Me da lo mismo —dijo Peter. Miró más allá de Van, hacia el pequeño escenario, y se acercó a él.

—No sabía que fueras a venir —dijo Van, desesperado.

Pero Peter ya se había arrodillado delante del escenario. Cogió la figurita de SuperVan y murmuró algo que sonó como:

—Yo tampoco. —Después levantó la vista hacia Van—. ¿Qué es esto?

—Es una maqueta —explicó Van arrodillándose junto a Peter—. Lo hizo mi padre. Era escenógrafo.

Peter resopló e hizo girar la cabeza de SuperVan entre sus dedos.

—Mi padre no hace nada. Solo da órdenes a los demás.

—Bueno —dijo Van mientras comprobaba la cortina para asegurarse de que la nota de Clavo quedara bien escondida—, supongo que ese es su trabajo. Es director.

Peter miró a Van a la cara por primera vez.

—¿Por qué le defiendes? ¡Escucha! —dijo inclinando la cabeza hacia la puerta.

Van escuchó pero no oía nada al otro lado de la puerta.

—¿El qué?

—Ellos. Esto es lo que pasa siempre —respondió Peter en voz baja y llena de intención—. Es igual con cada cantante que elige para que sea su nueva novia.

—¿Qué? —repitió Van—. Mi madre no es su novia.

—¿Qué crees que está pasando ahora? —siseó Peter—. Si me dices que están haciendo la cena y nada más se me va a ir la olla.

—Pues... —Van se quedó sin palabras.

Peter apartó la vista y volvió a dejar a SuperVan en el centro del escenario.

—¿Has dicho que esto ya ha pasado antes? —preguntó Van al cabo de un momento.

Peter se encogió de hombros.

—Normalmente me deja en casa, pero supongo que, como tu madre te tiene a ti, ha decidido traerme a rastras. —Volvió a mirar a Van—. Tú no quieres que estén juntos, ¿verdad?

En su cabeza, Van fue pasando las páginas de un calendario imaginario y se vio a sí mismo obligado a pasar cada vez más tiempo con Peter. Se imaginó mudándose a la casa de Peter, tan recargada, y teniendo que llamar Papá al engreído del señor Grey. Se imaginó allí solo con Peter mientras su madre dedicaba su sonrisa especial al señor Grey, sin poder llamarla lo bastante fuerte o moverse lo bastante rápido para alcanzarla mientras ella se iba distanciando cada vez más.

—No —respondió.

Peter se quedó callado un momento y tocó suavemente el borde de terciopelo de las cortinas en miniatura.

—Ojalá… —dijo.

Van alisó la cortina para que la nota quedara fuera de la vista.

—Ojalá ¿qué?

Pero Peter no acabó la frase, sino que volvió a inclinar la cabeza hacia la puerta.

—Escucha.

Van lo intentó.

—No oigo nada.

—Exacto. No se oye nada. Seguro que se están besando.

—Qué va.

—Que sí.

—Que no.

En silencio, Peter se dirigió hacia la puerta lentamente, haciendo señas a Van para que le siguiera, y los dos avanzaron de puntillas por el pasillo y miraron a hurtadillas hacia la cocina.

La madre de Van y el señor Grey estaban inclinados sobre una tabla de cortar, atareados con cuchillos y hierbas y, aunque tenían las manos bastante juntas, sus labios estaban a varios centímetros de distancia.

—Te lo he dicho —dijo Van, demasiado alto.

Los padres levantaron la vista. El señor Grey parecía ligeramente molesto. La madre de Van, en cambio, esbozó una sonrisa radiante.

—¡Giovanni! —trinó—. ¿Por qué no venís a poner la mesa Peter y tú? Muéstrale dónde está todo.

Van guio a Peter por la cocina hasta el cajón de los cubiertos. Cuando pasaron por la tabla de cortar, su madre le dio un beso rápido en la cabeza. El señor Grey no prestó atención a ninguno de los dos niños.

Van y Peter colocaron tenedores y cuchillos alrededor de la pequeña mesa. Aún sonaba música, así que Van no consiguió captar nada de la conversación de murmullos que sostenían su madre y el señor Grey, aunque sí la oyó reír en más de una ocasión.

Miró de reojo a Peter y lo vio con los hombros caídos y la cara inexpresiva. Sus ojos ya no parecían de hielo. Ahora solo parecían... llorosos. Por primera vez, Van sintió por Peter algo no tan cálido como simpatía pero sí mucho menos frío y molesto que el desagrado. Antes de que Van pudiera comprender de qué se trataba exactamente, volvieron a llamar a la puerta.

—¿Quién debe de ser? —cantó la madre de Van—. ¡La verdad es que no esperamos a nadie más!

Van observó mientras ella abría la puerta.

—¿Ingrid Markson? —dijo el repartidor desde el rellano—. Después para un pez. —Y le entregó un ramo de azucenas blancas, tras lo cual dio media vuelta y se fue a toda prisa.

¿Después para un pez? Van descodificó las palabras en su cabeza. «Esto es para usted.» Eso debía de haber dicho el hombre. Con todo, Van continuaba teniendo el corazón un poco revolucionado.

—¿Otro admirador, Ingrid? —dijo el señor Grey.

La madre de Van rio.

—Me sorprendería mucho —respondió mientras cogía un sobrecito que había enganchado al papel de las flores—. ¡Ay, son del señor Falborg! —exclamó, y sonrió primero a Van y después al señor Grey—. Tú e Igor Falborg sois viejos amigos, ¿verdad, Charles? Dice: «Estoy encantado de haberles conocido a usted y a su hijo salvador de petirrojos». ¿No es adorable? Y mira, Giovanni, hay una nota para ti —añadió, y le tendió a Van un segundo sobre aún más pequeño.

«Maestro Giovanni Markson», se leía en letra clara y elegante. Van abrió el sobre.

Amigo mío. No dejes que nadie vea esta nota.

Ven a verme en cuanto puedas.

CORRES GRAVE PELIGRO.

13

MÁS INVITADOS INESPERADOS

Aquella noche Van no durmió bien.

Tras quitarse los audífonos, encender la lamparita y hacer una barricada de almohadas, se enroscó en el centro de la cama e intentó desconectar su cerebro. Pero su cerebro volvía a encenderse una y otra vez.

«El señor Falborg debe de referirse a los coleccionistas —dijo su cerebro con una voz muy parecida a la de la ardilla de porcelana—. Si estás en grave peligro es por ellos, ¿vale?»

«Claro —dijo Van—. Ahora cállate y déjame dormir, por favor».

«Pero ¿qué crees que significa que estás en peligro? —continuó su cerebro—. ¿Qué van a hacerte? ¿Van a tirarte a aquel agujero? ¿O algo peor?»

«No quiero pensar en eso, de verdad —dijo Van—. PARA por favor, por favor, por favor».

Su cerebro se calló unos segundos. Entonces, cuando Van ya casi se sentía a salvo cerrando los ojos, preguntó:

«¿Recuerdas qué decía la nota de Clavo? Que si no vuelves con los coleccionistas serás su enemigo. O sea que has de volver. Pero ¿crees que es una trampa? ¿Le hablarás de ellos al señor Falborg? ¿Y cómo se ha enterado el señor Falborg de que corres peligro? Quizá sabe de la existencia de los coleccionistas. A lo mejor sabe que se supone que has de espiarle. Puede que quiera engañarte. Quizá deberías esconderte. O huir. Pero ¿adónde irías?»

A aquellas alturas Van ya había hecho un bocadillo con su cabeza entre dos almohadas y apretaba ojos y dientes con todas sus fuerzas. Ni que decir tiene que eso no contribuyó a acallar la voz, que le venía de dentro.

«¿Qué otra cosa pueden esconder los coleccionistas? ¿Qué crees que hay allí abajo, en el Retén? ¡Eh! ¡Eh! ¿Estás despierto? ¡Eh!»

Van cerró los ojos aún con más fuerza.

«¡Eh! ¡Eh, Van! ¡Eh, Minivan! ¡Eh, eh, eh!»

La voz de su cabeza parecía haber cambiado. Ahora hablaba más alto y más rápido. Además, él nunca se habría llamado a sí mismo «Minivan».

«¡Eh! ¿Estás despierto? ¿Estás despierto ya? ¿Y ahora? ¡Eh! ¡Eh, Van! ¡Eh, eh, eh!»

Una cosa pequeña y ligeramente húmeda le presionó la cara. Van retiró la capa superior del bocadillo de almohadas, abrió los ojos y se encontró cara a cara con la ardilla plateada.

—¿Barnavelt? —susurró Van—. ¿Cómo has entrado?

—Soy una ardilla —respondió Barnavelt. Van se dio cuenta de que había estado oyendo la voz de la ardilla con perfecta claridad, incluso sin los audífonos, igual que había oído la voz de las ratas de Clavo. Aun así, se retiró corriendo hacia el cabecero de la cama y alargó la mano hacia la mesilla de noche.

—Puedo trepar casi por cualquier sitio —dijo la ardilla, y saltó tras él—. Menos por cristal. Ni por espejos, que son una especie de cristal. Y una vez me caí de un cable telefónico, pero porque estaba congelado, así que no cuenta. Oye, ¿esta es tu cama?

—Sí, es mi cama —respondió Van mientras se colocaba los audífonos.

—Es bonita —dijo, y dio un salto para probarla—. Rebota bien. ¿Qué te juegas a que podría...? ¡Eh! ¿Tienes sábanas de naves espaciales?

—Barnavelt —interrumpió Van cuando la ardilla se puso a saltar otra vez—. ¿Has venido a espiarme? Porque aún no he podido hacer lo que dijo Clavo pero...

—¿A espiarte? —Barnavelt dejó de saltar—. Claro que no. Yo solo recojo deseos, no información. Las que hacen eso suelen ser las arañas. Yo soy incapaz de estarme quieto tanto rato como una araña.

—Entonces... ¿a qué has venido?

—¿Que a qué he venido? —repitió Barnavelt. Echó un vistazo por la habitación pero pronto tuvo la mirada perdida—. ¿Que a qué he venido...?

—¿Has venido a alertarme de algo, o a coger algo, o a...?

—¡Piedra! —gritó de pronto la ardilla—. Sí, eso es. Piedra te está buscando.

—¿Para qué?

—Para hablar. Está fuera. —La ardilla saltó de la cama al alféizar y sacó el hocico por la abertura—. ¿Ves?

Van se escurrió de la cama y corrió hacia la ventana.

Encorvada entre las sombras, junto a la puerta de entrada del edificio, había una chica de abrigo holgado.

—¿Esto es una trampa? —preguntó Van en un susurro.

La ardilla parpadeó.

—¿Que si es una trampa el qué?

—Esto. Hacer que salga. ¿Me van a volver a secuestrar?

—No creo —contestó Barnavelt—. Aunque puede que me haya perdido esa parte.

Van volvió a mirar por la ventana. Las luces de la calle estaban encendidas y el resplandor de la luna bañaba las aceras con su luz plateada. No había nadie más con abrigo largo y oscuro merodeando cerca de la puerta, al menos que él pudiera ver.

—Vale —dijo finalmente—. Espera, que me pondré la bata.

Los rellanos y las escaleras estaban desiertos. No había ningún vecino despierto que pudiera ver a aquel niño con bata azul que llevaba una ardilla en el hombro. Al salir de la portería, Van notó el viento fresco de la noche.

Piedra le esperaba justo en la puerta. Al verle, le agarró del brazo con ambas manos y tiró de él hasta detrás de dos maceteros de arbustos y una hilera de contenedores de basura. Una vez allí, se dio la vuelta y la luz de la farola le iluminó la cara.

—Gracias por salir —dijo rápidamente pero en el tono más educado que Van le había oído utilizar jamás—. Siento haberte despertado pero tenía que hablar contigo.

—¿Por qué? —preguntó Van. Le recorrió el cuerpo un escalofrío, aunque la noche no era fría—. ¿Qué pasa?

—Huele a *pretzels* —dijo la ardilla, olisqueando el aire—. ¿Oléis a *pretzels*?

Piedra bajó la voz a casi un susurro y Van no podía leerle los labios, ni siquiera bajo la luz de las farolas.

—... hería sentir el melón...

—¿Qué? —susurró Van.

Piedra desvió la mirada hacia la calle.

—Que quería pedirte perdón.

—¿Por qué?

—Por lo que te hicieron Jota, Maza y Roblón.

—¿Jota? —chilló Barnavelt—. ¿Dónde?

Van retrocedió un pasito.

—¿Te envían ellos? —preguntó con cautela—. ¿Tienes que espiarme? ¿O convencerme para que haga lo que dijeron?

—¿Qué? —Piedra parecía realmente sorprendida—. ¡No! Nadie sabe que he venido. —Una sombra se agitó delante de la farola y la niña se encogió de miedo—. Pero deben de estar vigilando. —Se volvió de nuevo hacia Van—. Jota y los guardias no deberían haberte hecho aquello. Pero es su trabajo. Espero que no me guardes rencor. Es decir, que no nos guardes rencor a todos nosotros.

Van se preguntó si alguna vez le habrían pedido a alguien que no sintiera resentimiento por haber sido secuestrado.

—Hombre, la verdad es que no me gustó —dijo—, pero no fue culpa tuya.

Piedra bajó aún más la voz.

—Así pues... ¿no estás enfadado conmigo?

—No —respondió Van—. No estoy enfadado contigo.

Piedra relajó los hombros, pero después respiró hondo y volvió a tensar el cuerpo.

—Vale —dijo, casi para sí misma—. Bien.

Van la observaba de cerca.

—¿Por qué te importa que esté enfadado contigo? —preguntó—. ¿Por qué queréis todos que esté de vuestro lado? ¿Es solo porque me he enterado de una parte de vuestro secreto?

—¡No! —se apresuró a decir Piedra—. Bueno, en parte. Es que… tú… —Levantó las manos de golpe—. ¡Eres capaz de hacer cosas que los demás no pueden!

Van se había pasado buena parte de su vida dándose cuenta de que los demás hacían cosas que él no podía. Oían cosas que él no oía y captaban palabras y significados que él no captaba. Era como si todos fueran más altos, más fuertes y mayores que él. Con esfuerzo e imaginación, normalmente Van era capaz de seguir el ritmo a todo el mundo. Ahora bien, la idea de que supiera hacer algo que los demás no fuesen capaces de hacer le cortó la respiración por un momento.

—¿Como qué? —preguntó.

—Oyes a las criaturas —dijo Piedra—. Ves los deseos. Te percataste de nuestra presencia, para empezar.

Van se encogió de hombros.

—Todos los coleccionistas hacen esas cosas.

—¡Sí, pero es que nosotros somos coleccionistas! —explicó Piedra—. Tú has sido el único de fuera que ha sido capaz de hacer esas cosas.

—¿De verdad? —preguntó Van lleno de esperanza.

—Además, los del otro lado —continuó Piedra— son peligrosos, muy peligrosos.

Van cruzó los brazos.

—¿Más peligrosos que un grupo de tipos que me sacan de la cama a media noche, me secuestran y me cuelgan sobre un agujero sin fondo?

—Ya te he dicho que Jota y los guardias no son mala gente —insistió Piedra—. Lo que pasa es que actúan así.

—¿Y eso no les convierte en mala gente?

Piedra levantó las cejas y se quedó callada tanto rato que Van dejó de esperar una respuesta.

—Para querer estar de tu lado, quizás me ayudaría saber qué lado es —dijo Van—. O sea, ¿qué hacéis allí abajo? ¿Por qué recogéis y coleccionáis los deseos de la gente?

Piedra volvió a mirar hacia la calle.

—Es nuestro trabajo. Mantenemos a salvo a todo el mundo.

—¿A salvo de los deseos?

—De lo que pasaría si los deseos de todo el mundo se hicieran realidad.

Van sacudió la cabeza.

—¿Y eso qué tendría de malo?

Piedra lo miró como si hubiera preguntado qué tenía de malo la peste bubónica.

—¿Sabes el tipo de cosas que pide la gente? —siseó—. ¿Quieres que te pisoteen los dinosaurios? ¿Quieres que un abusón de ocho años sea el rey del mundo? ¿Quieres que toda la comida del mundo sepa a helado de chocolate? ¿Sabes lo harto que acabarías del helado de chocolate?

—Helado de chocolate —suspiró la ardilla desde el hombro de Van.

Van dudaba.

—¿Por qué habría de creerte?

—Porque lo sé —dijo Piedra con los ojos muy abiertos y exasperados—. Conozco los dos lados. —Se encorvó y buscó por los numerosos bolsillos de su abrigo—. Mira.

Le puso algo en la mano a Van. Incluso en la penumbra, Van veía que era una fotografía, aunque no alcanzaba a ver qué aparecía en ella.

La luz de la farola volvió a parpadear tras el aleteo de unas alas en sombra y Piedra retrocedió bruscamente.

—Me tengo que ir. Vamos, Barnavelt.

La ardilla saltó del hombro de Van a la cabeza de Piedra.

—¿Hueles a *pretzels*? —oyó Van que volvía a decir la ardilla antes de que desaparecieran en la oscuridad.

Van subió corriendo las escaleras hasta su casa. La puerta de la habitación de su madre continuaba cerrada y por la rendija de debajo solo se veía oscuridad. Van se metió en su cuarto y cerró la puerta. Después subió a su fortaleza de almohadas y encendió la lamparita.

La foto que le había dado Piedra era vieja y estaba arrugada, como si la hubieran llevado mucho tiempo en el bolsillo. En ella se veía a dos personas.

Una era un hombre mayor esbelto de ojos azules y arrugados, pelo cano y traje blanco impoluto. Van lo reconoció al instante: era el señor Falborg.

A su lado había una niña de cinco o seis años, grandes ojos oscuros y pelo castaño y corto que se curvaba hacia las mejillas redondas. La mano del señor Falborg descansaba sobre la cabeza de la niña en un gesto alegre y familiar, y ambos sonreían a la cámara.

La niña tenía las orejas más grandes que Van hubiera visto jamás. Le sobresalían por entre los mechones de pelo como... como setas en el tronco de un árbol.

Van se acercó más la foto.

La niña tenía los ojos exactamente del color de los centavos llenos de verdín.

14

UNA NUEVA MASCOTA

A la mañana siguiente, Van se movía como un pequeño zombi silencioso. Se echó zumo sobre los cereales en lugar de leche y se comió la mitad antes de darse cuenta de que allí fallaba algo. Se puso la camisa del revés, dos veces. Y olvidó el libro de Calvin and Hobbes que quería llevarse a la ópera y se acordó de él cuando ya habían recorrido media manzana, así que tuvo que volver corriendo a casa a buscarlo.

Más tarde, sentado en una silla en un rincón de la sala de ensayo, deseó no haberse acordado del libro, porque lo que él necesitaba no era un cómic. Lo que él necesitaba estaba a varias manzanas de distancia, tras la puerta azul de una casa blanca y alta.

En casa del señor Falborg estaba todo. La información que se suponía que había de robar para los coleccionistas, la historia de Piedra y, por supuesto, el significado de la nota: «Ven a verme en cuanto puedas. CORRES GRAVE PELIGRO». Aquellas palabras tenían un ritmo acelerado, como el del corazón de Van. «En cuanto puedas. EN CUANTO PUEDAS.»

Estaba mirando el libro con ojos perdidos, urdiendo un plan, cuando una voz aguda dijo:

—¿Queso tan siendo tomar de?

Van levantó la vista.

Peter Grey estaba junto a él, con expresión dura y los ojos entornados.

—¿Queso qué? —repitió Van.

Peter puso cara de irritación.

—¿Que. Qué. Está. Haciendo. Tu. Madre?

Van miró por la sala de ensayo. Su madre estaba de pie junto a la mesa donde servían agua y té para los cantantes.

El señor Grey estaba a su lado. Ambos sonreían y su madre se atusaba un mechón de cabellos cobrizos que se le había soltado del moño francés.

—Está... hablando —respondió Van.

Si Peter hubiera sido un globo, habría parecido que estaba a punto de reventar.

—¿Por qué. Está. Hablando. Con. Mi. Padre? —preguntó.

—¿Porque trabajan juntos? —aventuró Van.

—No. ¡Mira! —Peter volvió a inclinarse—. ¿Por qué le sonríe de esa manera?

—Mi madre le sonríe así a todo el mundo.

—Dios —resopló Peter, y fue hacia la puerta—. Jesús crío.

Van dejó el libro y miró al otro lado de la sala. Su madre y el señor Grey continuaban allí de pie, juntos. De repente parecían estar muy pegados y muy lejos de todos los demás. Y ahora que Van lo pensaba, no estaba convencido de que aquella fuera exactamente la misma sonrisa deslumbrante que su madre dedicaba a todo el mundo, desde el público hasta los porteros. Aquella sonrisa tenía algo diferente.

De repente, Van necesitaba ponerse entre aquella sonrisa y el señor Grey, así que salió corriendo por el parqué brillante.

—Mamá —dijo, agarrando la manga de su madre—. Mamá.

El señor Grey dejó de hablar a media frase y bajó la vista hacia Van frunciendo el ceño ligeramente. La sonrisa de su madre continuaba resplandeciente.

—¿Qué pasa, Giovanni?

—Mamá, tengo que hacerte una pregunta.

—Bueno —dijo el señor Grey, dando un paso atrás—. Hablaré contigo más tarde, Ingrid.

—Sí —respondió su madre, cuya sonrisa podría haber iluminado el escenario—. Hasta luego. —Se volvió hacia Van, que de repente deseó llevar gafas de sol—. ¿Qué tenías que preguntarme?

—Mmm… Me he dejado una cosa en casa —improvisó Van—. El otro libro. ¿Puedo ir a buscarlo?

—¿Quieres decir que si puedes ir a casa ahora, tú solo? —preguntó, y bajó la mano para apartarle de los ojos un mechón de pelo, dejando tras ella un olorcillo a loción de azucena—. No, de ninguna manera.

Van probó otra cosa.

—¿Pues puedo al menos ir a ver a Ana, de vestuario? ¿O ir a ver si la sala de atrezo está abierta?

—Giovanni, están descargado las cosas del último espectáculo de hoy. No puedes estar en medio —dijo su madre con mirada escrutadora. Entonces se le iluminaron los ojos—. Si no tienes ganas de estar aquí sentado, ¿por qué no vas a jugar con Peter? Debe de estar arriba, en el despacho de su padre.

Van notó que él también se iluminaba, claro que no ante la perspectiva de jugar con Peter.

—Vale —dijo—. ¡Voy a buscarlo!

—No salgáis del edificio —gritó su madre tras él.

Van no miró atrás. Así más tarde, si le hacía falta, podría fingir no haberla oído. Con la mochila colgada, subió corriendo la escalera de atrás, atravesó una sala oscura y salió a la calle.

No le gustaba mentir a su madre. Costaba tener secretos con una persona que lo sabía todo de ti, hasta la talla de ropa interior. Pero no había elección.

Cuando pisó la acera, la mochila le tiraba de los hombros como si intentara hacerle volver.

Gerda abrió la puerta.

—¡Señorrr Marrrkson! —dijo con una sonrisa agradable pero sorprendida.

—Necesito ver al señor Falborg —jadeó Van—. ¿Está en casa?

—Pase —dijo Gerda. El portazo hizo que Van se perdiera algunas de sus palabras—. Está en el salón. Voy a decirrrle ke está usted aquí.

Una vez en el salón, elegante y lleno de plantas, Van intentó sentarse en un sillón blanco pero era incapaz de quedarse quieto. En cuestión de segundos, se bajó del sillón y corrió hacia la pared más cercana. Van examinó las fotografías enmarcadas, las siluetas y las postales, pero no encontró ni rastro de aquella Piedra más pequeña, más joven y más sonriente por ninguna parte.

Estaba echando un vistazo a una silueta de papel recortada cuando algo se sacudió en el asiento de la ventana que quedaba a su izquierda. Van dio un brinco. El algo era una gata, una gran gata gris claro de pelo largo que estiró las garras, arqueó el lomo y volvió a colocarse al sol de la tarde.

Van no había probado a hablar con un gato nunca antes. Pero, dado que en los últimos días había mantenido conversaciones con una ardilla y dos ratas, de repente no hablarle a la gata le pareció la opción más tonta. Sobre todo porque aquel animal debía de saber todo cuanto Van necesitaba.

—Tú debes de ser Renata —dijo Van mientras se arrodillaba junto al asiento de la ventana—. Yo soy Van.

Renata lo miró por un ojo de avellana medio cerrado.

Van tragó saliva.

—Ya sabes… si quieres hablar…

Renata sacudió la punta de la cola.

Van inclinó la oreja cerca del hocico peludo del animal.

—Si hay algo que quieras contarme… quizás sobre una niña que se llama Piedra, o sobre una colección supersecreta… te escucho.

El aliento de la gata, levemente cálido y con olor a pescado, le acarició la oreja. Van se quedó perfectamente quieto, por si escondidas en aquel aliento hubiera palabras que no hubiera oído antes. Estaba allí agachado, con la oreja contra el hocico de la gata, cuando el señor Falborg entró en el salón.

—¿Familiarizándote con Renata? —preguntó cordialmente.

Van se puso de pie de un salto.

—Es muy vaga —continuó el señor Falborg—. Claro que supongo que así es como ha de ser un gato.

El señor Falborg llevaba un traje blanco impoluto y el cabello gris cuidadosamente peinado. Tenía los ojos alegres y una sonrisa cordial, así que aquel martilleo ansioso que Van notaba en el pecho disminuyó un poquitín.

—Ah… mmm… señor Falborg —tartamudeó Van—. Espero que no le importe que haya venido.

—¿Importarme? Te estaba esperando —dijo el señor Falborg. Y, señalando con un gesto un sillón—: Siéntate, por favor.

Van se sentó en el borde.

—Seguro que mi mensaje te ha confundido en el mejor de los casos y aterrado en el peor —continuó mientras se sentaba en el sillón de enfrente—. Pero una nota oculta en un ramo de flores para tu madre no era el mejor lugar para explayarme mucho.

—Yo… —empezó Van con cautela—, yo solo quiero saber qué quería decir.

El señor Falborg se inclinó hacia delante.

—Bueno, me parece que ya lo sabes.

A Van le recorrió una oleada gélida que casi le empujó a pronunciar las preguntas que se le ocurrían. «¿Usted también me vigila? ¿Qué sabe de los coleccionistas? ¿De qué conoce a Piedra? ¿Se puede saber qué está pasando aquí?» Pero se volvió a meter las preguntas para adentro. Siempre era más seguro guardar silencio. Además, por cómo lo miraba el señor Falborg con aquellos ojos brillantes y astutos, Van sabía que bien podría haber hecho las preguntas en voz alta.

El señor Falborg entrecruzó los dedos.

—Maestro Markson —dijo— ¿eres admirador de Calvin and Hobbes?

Van no esperaba que la conversación empezara de aquella manera.

—Me he leído todos los libros —dijo sin pensar—. Más de una vez. De hecho, ahora llevo uno en la mochila.

—¡Ah! —exclamó el señor Falborg amigablemente—. Siempre reconozco a un compañero coleccionista y a un compañero admirador de Calvin and Hobbes. ¿Recuerdas la historia en la que Calvin propone ir al zoo y el tigre Hobbes responde que claro, que pueden ir al zoo, y que quizás después puedan ir a visitar una cárcel?

—La recuerdo —dijo Van, asintiendo.

El señor Falborg apoyó el codo en el brazo acolchado del sillón.

—¿Qué diferencia crees que hay entre un zoo y una cárcel?

—A lo mejor que… —empezó Van— que no sabemos que los animales no quieran estar en un zoo.

—Buena respuesta —dijo el señor Falborg con admiración— . Ni que decir tiene que los vigilantes del zoo creen que tienen recluidos a los animales por su bien, para protegerlos, o para que no se extingan. No para encarcelarlos. —Calló un instante—. Pero ¿por qué han de ser ellos quienes decidan?

Van reflexionó.

—Supongo que porque la gente es gente y los animales son solo… animales. —Y lanzó una mirada de «sin ánimo de ofender» a Renata. La gata parecía aburrida, nada más.

—Eso es lo que nos decimos, ¿verdad? —dijo el señor Falborg—. Pero ¿qué hay de las criaturas complejas, las que tienen una inteligencia especial, como los elefantes, los delfines o los simios? ¿Los que son capaces de pintar, de comunicarse por signos, de lamentar la pérdida de sus seres queridos y de decirnos con claridad que no quieren estar en cautividad?

Al pensarlo, Van se puso triste.

—No lo sé.

El señor Falborg se inclinó hacia delante y apoyó los codos en las rodillas blanquísimas de su pantalón.

—¿Y si hubiera criaturas muy parecidas a nosotros, en algunas cosas incluso más avanzadas, que solo quisieran la posibilidad de sobrevivir, de pasar el resto de su vida sin cadenas ni jaulas... pero los humanos insistieran en tenerlas encerradas, o incluso en destruirlas? ¿Estaría mal?

A Van le vinieron a la cabeza las imágenes de monos de laboratorio solitos y aferrados a un peluche.

—Sí —contestó—. Estaría muy mal.

El señor Falborg le miró a los ojos.

—Me alegro mucho de que pienses eso —dijo, y se puso de pie de golpe—. Sígueme, por favor.

Lo guio bajo un arco y por un pasillo. Van pensó que era el mismo camino que habían tomado en su última visita, pero había tanto que ver —una pared entera de pueblos grabados en jade, hileras de escudos heráldicos relucientes, una puerta abierta a una sala donde había cientos de enormes escarabajos ciervo dentro de cajas de cristal colgantes— que no paraba de ver cosas que sin duda no había visto antes. Doblaron varias esquinas y subieron un tramo de escaleras. El señor Falborg caminaba deprisa, sin mirar atrás. Van lo seguía con rapidez intentando no detener la mirada en las estupendas colecciones junto a las que iban pasando.

Para cuando llegaron a la sala de las cortinas de terciopelo rojo, Van estaba tan deslumbrado y desorientado que no se creía capaz de salir de allí. El señor Falborg cerró la puerta e inspeccionó cuidadosamente la sala, recorriendo todas las paredes y examinando cualquier manchita. Finalmente se dirigió hacia las puertas escondidas, abrió las cortinas y se sacó una llave con cadena de oro del bolsillo del chaleco. La metió en la cerradura diminuta de la puerta.

A Van el corazón le martilleaba el pecho.

Las puertas con paneles se abrieron.

—Tú primero —dijo el señor Falborg.

Van pasó el umbral. El señor Falborg le siguió y cerró las puertas tras de sí.

La habitación estuvo en completa oscuridad un instante. El aire estaba quieto y no olía a nada. Entonces se encendió una luz y Van vio que habían entrado en una gran habitación cuadrada sin ventanas. Del techo colgaba una araña de cristal retorcido, como una anémona de mar brillante. Las paredes estaban forradas de estanterías empotradas. La sala habría parecido una biblioteca de no haber sido porque las estanterías no estaban llenas de libros, sino de cajas. Cajas de madera, de cartón y de metal, algunas grandes como la caja de zapatos de un gigante, otras pequeñas como para unos patucos. Pero Van suponía que aquellas cajas no eran para guardar zapatos.

Empezó a latirle el corazón aún con más fuerza. Quizá fuera ese latir lo que anulara los demás sonidos. O quizás los sonidos fueran demasiado débiles para que Van pudiera oírlos. El caso es que cuando el señor Falborg encendió la luz empezó a oírse un rumor procedente de dentro de las cajas. Cuanto más rato hacía que estaba encendida, más fuerte era el rumor, hasta que el golpeteo, el susurro y el repiqueteo se hicieron un lugar alrededor de Van como sombras en torno a un haz de luz.

—Eres la primera persona a la que dejo entrar en esta sala desde hace muchos años —dijo el señor Falborg, recuperando la atención de Van—. Espero poder fiarme de ti. Espero que podamos fiarnos de ti.

A Van le dio un vuelco el corazón.

El señor Falborg avanzó hacia una pared de estanterías y el ruido de las cajas aumentó aún más. Examinó las filas de cajas, acariciando con la punta de los dedos los laterales de madera, metal y esmalte. Finalmente bajó una sencilla caja de cartón en la que habrían cabido los zapatos de Van.

Al instante, las demás cajas se quedaron en silencio.

El señor Falborg se volvió hacia Van.

—Permíteme que te presente.

Y levantó la tapa de cartón.

Por el lateral de la caja apareció una carita. Tenía los ojos grandes y redondos y la nariz pequeña y parduzca. A lado y lado de la cabeza sobresalían unas orejas onduladas. A primera vista, a Van le recordó a un lémur. Pero su boca tenía algo de mono, o incluso de humano, y Van habría jurado que le sonreía con timidez.

Van se acercó a la caja muy lentamente. A unos pasos de distancia, la criatura parecía vellosa, como si estuviera cubierta por una gruesa capa de polvo. Pero conforme Van se fue acercando, se fue dando cuenta de que no tenía vello sino que era translúcida. Su cuerpo era una neblina gris clarito y a través de él se veía el otro lado de la habitación.

—¿Qué es esto? —susurró Van.

—Esto es un devorasueños —respondió el señor Falborg mientras acariciaba con un dedo la oreja rizada de la criatura, que ladeó la cabeza con alegría—. No tienen idioma propio, así que me temo que no hay un nombre mejor para ellos.

—¿Quiere decir... —dijo Van, intentando no parecer tan absurdo como las palabras que estaban a punto de salir de su boca— que devora sueños? ¿Que se los come?

—Ese es su único alimento, sí —dijo el señor Falborg—. Como los pandas y el bambú, o los koalas y el eucalipto. Solo comen una cosa. —La criatura ladeó la cabeza para que el señor Falborg pudiera rascarle la otra oreja—. Otros seres vivos comen todo tipo de cosas, como bien sabes: luz, gases, calor. Pues resulta que esta especie come sueños, deseos.

Van se quedó mirando los grandes ojos neblinosos del devorasueños.

—Pero... ¿cómo funciona? —preguntó—. Cuando se come un deseo, ¿qué pasa? ¿Que el deseo desaparece, sin más?

—Ah —dijo el señor Falborg, levantando sus pulcras cejas grises y esbozando una sonrisa aún más amplia—. Entonces es cuando se cumple.

De repente, Van perdió el equilibrio, como si todo, incluido el suelo que pisaba, hubiera perdido solidez. Cerró los ojos un momento y cuando volvió a abrirlos el devorasueños continuaba allí, mirándolo fijamente.

La criatura levantó sus manos nudosas, se agarró al borde de la caja y se inclinó hacia Van, balanceándose ligeramente, olisqueando el aire.

—Quiere verte más de cerca —dijo el señor Falborg—. No te preocupes. Son muy agradables.

Con cuidado, Van alargó el dedo índice y la criatura lo agarró. Su manita alcanzaba tan solo a rodear la punta del dedo de Van.

En una ocasión, durante una visita guiada en Grecia que hacían él y su madre, Van bajó la vista y vio que le estaba subiendo una rana de árbol por el brazo desnudo. Era una ranita tan pequeña, tan ligera, que lo mismo podía llevar allí un momento que horas sin que Van se hubiera percatado siquiera de su presencia. Pues bien, el tacto de esta criatura era aún más ligero.

—Tiéndele las manos —sugirió el señor Falborg.

Van ahuecó las manos y el devorasueños salió de la caja y subió a las palmas de las manos de Van. Incluso en aquel momento, sosteniéndolo en sus manos, Van no notaba su peso. Solo notaba la sensación fresca, vellosa y cosquilleante de sus deditos y su cola larga y neblinosa.

Tal como había visto hacer al señor Falborg, Van le acarició la oreja rizada con la punta del dedo. El devorasueños bajó los párpados, feliz, y se acurrucó en sus manos. Después alargó una manita translúcida y dio unas palmaditas en la base del pulgar de Van.

Dentro del pecho de Van, algo se elevó y se abrió. Era la misma sensación que tenía cuando salía del cole tras un largo día y su madre le estaba esperando. Nunca había tenido aquella sensación con nadie más pero supo reconocerla al experimentarla. Era la sensación de alegrarse de veras de estar con alguien y de ser incluso más feliz de que ese alguien quisiera estar con él.

—Le gustas —dijo el señor Falborg—. Son unos seres muy sociables. Me rompe el alma haber de tenerlos encerrados pero es la única manera de que estén tranquilos.

El devorasueños volvió a abrir los ojos y levantó la vista hacia Van un momento. Después empezó a dar vueltas de felicidad, en pequeños círculos, y su cuerpecillo velloso hizo cosquillas al niño, que dejó escapar una risita.

El señor Falborg también sonrió.

—Me considero un vigilante de un zoo más que un carcelero, aunque ojalá no tuviera que serlo tampoco. Los mantengo a salvo. Intento tenerlos alimentados. Hago lo que puedo. —Calló un momento y después añadió en un tono más pesado—: Hay quienes querrían matar a todas y cada una de estas criaturas.

Van levantó la vista, horrorizado, y se acercó al devorasueños al pecho.

—¿Qué? ¿Por qué iban a querer matarlos?

El señor Falborg miró a Van.

—Tienes buen corazón, Maestro Markson —dijo—. Pero quizás, pese a esa bondad, seas capaz de imaginar el motivo por el que alguien querría poseer el poder de una criatura que concede deseos, controlarlo. O, por miedo, eliminarlo por completo. —El señor Falborg suspiró—. Y me temo que se están saliendo con la suya. Ya hace muchos años que doy refugio a los devorasueños.

Hizo un gesto abarcando la sala.

—Aún quedan algunos, los especialmente rápidos, o astutos, o afortunados, que viven en libertad, pero con el paso de los años son cada vez menos. Muchos de los que hay aquí, cuando vinieron a mí, estaban muertos de hambre.

—¿Muertos de hambre? ¿Por qué? —preguntó Van, con el corazón en un puño—. O sea, con tanta gente que pide deseos...

—Ya, pero no todos los deseos son reales —dijo el señor Falborg—. Como mínimo para un devorasueños. Un deseo se ha de pedir con algo: una vela de cumpleaños, un hueso de los deseos, una moneda lanzada a una fuente... Y cuando hay alguien vigilando y esperando para robar esos deseos en el preciso instante en que se piden... —Le lanzó una mirada cargada de significado—. Ya sabes por qué estas pobres criaturas han sufrido una escasez de alimento extrema.

Van recordó a Piedra cogiendo las monedas de la fuente y a Barnavelt colgándose de la lámpara sobre el pastel de cumpleaños. Recordó la sala subterránea con todos aquellos deseos embotellados. Quizás los coleccionistas no estuvieran recogiendo deseos para que todo el mundo estuviera a salvo, como había dicho Piedra. Quizás se estuvieran llevando aquellos deseos para que no los pudieran tener otros. Otros que los necesitaban para vivir.

Van miró al pequeño devorasueños, que le devolvió la mirada.

—No solo los están matando de hambre —continuó el señor Falborg—. También les están dando caza.

—¿Quién...? —Van tuvo que detenerse a tragar saliva—. ¿Quién les está dando caza?

El señor Falborg hablaba muy flojito pero en aquella sala cerrada y silenciosa Van no tenía problema para oírle.

—Bueno, me parece que ya sabes la respuesta.

Van volvió a tragar saliva.

—Por eso sentí la necesidad de alertarte —dijo el señor Falborg mientras alcanzaba una cajita de madera de un estante cercano—. Los coleccionistas son muchos y peligrosos.

Van notó que le subía un hormigueo por la espalda.

El señor Falborg abrió la tapa pulida de la caja.

—Puedes salir —murmuró—. Nadie va a hacerte daño.

Una criatura de la forma y el tamaño de un zorro volador, como un murciélago, trepó con confianza por el brazo del señor Falborg y se le acurrucó contra el cuello. Su cuerpo era como una neblina.

—La misión de esos otros coleccionistas es atrapar a estas pobres criaturas y matarlas de hambre hasta que se conviertan en seres pequeños, débiles y desamparados. Al final quedan del todo destrozados. —El señor Falborg hizo un gesto hacia las hileras de cajas—. Si yo soy el vigilante de un zoo, entonces ellos son carceleros, torturadores, ejecutores. —Se encontró con la mirada horrorizada de Van—. Es espantoso incluso imaginarlo, ¡verdad? —Acarició a la criatura diminuta que tenía sobre su hombro—. Ese es otro motivo por el que los coleccionistas querrían mantener en secreto su existencia. Y a quienquiera que tenga la mala suerte de ver a un coleccionista en acción, o bien lo reclutan o bien… lo eliminan.

El hormigueo de la espalda de Van se convirtió en un frío glacial.

Sin perturbar al devorasueños, el señor Falborg se llevó la mano al bolsillo y sacó un cuadradito blanco que le tendió a Van sobre la palma de la mano.

Van lo miró y vio que era una foto, una foto que le resultaba familiar. La misma que él llevaba en el bolsillo. Esta copia estaba menos maltrecha y descolorida pero en ella aparecían, sonrientes, la misma Piedra más joven y el mismo señor Falborg.

A Van empezaba a costarle respirar.

—Se llevaron a mi propia sobrina nieta —explicó el señor Falborg con voz triste—. Hace cinco años. No la he vuelto a ver desde entonces, pero aún la llevo conmigo a todas partes.

«¡La conozco! —estuvo a punto de soltar Van—. ¡Está bien!» Pero entonces recordó la expresión intensa de Piedra al darle la fotografía. «Conozco los dos lados», había dicho, como si Van la entendiera.

Pero él no la entendía.

¿Era Piedra una prisionera? La verdad era que no actuaba como tal. ¿Le estaba dando algún tipo de mensaje secreto? ¿Le había contado la verdad? ¿La pondría en peligro a ella, o a sí mismo, o a todos, si le hablaba de ella al señor Falborg? Van ya no sabía qué creer. Además, el señor Falborg se estaba volviendo a guardar la foto en el bolsillo. Como hacía a menudo, Van decidió que quizás fuera más seguro escuchar que hablar.

—Te obligarán a unirte a ellos, como hicieron con ella —prosiguió el señor Falborg—. Lo mínimo que mereces saber es a qué estarás contribuyendo. —Volvió a acariciar a la criatura diminuta que tenía sobre el hombro y esperó hasta que Van le miró a los ojos—. Pero aún tienes elección. Si estás dispuesto a ello, puedes utilizar esta oportunidad, una oportunidad excepcional, para ayudar a estas criaturas y a toda su especie. Eso entrañará un gran riesgo para ti —continuó, aguantando la mirada a Van—. Para nada deseo ponerte en peligro, Maestro Markson, pero lo cierto es que ya lo estás.

El miedo se cerró como un puño alrededor del cuello de Van. Pero entonces el devorasueños le trepó por el brazo, se acurrucó en el hueco de su codo y empezó a darle palmaditas a Van con las patitas, y aquel puño que notaba se volvió a aflojar. Van respiró hondo. Era curioso: tener a alguien tan pequeño y frágil de quien cuidar le hacía sentirse más grande y fuerte que nunca antes.

—¿Qué tendría que hacer? —preguntó.

—Solo has de hacer lo que ya estás haciendo tan bien —respondió el señor Falborg—. Estate atento a todo. Vuelve adonde están los coleccionistas y entérate de dónde tienen cautivas a estas criaturas, de cuántas hay, de los maltratos a que las someten. Busca puntos débiles en la seguridad de los coleccionistas. Y después ven y comparte conmigo lo que hayas averiguado.

Van dudaba. El señor Falborg le estaba pidiendo que espiara a los coleccionistas, del mismo modo que los coleccionistas le habían pedido que le espiara a él. Pero el señor Falborg era un amable anciano con traje de tres piezas que intentaba mantener a salvo a un montón de criaturas. En cambio, los coleccionistas eran un ejército secreto de robasueños, de robadeseos. Eran secuestradores, carceleros, asesinos. La elección era tan fácil que no parecía una elección en absoluto.

Al menos, su elección era fácil. La del señor Falborg no lo parecía tanto.

—¿Está seguro de que me quiere a mí? —preguntó Van—. Es decir, yo no… yo no soy…

—Eres perfecto —dijo el señor Falborg mirándole directamente a los ojos—. Eres pequeño, sí, y no puedes oír algunas cosas. Y eres un niño normal y corriente, lo que significa que no eres uno de ellos. Por todo ello eres justo lo que necesitamos. Puedes hacer cosas que yo no podría hacer nunca. Te puedes mover entre los coleccionistas sin que sospechen de ti. Puedes descubrir sus secretos solo con observar y escuchar como ya lo haces. Y puedes escuchar a tu conciencia y elegir el camino verdaderamente correcto. —El señor Falborg volvió a sonreír—. Maestro Markson, no sabes lo especial que eres.

Van notó que su cuerpo empezaba a llenarse de algo cálido y luminoso.

—De acuerdo —dijo decidido. La calidez y la luminosidad se reavivaron y el puño que le oprimía el cuello desapareció por completo—. De acuerdo —repitió—. Puedo hacerlo.

La expresión que se formó en la cara del señor Falborg fue como el amanecer de un día claro.

—Gracias, Van —dijo, y le tendió la mano—. Todos te damos las gracias.

Van se la encajó.

—Bueno —dijo el señor Falborg haciendo un gesto hacia la criatura con forma de murciélago que descansaba sobre su hombro—. Es hora de que este pequeño coma. Cuesta darles de comer, y más en secreto. —Se sacó otra llave del bolsillo del chaleco y abrió un gran baúl de cuero del que cogió un hueso de los deseos pelado—. Pero Gerda se ha hecho amiga de todos los carniceros de la zona, y eso ayuda.

Al ver el hueso de los deseos, la criatura se deslizó desde el hombro del señor Falborg y correteó sobre la alfombra.

—Este devorasueños es muy pequeño, así que se le ha de dar un deseo bastante pequeño para que pueda digerirlo, por así decirlo —explicó el señor Falborg mientras la criatura hacía una pequeña pirueta—. ¿Se te ocurre algo pequeño y sencillo que quieras?

—¿A mí? —preguntó Van, sorprendido.

—Sí, a ti —dijo el señor Falborg sosteniendo el hueso de los deseos.

—¿Quiere decir que...? —empezó Van—. ¿Quiere decir que si pido un deseo ahora mismo se cumplirá?

El señor Falborg sonrió.

—Pues sí. Aunque hay algunas cosas que los deseos no pueden hacer. No pueden controlar a los devorasueños, ni matar o causar un daño directo, ni alterar el tiempo, ni obligar a nadie a hacer algo que no haría nunca. Como he dicho, para una criatura pequeña como esta, el deseo debería ser pequeño y sencillo, así que nada de dinosaurios parlantes ni de naves espaciales privadas...

Van volvió a pensar en la cara de desesperación de Piedra bajo la farola. «¿Sabes el tipo de cosas que pide la gente? ¿Quieres que te pisoteen los dinosaurios?» Pero no todos los deseos tenían que ser peligrosos o tontos, concluyó Van. Elegiría el deseo más pequeño, sencillo y rápido que pudiera.

—Supongo que desearía que nadie se diera cuenta de que me he escabullido para venir a verle. ¿Es lo bastante pequeño?

—Magnífica elección. Vamos, pide ese deseo lo más claramente que puedas —dijo el señor Falborg. Después se arrodilló y levantó de nuevo el hueso de los deseos. Van agarró el otro extremo. El devorasueños con forma de murciélago empezó a saltar junto a sus rodillas. Desde el hueco del codo de Van, donde aún estaba, el otro devorasueños observaba la escena con sus enormes ojos bien abiertos—. Cuentas hasta tres, pides el deseo y rompemos el hueso. Me aseguraré de que te toque la mitad más larga.

Van cogió aire, tembloroso.

—Vamos allá —dijo el señor Falborg—. Uno... dos... tres.

«Ojalá nadie de la ópera se dé cuenta de que me he ido», pensó Van.

El hueso se rompió.

Un hilillo blanco espectral goteó del trocito que sostenía Van. Si no lo hubiera estado mirando de cerca, Van se lo habría perdido. El devorasueños con aspecto de murciélago abrió la boquita y bebió las gotitas que caían. Era como cuando el hámster del laboratorio que había en el último colegio de Van bebía de su bebedero.

El devorasueños pareció centellear y, un instante después, aquel color plateado, oscilante y resplandeciente llenó toda la sala. El ambiente se volvió cargado, como si estuviera a punto de caer un chaparrón, y a Van se le cubrió la piel de gotitas de un rocío invisible.

Y entonces, con la misma rapidez con que había aparecido, el rocío se desvaneció. El devorasueños con aspecto de murciélago se repantigó en el suelo, satisfecho, soñoliento y un poquitín más grande que antes, pensó Van. Antes de poder asegurarse de ello, el señor Falborg lo cogió del suelo y lo metió cómodamente dentro de su caja.

—Y ahora, a dormir —murmuró. Después volvió a poner la tapa y colocó la caja en su hueco de la estantería.

—Lo he visto —dijo Van cuando el señor Falborg se volvió a mirarle de nuevo—. He visto el deseo. He visto cómo se lo comía. Y después todo se ha llenado de… destellos.

—Ha sido bonito, ¿verdad? Con el paso de los años es cada vez más excepcional. Y el mundo se va haciendo menos interesante.

—Entonces, el deseo… —murmuró Van—. ¿El deseo se ha cumplido?

—Lo sabrás muy pronto —respondió el señor Falborg mirando al devorasueños acurrucado en el hueco del brazo de Van—. Ahora lo entiendes, ¿verdad? ¿Ves por qué se han de salvar estas criaturas asombrosas antes de que desaparezcan para siempre?

Desaparecer para siempre. Al oír aquellas palabras, Van notó un dolor en el pecho.

—Sí —contestó.

—Ay, me alegro tanto…

Van habría jurado que al señor Falborg se le llenaban los ojos de lágrimas. Con sumo cuidado, el anciano extendió las manos y cogió al adormilado devorasueños que el niño tenía en los brazos. Van notó un pinchazo de tristeza al ver desaparecer a la criatura en la caja. Había sido tan adorable y cariñosa. Sin ella, de repente volvía a sentirse solo y pequeño.

Pero entonces el señor Falborg se giró y le dio la caja a Van.

—Ten —dijo—. Es tuyo.

La madre de Van tenía una estricta norma antimascotas desde que Van le suplicaba que la rompiera. Decía que no podían ir con una mascota de ciudad en ciudad y de país en país y, aunque Van se lo había discutido, en el fondo sabía que su madre tenía razón.

—Pero… —empezó.

—Es fácil de cuidar —dijo el señor Falborg, alentador—. Pasan la mayor parte del tiempo durmiendo. Cuando están cerrados en un sitio oscuro son completamente pasivos. Y está claro que ya ha hecho un vínculo contigo.

—¿Y qué pasa con los coleccionistas? —susurró Van, abrazado a la caja con fuerza—. Me están vigilando. ¿Intentarán quitármelo?

—Mantén las cortinas corridas. Y revisa todas las esquinas en busca de arañas. Hasta que lo hayas inspeccionado todo, piensa siempre que no estás solo. Ten —el señor Falborg fue hacia el baúl y cogió otro hueso de los deseos—. Así cuando veas que tiene hambre estarás preparado. —Y le tendió a Van el hueso, junto con una tarjetita blanca—. Este es mi número de teléfono. Si me necesitas, llámame.

Y de repente Van se vio deshaciendo el camino por la sinuosa casa del señor Falborg con una criatura mágica metida en una caja dentro de su mochila.

Ya estaban cerca del recibidor cuando un pensamiento le golpeó como una bola de nieve en la cara: se suponía que tenía que llevar a los coleccionistas una parte de la colección secreta del señor Falborg, pero ahora que sabía lo que contenía, y ahora que aquella parte pequeñita, tierna y confiada estaba oculta en su mochila, no podía entregársela. Ni en un millón de años.

Pero sabrían que había estado allí. Un pájaro, o una araña, o un coleccionista de abrigo oscuro le habría visto entrar por la puerta de aquella casa. Tenía que llevarles algo.

—¿Puedo ir al lavabo? —soltó Van.

El señor Falborg se volvió.

—Claro que sí. Cruzando el recibidor, la segunda puerta a la izquierda.

Van cruzó corriendo el frondoso salón, pasó bajo el arco y miró atrás para asegurarse de que el señor Falborg no le veía. Entonces, en lugar de abrir la puerta de la izquierda, dobló la esquina y entró en la sala llena de pisapapeles. Sin encender la luz, se acercó al armario que había más cerca. La puerta se abrió sin dificultad. Van echó un vistazo a los pisapapeles, alargó la mano y cogió uno del centro, donde era menos probable que destacara su ausencia. La bola de cristal estaba fría y pesaba. Antes de poder empezar a sentirse culpable, metió el pisapapeles en el bolsillo de cremallera de la mochila.

Solo hacía aquello para salvar algo mucho más valioso, pensó Van. Incluso el señor Falborg lo comprendería.

En el baño inmaculadamente blanco, Van tiró de la cadena y se lavó las manos, por si alguien escuchaba. Después regresó al recibidor, tan aliviado como si realmente acabara de ir al lavabo… aunque no era capaz de mirar al señor Falborg a la cara.

El anciano abrió la puerta principal.

—¿Hans? —llamó a un hombre de pelo cano y espeso que llevaba un jersey marrón claro y estaba podando una hilera de arbustos—. ¿Podrías llevar al Maestro Markson de vuelta a la ópera?

—No está tan lejos —dijo Van—. Puedo ir caminando.

—Bobadas —dijo el señor Falborg, descartando la idea con una mano generosa. Después se inclinó hacia Van de manera que nadie pudiera oír lo que le decía—. Así es más seguro. Sigues en peligro, pero al menos sabes por qué —añadió, y sonrió una vez más—. Y ya sabes que tienes amigos.

Al cabo de unos minutos, Van estaba bajando de un coche gris reluciente y entraba por la puerta de la ópera.

En el vestíbulo no había nadie, ni tampoco entre bastidores. De hecho, todo el edificio parecía extrañamente tranquilo. Pero cuando Van se acercó a la sala de ensayo, captó un nuevo sonido, no música, sino el zumbido grave y efervescente de mucha gente hablando a la vez.

Abrió la puerta con el codo.

La compañía de ópera estaba toda a un lado de la sala. Van vio a su madre sujetando a su brillante pañuelo de seda, y al acompañante de ensayos avanzando lentamente con los brazos extendidos, y al ayudante de dirección hablando por el móvil a toda velocidad.

En el otro lado de la sala, oscilando ligeramente sobre las pezuñas, había un ciervo, un ciervo de cuernos ramificados, ojos negros y pelaje blanco gastado.

Nadie se giró a mirar cuando Van abrió la puerta pero el ciervo, sí. Sus ojos grandes y húmedos fueron directos hacia Van. Y, de un salto, el animal cargó contra la puerta abierta. Alguien gritó.

Van, demasiado aturdido para moverse, notó que el ciervo pasaba corriendo junto a él, la humedad plateada de su manto, la suavidad neblinosa aún enganchada a cada pelo. Pasó rápido, cruzó el auditorio, hacia la luz del día del vestíbulo.

Todo el mundo se puso a gritar.

—Que alguien le siga…

—¿Por la ciudad?

—¡… control de animales!

—¿Del zoo?

—¡Giovanni! —La voz más aguda y clara de su madre sobresalió entre el barullo y sus manos le cogieron por los hombros—. ¿Estás bien?

—Sí —dijo Van—. Estoy bien.

Pero no lo estaba.

Estaba mucho, muchísimo mejor que bien.

Acababa de ver cumplirse un sueño.

15

CAMBIO DE PLANES

—Y Lily, la taquillera, dice que salió corriendo a la calle y se largó —dijo Ingrid Markson perpleja mientras ella y Van volvían a casa caminando al atardecer—. Nunca he visto un ciervo en medio de la ciudad. Y menos aún un ciervo albino. Y se ve que apareció de la nada, justo durante el dúo de Michael y Sara, como un efecto dramático. Te lo juro, ¡tendría que haber salido una ráfaga de niebla! —Y lanzó una carcajada y sacudió la cabeza. Le brillaba el cabello bajo las últimas luces del día—. Casi me ha sabido mal que Peter y tú no estuvierais allí para verlo. —Bajó la vista hacia Van—. Y bien, *caro mio*, ¿os lo habéis pasado bien esta tarde?

—¿Qué? —dijo Van, que había pasado de pensar en el ciervo a pensar en lo que llevaba en la mochila. Notó que la caja del devorasueños se movía y ajustó una correa—. Ah, ¿con Peter? Ha estado bien.

—Ojalá pudierais pasar más tiempo juntos —continuó su madre—. Pero puede que tengamos que irnos a Inglaterra pronto.

—¿Qué? —preguntó Van, ahora más fuerte—. ¿Cuándo?

—El contrato que tengo aquí dura solo hasta que acabe este espectáculo. Y Leola me tiene programadas unas cuantas opciones interesantes. —Su madre le apretó la mano—. Nos tiene programadas.

Leola era la representante de su madre. Era una señora italiana que llevaba un pintalabios tan fuerte y brillante que siempre le dejaba a Van una marca perfecta en ambas mejillas.

Van abrió los brazos.

—¿Que puede que nos vayamos?

—Puede que nos vayamos. Probablemente nos vayamos.

—Y… —Van intentó apartar el pánico de su voz—. ¿Y cuándo nos marcharíamos?

Su madre ladeó la cabeza.

—Bueno, si Charles no me sorprende con otra oferta, podríamos irnos en cuanto acabe la temporada. El espectáculo acaba de aquí a un mes.

—¿Un mes?

Su madre levantó las cejas.

—¿Por qué estás tan asombrado, Giovanni? Ya sabes que esto funciona así. A veces nos contratan con años de antelación y a veces me avisan con tres días.

—Es que… —La cabeza de Van iba de la casa blanca del señor Falborg a las profundidades negras de la Colección—. No quiero marcharme. Todavía no.

Su madre levantó las cejas aún más alto.

—No creía que esto te gustara tanto.

—Pues sí. O sea… me gusta cada vez más. ¿No podemos quedarnos más?

—Giovanni, yo tengo que ir donde hay trabajo.

Van estaba dispuesto a agarrarse a un clavo ardiendo, por mucho que quemara.

—¿Y qué pasa con los Grey? —espetó—. ¿No les echarás de menos?

Su madre dudó. Van conocía perfectamente su cara y se dio cuenta de que por sus ojos pasaba una expresión confusa y callada.

—Claro que sí —respondió—. Echaré de menos a mucha gente. Como siempre. —Volvió a coger la mano de su hijo—. Pero justo aquí a mi lado tengo a la única persona que necesito.

Esta vez Van no apartó la mano.

Su madre y él continuaron caminando en silencio.

—Como he dicho —dijo finalmente su madre—, es solo una posibilidad. Una probabilidad.

—Vale —dijo Van en voz baja—. Solo una probabilidad.

Ya en casa, Van avanzó penosamente por el pasillo.

—Estaré en mi habitación —dijo por encima del hombro. Si su madre respondió, no la oyó.

Cerró la puerta del dormitorio tras él. Después cerró las cortinas y dejó fuera la luz color lavanda del atardecer. Examinó los rincones, miró bajo la cama, abrió el armario, comprobó cada pelusa y cada mota de polvo para asegurarse de que no hubiera arañas escondidas. Finalmente, cuando estuvo convencido de que todo estaba seguro, se sentó en el suelo, abrió la mochila y sacó de ella la caja de cartón.

Abrió la tapa y vio asomar una carita neblinosa y le invadió una explosión de alegría. El devorasueños era tan real y tan adorable como recordaba.

—Hola otra vez —susurró Van.

El devorasueños parpadeó, se asomó por el lateral de la caja y miró a su alrededor con timidez.

—Puedes salir —dijo Van, tendiéndole la mano—. Es seguro, te lo prometo.

El devorasueños se subió a la palma de su mano y se quedó allí agachado mirándole con sus grandes ojos. Van notó su ligereza fresca y delicada y levantó la mano para que tuviera mejores vistas.

—Esta es mi habitación —le dijo—. Bueno, por ahora. Esa es mi cama. Dormirás debajo, con mi colección. Allí estarás seguro. Y este es mi escenario en miniatura.

Con cuidado, Van dejó al devorasueños sobre el suelo del escenario.

—Ese es SuperVan —explicó cuando el devorasueños parpadeó tímidamente en dirección a la figurita que había en el centro del escenario—. Es un buen tipo. Intenta ayudar a todo el mundo que lo necesita.

Van tiró de la caja de su colección y rebuscó entre las miniaturas. Apartó un helicóptero, un elefante morado y un Papá Noel diminuto sobre un trineo tirado por renos. Por fin destapó un mago hecho de plástico blanco moldeado.

El devorasueños lo miró con los ojos muy abiertos y Van empujó al mago por el escenario.

—¡SuperVan! —gritó el Mago Blanco—. ¡Necesitamos tu ayuda! ¡Eres el único que puede salvarnos!

—Quiero ayudaros —respondió SuperVan— pero me han llamado para otra misión.

—Por favor, SuperVan —suplicó el Mago Blanco—. ¡Toda la especie de los devorasueños depende de ti!

Los ojos del devorasueños iban de una figurita a la otra.

—No tengo opción —dijo SuperVan—. La nave nodriza está a punto de despegar.

—¡Pues utiliza tus poderes! —dijo el Mago Blanco—. ¡Vamos, rápido! ¡Has de encontrar la manera!

Van se sentó sobre los talones. El Mago Blanco tenía razón: SuperVan encontraría la manera. Tenía que ayudar a los devorasueños y ahora tenía aún menos tiempo para hacerlo.

Miró hacia la ventana. La luz que teñía las cortinas estaba pasando de lavanda a violeta. No tardaría en hacerse de noche. De todos modos, no podía escabullirse de casa hasta que su madre estuviera dormida, y para entonces ya sería bien de noche y tendría que salir a la ciudad oscura y enorme completamente solo e ir directo hacia un peligro potencial...

Van tragó saliva.

En el escenario, el devorasueños miraba a SuperVan y al Mago Blanco alternativamente, como si esperara que volvieran a hablar. Alargó un dedito neblinoso y le dio un golpecito a SuperVan, que se desplomó hacia delante y cayó de bruces sobre el escenario.

El devorasueños retrocedió aterrorizado y saltó al regazo de Van.

—No pasa nada —le tranquilizó Van envolviendo entre sus brazos a aquella cosita tan ligera y que temblaba tanto—. No tengas miedo. Te tengo.

El devorasueños levantó la cabeza y parpadeó hacia él. Y fue en aquel preciso instante cuando Van supo, con una certeza cada vez más sólida, que ayudaría a aquella criatura. A aquella y a cualquier otra pobre criatura como ella que estuviera atrapada bajo tierra, en la más profunda oscuridad.

Le acarició la orejita. Ojalá tuviera los poderes de SuperVan. Así podría llegar a la Colección rápido y a salvo, y…

Un momento.

Van se detuvo a media caricia.

Sí que tenía poderes.

Y tenía un muy buen motivo para utilizarlos.

Una hora después, tras una sesión apresurada de lavado de dientes y besito en la frente de su madre, Van cerró la puerta de su habitación. Después encendió la lamparilla de la mesita de noche y apagó las demás. Se metió el pisapapeles del señor Falborg en el bolsillo izquierdo del pantalón y, con los audífonos aún puestos, se subió a la cama vestido, se tapó y se quedó allí esperando.

Al cabo de lo que le pareció un siglo, se apagó la luz que entraba por debajo de la puerta de su habitación. Por fin se había ido a dormir su madre.

Van bajó de la cama, se agachó junto a ella y sacó la caja de cartón de su escondite.

El devorasueños lo miró con entusiasmo. El resplandor de la lamparita hacía brillar todo su cuerpo.

—¿Va todo bien ahí? —susurró Van.

El devorasueños se inclinó sobre el lateral de la caja y estiró las manitas nudosas.

—No puedo seguir llamándote devorasueños —dijo Van mientras la criatura le trepaba por el brazo—. Necesitas un nombre. Pareces una especie de lémur, así que ¿y si te llamo Lemmy?

El devorasueños agitó las orejas.

—Lemmy —repitió Van—. ¿Te gusta?

El devorasueños no respondió pero agitó las orejas más rápido.

Van cogió la mochila, que estaba en el suelo justo donde la había dejado, abrió el bolsillo frontal y sacó el hueso de los deseos.

El pequeño devorasueños se enderezó al instante y olfateó el aire como un gato que huele una lata de atún.

—Muy bien, Lemmy —susurró Van—. Tengo un deseo para ti. —Y agarró los frágiles extremos del hueso de los deseos.

Pero entonces le entraron dudas. Cuando había pedido el otro deseo, el señor Falborg le había guiado. Si hubiera salido mal algo, habría contado con su ayuda para arreglarlo. En cambio, ahora estaba completamente solo. El devorasueños dio un saltito impaciente en su regazo. Bueno, no completamente solo. Tenía la ayuda de Lemmy, a quien después iba a ayudar también. Tenía que ayudarle. Y ya era de noche. No había tiempo que perder por miedo.

«Ojalá llegue a la Colección rápido, a salvo y sin que me vean», pensó Van.

Y rompió el hueso de los deseos.

Del extremo roto goteó un hilillo pálido y delicado. Lemmy estiró el cuello hacia arriba, con la boca abierta, y lo bebió. El aire se llenó de rocío y Van notó que se le humedecían las puntas del pelo y su piel se volvía suave. Cuando el rocío se retiró, Lemmy estaba boca arriba en su regazo, con aspecto satisfecho, y todo estaba en calma.

Van aguantó la respiración. Miró a su alrededor. Escuchó con atención. Nada. Y dejó salir el aire.

Quizás no se hubiera cumplido el deseo. A lo mejor era demasiado grande para que Lemmy pudiera encargarse de él. Tal vez no hubiera sido lo bastante concreto, o claro… o quizás todas aquellas cosas mágicas e imposibles eran tan imposibles como parecían.

Entonces, cuando Van empezaba a perder la esperanza, algo salió disparado de debajo de su cama.

Van se giró pero aquella cosa ya estaba detrás de él. Se movía tan rápido que agitaba el aire. Van se volvió de nuevo. Fuera lo que fuese, no la veía. Pero entonces una vocecilla exclamó junto a su oreja izquierda:

—¡Jo, jo, jooo!

Van se dio la vuelta. A cosa de un metro, perfilado por el resplandor de la lamparita, había un trineo volador en miniatura tirado por un reno volador también en miniatura. Y, sujetando las riendas, un Papá Noel risueño e igualmente diminuto. Van soltó algo a medio camino entre un jadeo y una risa.

Bajó la vista y vio que Lemmy estaba en su regazo, tumbado boca arriba, satisfecho y con lo que parecía una sonrisa soñolienta.

El trineo iba volando por la habitación, sorteando montañas invisibles, cada vez más alto, directo hacia la ventana encortinada y, antes de que Van pudiera hacer nada para evitarlo, chocó contra el cristal.

—¡Cuidado! —susurró Van. No tenía claro si se lo decía al Papá Noel de plástico o a su reno, pero en cualquier caso cualquiera de las dos opciones era inverosímil—. ¡Que lo va a oír mi madre!

El reno volvió a chocar contra la ventana.

Van metió a Lemmy en la caja de cartón y se puso en pie.

—¡Chist! —le hizo callar cuando el trineo volvió a golpear el cristal aún con más fuerza—. ¡No podemos hacer ruido!

¡Clong! ¡Clong! Clong!, continuaba chocando el trineo contra la ventana, como una mosca desesperada por salir.

—¡Por favor! —suplicó Van.

¡CLONG! ¡CLONG! ¡CLONG!

Van se tiró en plancha hacia la ventana y, antes de que el trineo volviera a golpearla, abrió las cortinas y subió el cristal. Una ráfaga de aire fresco entró en la habitación y Papá Noel y su trineo se fueron volando en mitad de la noche.

Van se quedó mirándolo para ver cómo se iba empequeñeciendo en la distancia, pero eso no pasó. Al contrario: se fue haciendo más grande. Se quedó suspendido en mitad de la noche justo delante de la ventana de su habitación, centelleando con un halo de neblina nacarada y se fue hinchando y estirando hasta alcanzar el tamaño de un trineo de verdad. Por su parte, los renos de plástico se hicieron grandes como renos de verdad y el Papá Noel de plástico que sonreía a Van tenía el tamaño de un elfo viejecito y alegre.

—¡Jo, jo, jooo! —gritó el Papá Noel, y dio unas palmaditas a su lado, sobre el asiento rojo del trineo.

Van no pudo reprimir una carcajada. Cientos de veces se había imaginado volando como SuperVan pero nunca se había imaginado volando como Papá Noel. ¿De verdad iba a salir por la ventana de un cuarto piso para montar en un trineo de plástico flotante, en pleno mes de julio? Miró la hilera de renos y el asiento al que Papá Noel le invitaba a subir una vez más. Sí, de verdad iba a hacerlo.

Pues claro que iba a hacerlo.

Se subió al alféizar. El trineo estaba a solo unos centímetros. Respiró hondo, se lanzó y medio subió al trineo medio cayó dentro de él. Con su peso, aquello se movía como la cabina de una noria. Sin darle tiempo para sentarse, Papá Noel agitó las riendas de plástico y los renos salieron disparados.

Recorrieron la ciudad zumbando, con Van todo el tiempo aferrado al lateral del trineo con ambas manos. Pasaban entre edificios altos que se fundían a su alrededor en una mancha gris. Se lanzaban en picado sobre los tejados y doblaban esquinas. En un momento los renos subían y Van miraba el cielo púrpura nublado, y al siguiente los renos se lanzaban en picado, el trineo se inclinaba tras ellos y Van miraba abajo, hacia la calle oscura e iluminada.

—¡Jo, jo, jooo! —proclamó el Papá Noel de plástico.

Van rio también.

Seguramente debería haber sentido miedo pero no era así. Estaba electrizado. Formaba parte de algo mágico, imposible, rarísimo, estaba envuelto en ello, era transportado a media noche en su veloz ingravidez.

Y entonces, mucho antes de que Van estuviera preparado para acabar el trayecto, el trineo se detuvo con suavidad. Van miró por el lateral.

Estaban en una calle tranquila. Las aceras estaban vacías y los edificios cercanos, sumidos en el silencio de la noche. La única luz que se veía era distante y tenue pero justo delante, al doblar la esquina, Van vio el letrero de neón de la tienda de mascotas.

El trineo fue descendiendo hasta tocar la acera desierta. Van bajó de él. Antes de que le diera tiempo de decir «Gracias» o de dar unas palmaditas de agradecimiento a los renos, el trineo volvió a comprimirse en una miniatura y cayó sobre la acera.

Van lo recogió y se lo metió en el bolsillo. Sonrió para sí y dejó que aquella sensación electrizante e ingrávida se desvaneciera. Tenía una tarea que hacer, una tarea seria y peligrosa.

Tras una última mirada rápida a su alrededor, se apresuró hacia la esquina y corrió por la calle, directo hacia la Agencia Urbana de Recolección.

16

DESCENSO A LA OSCURIDAD

Si cuando Van había visitado la oficina de la Agencia Urbana de Recolección a media tarde el recinto estaba en sombras, ahora, en mitad de la noche, estaba totalmente a oscuras. Van avanzaba por la sala vacía lentamente, con ambas manos tendidas ante él, como si se moviera en alquitrán. Acababa de abrir la puerta oculta, con el consiguiente olor a humo y polvo y la leve neblina de la luz verde-dorada, cuando notó que algo se movía tras él en la oscuridad. Se volvió de golpe pero no vio a nadie. Bueno, a ningún humano, mejor dicho. Sobre la alfombra, avanzando con dificultad hacia sus pies, había un mapache rollizo. Tenía algo pequeño y blanquecino cogido a una pata delantera, lo cual restaba aún más estabilidad a sus andares. De los dientes le colgaba un cartucho de patatas fritas.

—Buf —dijo con voz rugosa—. ¿Te importa aguantarme la puerta?

Van la sostuvo cortésmente.

El mapache caminaba como un pato.

—Muchísimas gracias.

Van empezó a bajar las escaleras tras el mapache. Habían avanzado solo un par de peldaños cuando el mapache volvió a hablar.

—Qué maleducado por mi parte —dijo—. ¿Quieres una patata? Están buenas y frías.

—Eh... no, gracias —susurró Van.

—¿Seguro? Las acabo de coger del contenedor de detrás de La Barbacoa de Pete —continuó parloteando el mapache—. Gran sitio para conseguir huesos de los deseos y patatas fritas frías. Claro que si prefieres palitos de pan, el contenedor de La Mamma es perfecto. Y si te gusta comer espaguetis con los huesos de los deseos, tienes que probar el contenedor del Izakaya Ito. Es el mejor de la ciudad, el mejor. No hagas caso de lo que te digan otros mapaches sobre el Zen-Zen: no vale la pena ni trepar a su contenedor. —El mapache se paró a sacar una patata del cartucho con la pata delantera que le quedaba libre—. Mmm. Mmmm —dijo, encantado—. ¿Seguro que no quieres una?

—Estoy bien —respondió Van.

—Pues yo también —dijo el mapache, y engulló otra patata—. Mmm. Bueno, ¡buenas noches!

La criatura continuó bajando atropelladamente y dejó solo a Van, que bajó de puntillas el resto del tramo de escaleras.

El aire se hizo más frío y los olores a polvo y humo, más intensos. La luz verde-dorada le fue iluminando los pies, las piernas y finalmente el resto del cuerpo.

Al alcanzar el último peldaño, le saltó sobre el hombro algo pequeño y peludo, y que no olía a patatas fritas.

—¡Eh! —chilló una voz familiar—. ¡Yo a ti te conozco! —El hocico húmedo de Barnavelt le tocó la mejilla—. ¡Mira! ¡Piedra! ¡Es Vanderbilt Maximillian!

Piedra ya le había cogido del brazo con ambas manos. Los dos habían aparecido tan rápido que Van se preguntaba si le estarían esperando allí, al pie de la escalera.

—¡Sabía que volverías! —exclamó Piedra sonriendo y casi saltando. Le brillaban los ojos color verdín—. Lo has decidido, ¿verdad? ¿Nos ayudarás? ¿Estás de nuestro lado?

Era la primera vez que Van veía sonreír a Piedra. Se le transformaba la cara por completo, igual que un rayo de sol cambia una habitación oscura. No pudo evitar sonreír él también. Por un instante, casi se olvidó de que no había ido allí a eso. Había ido a espiar, a enterarse de cosas y poder ayudar a los devorasueños. Pero Piedra no tenía que saberlo. No podía saberlo.

Puso la misma expresión de entusiasmo que Piedra.

—Sí —dijo—, estoy de vuestro lado.

Piedra dibujó una sonrisa aún más radiante.

—¡Vamos! —dijo, dándose la vuelta—. Te llevaré a ver a Clavo. ¡Se van a poner todos contentísimos!

Piedra se apresuró hacia el fondo de la gran sala de entrada y Van la siguió corriendo. Sus sombras se dibujaron sobre los muros de piedra verde. Cuando llegó al fondo de la sala, Piedra dobló hacia un pasillo estrecho, después hacia otro, y después hacia una salita que Van reconoció en la que había un gran escritorio y una chimenea aún mayor.

Clavo estaba de pie delante de la chimenea hablando con Sésamo, la mujer de cabello sedoso. Uno de los hombretones de la otra noche —Maza, creía Van— hacía guardia junto a la puerta. Cuando llegaron corriendo

Piedra y Van, todo el mundo se giró hacia ellos. Incluso la paloma de Sésamo y las ratas de Clavo se pusieron en guardia y taladraron a Van con sus ojos negros.

A Van le subió un escalofrío por la espalda pero lo obligó a volver a bajar. Tenía una misión que cumplir y no podía fracasar ya antes de comenzar.

—¡Ha venido! —gritó Piedra.

—¡He venido! —coincidió Barnavelt desde el hombro de Van—. ¡He venido! ¡He venido!

—Van Markson —dijo Clavo, rodeando el escritorio con rapidez. Instintivamente, Van se encogió de miedo pero Clavo tenía la mirada cálida, como Piedra. —Bienvenido de nuevo —dijo, y alargó la mano para estrechar la de Van—. Estamos muy contentos de que nos hayas elegido.

—Yo también —dijo Van tan animadamente como pudo.

—Dinos de qué te has enterado de momento, por favor —le pidió Clavo abriendo las manos.

Todo el mundo estaba a la expectativa.

—Bueno... —dijo Van lentamente—. Pues esa es la cosa. No estoy seguro de haberme enterado de lo que queríais saber.

La calidez del ambiente se fue desvaneciendo. Nai levantó una ceja. La paloma que Sésamo llevaba sobre el hombro ladeó la cabeza.

—Es decir —continuó Van cuando todos los demás hubieron callado—, no vi lo que usted dijo. Y busqué, se lo prometo, pero no vi nada raro.

Piedra respiró hondo. Una de las ratas abandonó el hombro de Clavo, bajó por su abrigo negro y corrió por el suelo de piedra hacia los pies de Van.

Clavo cruzó los brazos.

—¿Estás diciéndonos que no has visto a otros coleccionistas?

—Pues no —dijo Van—. La rata puso las patas de delante sobre la punta de su zapato—. Bueno, no como vosotros.

—Sin duda no como nosotros —dijo Sésamo.

—¿No conociste a un hombre llamado Ivor Falborg? —preguntó Clavo con voz firme y decidida—. ¿Y no te invitó a su casa? ¿Por segunda vez?

A Van le recorrió el pecho un escalofrío. Se esforzó por mantener un tono trivial y el cuerpo tranquilo mientras la rata le trepaba por la pernera.

—Ah, ¿el señor Falborg? ¿Nuestro vecino? —dijo—. ¿Se refiere usted a ese tipo de coleccionista? Sí, me enseñó algunas cosas pero no eran como las de la colección que tienen ustedes aquí. Aun así, por si acaso hice lo que me había pedido usted.

Se sacó el pisapapeles del bolsillo y se lo mostró. La luz del fuego bañaba la burbuja de cristal y confería un tono rojizo al ramito de flores que había en su interior.

Clavo miró a Piedra, que asintió.

—¿Y no te enseñó nada más? —preguntó mientras volvía a mirar a Van—. ¿Nada inusual?

Estaba claro que Clavo sospechaba algo pero Van de ningún modo iba a hablar a los coleccionistas sobre la habitación escondida y todos aquellos devorasueños pequeños e indefensos que esperaban en sus cajas a que les ofrecieran un poquito de comida y compañía.

Van tragó saliva. La rata le había llegado al hombro y notaba sus bigotes contra el cuello.

—Pues no —consiguió decir—. A menos que se refiera a las guirnaldas de pelo. Aquello sí que era bastante raro.

La rata se alzó sobre las patas traseras y olisqueó la barbilla de Van.

—Huele a miedo —dijo con suavidad. Van reconoció la vocecilla de Violetta.

Van no estaba seguro de si la oía toda la sala o si había hablado solo para él. Sin embargo, nadie respondió y en cualquier caso ya no tenía sentido fingir que no oía a las criaturas.

—Es que tengo miedo —respondió—. He venido solo por la ciudad, a hurtadillas, en mitad de la noche.

—Yo no huelo a miedo —dijo Barnavelt. La ardilla empujó el hocico contra el cuello de Van—. Yo huelo a espaguetis.

—He cenado espaguetis y pan de ajo —dijo Van.

A la ardilla se le pusieron los ojos vidriosos.

—Pan de ajo… con mantequilla —susurró—. Y con corteza crujiente… Y…

—Ya sabes —dijo Sésamo mirando a Van con ojos claros e intensos— que es muy poco habitual que alguien que no sea coleccionista de nacimiento sea capaz de oír a las criaturas.

Van levantó la vista hacia ella.

—Dices que eres normal y corriente, incluso dices que eres duro de oído; y sin embargo las oyes. —Sésamo entrecerró un poco los ojos—. ¿Por qué crees que es?

—No lo sé —dijo Van, y decía la verdad—. Creo que… a lo mejor no soy muy bueno oyendo pero soy bueno escuchando.

Sésamo inclinó la cabeza y se le quedó mirando un buen rato.

—Buena respuesta —dijo al fin.

—¡Buena respuesta! —le animó la ardilla.

Piedra le dedicó a Van una sonrisa complacida y a él le recorrió un hilillo de alivio cálido y tranquilizador.

Clavo continuaba callado. Escudriñó la sala y captó la expresión serena de Sésamo, la sonrisa de Piedra y la mirada fría de Maza, y finalmente se volvió hacia Van.

—Parece que tienes otra oportunidad, Van Markson —dijo al fin—. Vigilarás al señor Falborg de cerca, más de cerca.

—Lo haré —se apresuró a decir Van y volvió a guardarse el pisapapeles en el bolsillo—. Pero… ¿puedo preguntar por qué?

Clavo ni parpadeó.

—Porque supone una grave amenaza para nosotros. Para nuestro trabajo. Para nuestra existencia.

Van pensó en la araña que el señor Falborg había chafado con su pañuelo. Era incapaz de imaginar que aquel amable señor pudiera suponer una amenaza para cualquier otra cosa.

—¿El señor Falborg? —preguntó—. ¿Está seguro?

—Del todo. Le conocemos bien —respondió Clavo, y volvió a clavar la vista en Piedra. Cuando volvió a mirar a Van, lo hizo con más suavidad—. Todo esto debe de ser complicado para alguien de fuera. Pero ya entenderás más cuando te traigamos adentro. —Se acercó a Van—. Ni que decir tiene que has de guardar en el más absoluto secreto lo que estamos a punto de mostrarte, explicarte y enseñarte, pero aun así te lo digo. —Se inclinó y las ratas de sus hombros olisquearon a Van con sus hocicos bigotudos—. No le cuentes a nadie lo que estás a punto de ver.

—No lo haré —dijo Van rápidamente. Tenía la esperanza de que las ratas no pudieran oler una mentira.

—Piedra te guiará —dijo Clavo antes de volver a ponerse derecho—. Núcleo os está esperando en la Colección.

—¿Glúteo? —murmuró Van a Piedra—. ¿Como trasero?

—Como centro—respondió Piedra.

Eso captó la atención de Barnavelt.

—¿Palomitas?

Clavo fue hacia el otro lado de su escritorio.

—Debéis iros —dijo, indicando la puerta con una mano de dedos largos. Y entonces añadió con lentitud y precisión—: Y gracias por tu sinceridad, Van Markson.

Piedra volvió a sonreír con calidez.

—¡Vamos! —dijo, y salió corriendo hacia la puerta. Van fue tras ella, con Barnavelt aún sobre el hombro. Maza, que montaba guardia junto a la puerta, no se inmutó cuando los tres pasaron como una exhalación, aunque les siguió con la mirada por el pasillo, entre las sombras frías, hasta que estuvieron fuera del alcance de su vista.

—¡Ahora podemos explicártelo todo! —gritó Piedra por encima del hombro mientras corrían otra vez por la cavernosa sala de entrada. Señaló hacia otro pasillo que se bifurcaba en la penumbra—. Si fuéramos por ese camino, por una escalera en concreto, llegaríamos al observatorio…

—¿Al observatorio? —repitió Van, intentando no perder detalle—. ¿Como… para observar las estrellas?

—Estrellas fugaces —dijo Piedra—. Tenemos que saber exactamente cuándo se acercan lluvias de meteoritos. —Se precipitó por la enorme escalera, delante de él—. Ya has visto el Atlas —dijo al acercarse al primer arco. Hablaba muy deprisa pero también muy fuerte—. Sésamo está a cargo de él. Es desde donde vigilamos las ubicaciones propensas a deseos, como pozos, fuentes y estanques. Lugares donde la gente lanza monedas —añadió mientras atravesaban una bandada de palomas que revolotearon y se apartaron del camino—. Por supuesto, la gente sopla velas de cumpleaños o rompe huesos de los deseos prácticamente en cualquier sitio, así que también vigilamos pisos, casas y otros lugares.

Van miró cómo una de las palomas alzaba el vuelo y planeaba sobre la oscuridad sin fondo del agujero. En un lugar tan inmenso, algo tan pequeño y silencioso como un devorasueños sería extremadamente fácil de esconder. ¿Cómo iba a encontrarlos?

—Sé lo que estás pensando —dijo Piedra al detenerse de golpe en el descansillo. Se dio la vuelta para mirar a Van.

—¿Ah, sí? —chilló Van.

—Ay, qué bien —exclamó Barnavelt desde el hombro de Van—. Porque soy incapaz de recordar lo que estaba pensando yo.

—Te preguntas cómo nos metemos en los restaurantes, las casas y los pisos sin que la gente se dé cuenta —dijo, y le lanzó una mirada cómplice—. Ahí es donde entran en juego las criaturas.

—¡Ahí es donde entramos en juego nosotros! —se pavoneó Barnavelt.

—Hay miles de ellas —continuó Piedra—. Todas las criaturas en las que la gente no suele reparar: palomas, mapaches, ratas…

—Y ardillas —interrumpió Barnavelt.

—Arañas, cuervos, murciélagos, ratones…

—¡Y ardillas! —añadió Barnavelt.

—Y ardillas —concluyó Piedra—. Todos los animales que habitan la ciudad, sobre todo los nocturnos. Y especialmente los que ya tienen predilección por recoger cositas brillantes.

A Van se le fue la cabeza a la caja llena de cositas brillantes que guardaba debajo de la cama. ¿Acaso para los coleccionistas él no era más que otra criatura que utilizar?

La expresión de Piedra titubeó y su ceño, habitualmente fruncido, empezó a relajarse.

—Estoy hablando demasiado deprisa, ¿verdad?

—Hombre… —dijo Van.

—Sí. Lo siento. Es que… nunca había podido explicarle todo esto a nadie antes. —Volvió a sonreír, esta vez con más prudencia, apartando el ceño fruncido cada vez un poquito más—. ¿Listo para continuar?

—Listo —respondió Van.

Volvieron a emprender la marcha, corriendo. Al pasar por el arco, bajo las letras grabadas donde se leía EL ATLAS, Van vio la sala empapelada con mapas y cartas, con los grupos de coleccionistas y criaturas correteando por entre las largas mesas. Después llegó al siguiente tramo de escaleras y la sala desapareció de su vista.

—También… Calendario… —dijo Piedra mientras bajaba delante de él. La mitad de sus palabras se diluyeron entre otras voces. Del arco del calendario entraba y salía un aluvión de gente acompañada de pájaros que revoloteaban y roedores que correteaban. Al pasar deprisa, empujaban a Van y le lanzaban miradas rápidas y curiosas, y alguna sonrisilla.

—Argolla… el encargado del Calendario —gritó Piedra—. Aguja y Comino… nombres y fechas de cumpleaños. ¡Hoy es uno muy popular!

A aquellas alturas Piedra hablaba ya a chorro y cada palabra nueva que pronunciaba se llevaba las anteriores. Van intentaba seguirle la voz, los pies y las manos que señalaban a diferentes lugares pero con el ruido de la multitud le resultaba cada vez más difícil.

Además, no le estaba explicando lo que él necesitaba saber. Van echó un vistazo a la zona. En las largas estanterías negras de la sala del Calendario no había ni rastro de devorasueños. Y sabía que no estaban escondidos abajo, en los botes centelleantes de la Colección.

Tenían que estar en algún otro lugar, más abajo.

—¡Vamos! —gritó Piedra haciéndole señas para que continuara adelante—. Núcleo va a…

Su voz se desvaneció cuando saltó al siguiente tramo de escaleras y Van, rezagado, no hizo nada por evitarlo. Iba cada vez más despacio, hasta que la distancia entre ellos se hizo tan amplia que ni Piedra, con su agudo sentido del oído, podía oírle.

Entonces Van miró la ardilla que llevaba al hombro.

—Barnavelt —susurró—. ¿Dónde tienen a los devorasueños?

Barnavelt parpadeó con sus ojos vivos.

—¿Los devorasueños? —repitió en voz baja—. Se supone que no hemos de hablar de ellos.

—Pero sabes lo que son, ¿verdad?

—Puede. No. Sí. —Volvió a parpadear—. O sea… ¿Lo que es un devorasueños?

—¿Y los tenéis ahí abajo, en el Retén? —preguntó Van—. ¿Es eso?

—Los tenemos ahí abajo —espetó Barnavelt—. Un momento: ¿Cuál era la pregunta?

—¿Qué les hacen? —apuró Van. Abajo, Piedra ya había llegado al final del tramo de escaleras—. ¿Los tienen capturados? ¿Y qué es ese ruido tan espantoso? ¿Hay algo que les esté haciendo daño?

—No lo… —Barnavelt agitó la cola con inquietud—. ¡Eh, mira! ¡Un halcón!

—No tienes que decirlo —dijo Van—. Si tengo razón, basta con que digas algo.

Barnavelt se lo quedó mirando.

—Algo —susurró.

—¡Daos prisa! —gritó Piedra desde el rellano, mirándolos con impaciencia. Detrás de ella, tras el gran arco, Van vio las enormes puertas dobles de la Colección.

Bajó trotando el resto de las escaleras. Piedra le esperó hasta que llegó al descansillo.

—Núcleo… decir… cosa… —dijo, girándose hacia las dobles puertas.

Pero esta vez Van no la siguió. Esta era su oportunidad.

Cruzó el rellano y bajó el siguiente tramo de escaleras tan rápido como pudo. Sus pies golpeaban la piedra fría. Las patas de Barnavelt se le clavaban en el hombro.

—¿Adónde vas? —chilló la ardilla—. ¿Adónde vamos?

Van no respondió.

Cuando llegó al final de aquel tramo de escaleras, atacó el siguiente. La oscuridad era cada vez mayor. Pronto Van apenas veía los bordes de los escalones ni los ojos brillantes de la ardilla a su lado. El aire era cada vez más frío y húmedo, hasta parecía pegársele a la cara como hojas mojadas.

Sin poder ver ni oír suficiente, Van tenía que fiarse del tacto y todo cuanto tocaba era frío, duro y húmedo. El corazón le latía desbocado.

Tras él, a bastante distancia, le pareció oír gritar a Piedra pero no se detuvo. No podía detenerse. No ahora. La idea de que hubiera otras criaturas como Lemmy, pequeñas, asustadas y muertas de hambre, le empujaba a seguir. Más y más rápido. Más y más abajo.

No tardó en quedarse completamente a oscuras.

Van no se dio cuenta de las siluetas que subían por las escaleras. No oyó sus pasos rápidos y pesados.

Y no vio nada hasta que el repentino resplandor de un farol desveló la hoja plateada y curva, afiladísima, que iba directa hacia él.

17

NAVAJA

La hoja se detuvo a escasos centímetros de la cara de Van. Estaba unida a una vara larga y gruesa sujeta por las manos de la persona más aterradora que Van hubiera visto jamás.

El hombre era tan alto que, pese a estar dos escalones por debajo de Van, este apenas le llegaba al pecho. Tenía el pelo largo y oscuro y lo llevaba atado con un cordón de cuero. Y de cuero era también el abrigo largo que llevaba. Bajo las correas que le cruzaban el pecho y le rodeaban la espalda se veía el destello de otro gancho de metal también unido a una vara. Detrás del hombre había más gente de abrigo oscuro, unos con cuchillos, otros con faroles de cristal encendidos.

A la luz irregular de los faroles, Van vio que el hombretón llevaba envuelto en los hombros algo que parecía una gran red. Y su cara… A Van se le heló el estómago. Aquel hombre tenía los ojos tan oscuros que eran prácticamente negros. En la comisura de los labios tenía una cicatriz pequeña que le retorcía la expresión, y otra bastante más grande, como un tajo en una hogaza de pan, le bajaba en curva desde el párpado inferior hasta la mandíbula.

Van soltó un alarido y retrocedió tambaleándose, hasta chocar con Piedra.

—¡Navaja! —exclamó Piedra, y arrastró a Van tras de sí, fuera de alcance de los cuchillos—. Lo siento mucho. Se me ha escapado —dijo, y lanzó a Van una mirada tan desesperada como imperativa—. Van, sube al rellano y espérame allí.

Quizás fuera el tono de Piedra, o a lo mejor los cuchillos, o puede que fuera la cara marcada y sombría del hombre, pero Van no perdió ni un segundo. Trepó hasta el descansillo tan rápido como le permitieron sus piernas.

Se oía el sonido turbio de voces procedente de abajo. Distinguía la voz de Piedra y que alguien respondía pero era incapaz de descifrar ni una palabra.

—¿Quién era? —le preguntó a Barnavelt, que continuaba bien afianzado sobre su hombro.

—Piedra —respondió Barnavelt con un parpadeo—. ¿No os conocéis?

—No, ¿que quién era el hombre? Ese hombretón de los ganchos y las redes.

—Ah —volvió a parpadear la ardilla—. Ese es Navaja. Es el señor del Retén.

El estómago helado de Van se solidificó en una masa de hielo.

—Ese tipo, ese tipo con todas esas armas, ¿está a cargo de los devorasueños capturados?

La ardilla agitó la cola.

—Justo. O sea… injusto. O sea… ¿qué es un devorasueños?

Una silueta subió corriendo las escaleras hasta alcanzarles. Un instante después, Piedra agarró a Van de la manga. Su radiante sonrisa se había desvanecido por completo, tanto que Van apenas era capaz de recordarla.

—¿Qué ha sido eso? —le siseó al oído—. ¿Qué has hecho?

—Yo solo… supongo que me he equivocado al girar —dijo Van sin convicción.

—Tienes mucha suerte de que estuviera yo aquí —rugió ella—. Vamos. —Y empezó a subir las escaleras sin soltar la manga de Van.

El chico miró hacia la oscuridad por encima del hombro. Navaja y el farol habían desaparecido. Por lo visto, bajar al Retén no iba a ser tarea fácil. Y, a juzgar por aquellos cuchillos, esta vez había tenido una suerte tremenda.

Piedra tiró de él y entraron por las puertas dobles de la Colección.

Aunque ya había visto en otra ocasión aquella enorme sala de ligero resplandor, por unos segundos Van no pudo evitar quedarse en el umbral, paralizado. Las incontables hileras, la telaraña de escaleras y plataformas, el techo de cristal plateado y las miles de botellas, cada una viva con su propio deseo misterioso, eran demasiado para asimilarlo de golpe. Era demasiado grande, bonito y maravilloso para integrarlo con una simple mirada.

—¡Ah! —dijo una voz.

Un hombre bajito y rollizo, el hombre con silueta de pingüino que Van había visto tras el podio que había en medio de la Colección en su primera visita, se les acercó con andares de pato. La luz plateada se reflejaba en sus lentes redondas.

—¡Estás aquí! —dijo al tiempo que extendía ambas manos y cogía la de Van para estrechársela con rapidez—. Soy Núcleo, jefe de la Colección. Estamos muy contentos de que te unas a nuestros esfuerzos.

—Yo también lo estoy —dijo Van.

—Vamos a apartarnos del paso —dijo Núcleo indicando un rincón de la sala donde una escalera de caracol formaba un hueco—. La Colección de esta ubicación data… de más de… cien años… —empezó a explicar mientras abría paso. Van oía su voz a ráfagas—. Las Colecciones… todo el mundo… allí donde los deseos son más densos… muchos siglos… protegemos… en secreto. Bueno —dijo al llegar al hueco, y se volvió a mirar a Van—. Juntó las manos con una palmada y Van no pudo evitar pensar en unas aletas—. Si has de trabajar con nosotros, deberías comprender la importancia de ese trabajo. ¿Qué dudas tienes?

Van tenía un montón de preguntas que amenazaban con salir por su boca. ¿Dónde están los devorasueños? ¿Qué les estáis haciendo? ¿Por qué les estáis haciendo daño? Pero se mordió el interior de la mejilla hasta asegurarse de que no se le escaparían las palabras.

—Así que… —dijo con prudencia mientras un coleccionista subía las escaleras que estaban sobre él con una botella azul que brillaba ligeramente— cada vez que alguien pide un deseo, ¿su trabajo es recogerlo?

—No cualquier deseo —dijo Núcleo—. Ha de ser un deseo viable. Un deseo vivo. Un deseo auténtico. Un deseo con raíces en la magia del milenio.

—Algunos deseos son solo palabras —explicó Piedra—. Solo existen realmente determinados tipos de deseos.

—Ah, como… —Van se detuvo antes de soltar: «como dijo el señor Falborg»—. Como los deseos de los huesos de los deseos y las velas de cumpleaños…

—¿Pastel de cumpleaños? —dijo Barnavelt con optimismo.

—Exacto —dijo Núcleo—. Los huesos de los deseos rotos, las velas de cumpleaños, las estrellas fugaces y las monedas lanzadas a fuentes o pozos proporcionan deseos viables, es decir, siempre que a poca distancia haya un nacimiento de agua dulce subterránea.

—Así que cuando soplas una pestaña caída, ¿no es un deseo real?

—Ay, las pestañas… —Núcleo sacudió la cabeza—. No sé de dónde ha salido esa idea engañosa. No, no es un deseo viable.

—¿Y si pides un deseo cuando son las 11 y 11 clavadas? —preguntó Van.

—Pues es una pérdida de tiempo, la verdad. Literalmente.

—¿Y cuando se te posa encima una mariquita?

—A menos que el deseo sea que un insecto come-pulgón te utilice como pista de aterrizaje, es completamente inútil.

Van miró la sala donde los millones de botellas verdes y azules se extendían en la distancia.

—Y cuando recogen los deseos, ¿los dejan aquí para siempre?

—Mientras haya coleccionistas que los preserven —respondió Núcleo—. Que es como decir: sí.

—Pero si llevan más de cien años recogiendo estos deseos —dijo Van pensativamente—, algunas de las personas que los pidieron debieron de morir hace mucho. ¿Esos deseos aún pueden cumplirse?

Núcleo levantó las cejas.

—Muy buena pregunta —dijo—. No. Esos deseos, los deseos muertos, no pueden cumplirse. No exactamente.

La expresión de Núcleo tenía algo que hizo que a Van le picara el cuello—. ¿Entonces por qué los guardan?

—Porque los deseos muertos son los más peligrosos de todos.

—¿Peligrosos? —repitió Van—. ¿Por qué?

—Permíteme que te explique cómo funciona un deseo —dijo Núcleo juntando las manos con una palmada—. Cuando se pide un deseo, quien lo pide determina qué pasará pero no cómo pasará. Por ejemplo, pongamos que desearas no tener que ir al colegio.

A Van no le costó nada imaginarlo.

—Pongamos que pides un deseo viable, usando por ejemplo una moneda o una estrella fugaz —continuó Núcleo—. Pongamos que no recogiéramos ese deseo y se te acabara concediendo. Bien. —Volvió a juntar las manos—. Puede que cogieras una conjuntivitis leve y se te excusara de ir al colegio. O quizás te pusieras muy enfermo. Es posible que una fuerte tormenta de nieve azotara la ciudad y lo parara todo. O a lo mejor tu colegio se derrumbaría porque caería una granizada de peces.

—¿Peces? —repitió Van.

—Es posible. Cualquier cosa es posible. —La voz de Núcleo se hizo más grave pero hablaba despacio y con claridad—. Los deseos son extremadamente difíciles de controlar. Y cuando un deseo se convierte en un deseo muerto, cuando ya no quedan limitaciones, cuando ese deseo es solo energía mágica... se convierte en algo sumamente poderoso. Se convierte en puro caos.

Van volvió a mirar la sala. Ahora el brillo de las botellas parecía diferente, más intimidante. Más como una llama a la espera de gasolina.

—Si los deseos son tan poderosos —dijo lentamente—, ¿podría alguien intentar entrar aquí y llevárselos?

—Bueno, podrían intentarlo —dijo Núcleo con una sonrisa seca—. Por suerte, la Colección está bien protegida por medios tanto mágicos como...

Pero Van había dejado de escuchar. Bajo sus pies, el suelo había empezado a temblar ligeramente. En la estantería más cercana, las botellas se tambaleaban y la luz que se reflejaba en ellas empezó a variar y vacilar.

Van se volvió hacia Núcleo pero antes de poder preguntarle qué pasaba el hombrecillo salió corriendo.

—¡A SUS PUESTOS! —oyó Van que decía mientras se alejaba—. ¡TODO EL MUNDO A SUS PUESTOS!

La sala se puso en marcha. Los coleccionistas corrieron a las estanterías. Los búhos, las palomas y los cuervos subían a la parte superior. Las criaturas de pelo se escabullían por todas partes, esquivando los pies veloces de los coleccionistas.

El suelo tembló más fuerte. Ahora Van oyó el sonido de miles de botellas tintineando entre ellas, tan agudo y crispado como un alarido. Y bajo aquel sonido había un rugido, el más fuerte y poderoso que hubiera oído jamás.

Alguien lo cogió por la manga, lo lanzó contra una estantería y lo dejó con la espalda pegada a una hilera de botellas tambaleantes.

—¡Quédate aquí! —le gritó Piedra a la cara.

Van asintió. Piedra se lanzó contra la estantería de al lado y estiró los brazos para abarcar tantos deseos como fuera posible. Barnavelt saltó del hombro de Van y agarró dos botellas con sus patitas.

La sala tembló durante unos segundos. Van encogió los hombros. Tenía los dientes tan apretados que notaba el pulso en la mandíbula. Veía que las estanterías estaban a punto romperse y que probablemente un millón de botellas se estrellarían contra el suelo de piedra y se harían añicos…

… cuando, con un último resoplido colosal, el rugido acabó. El suelo dejó de temblar y las botellas dejaron de tintinear. Hubo un instante de calma, como ese momento de silencio que hay cuando se cambia el canal de la tele. Y entonces, todos a una, los coleccionistas y las criaturas regresaron al trabajo como si nada.

Barnavelt saltó sobre el hombro de Piedra.

—¿De qué hablábamos? —preguntó—. ¿De pasteles de cumpleaños?

Pero Van no iba a distraerse.

—¿Qué provoca eso? —preguntó a Piedra, tomándola del brazo—. ¡Y no me digas que esta vez no lo has oído! ¿Qué pasa ahí abajo?

Piedra no respondió pero sus ojos le indicaron a Van el centro de la sala, donde Núcleo iba raudo hacia la entrada. Antes de que llegara a las dobles puertas, estas se abrieron.

En el umbral había un hombre que llevaba un abrigo de cuero largo y negro.

Era Navaja.

Inexplicablemente, a plena luz Navaja daba aún más miedo que en la escalera, a la luz del farol. Las correas que se entrecruzaban en su cuerpo albergaban más armas y herramientas de las que Van había visto antes. Sin la suavidad de las sombras, su cara llena de cicatrices parecía de piedra.

Mientras Núcleo le hablaba, los ojos de Navaja no dejaron de examinar la habitación sin parpadear. Después se posaron en Van. Y allí se quedaron.

Van tuvo la sensación de empequeñecerse unos centímetros.

Navaja inclinó la cabeza y dijo algo a Núcleo, que asintió. Después el hombretón dio media vuelta y salió sigilosamente por las puertas, con los ganchos de su espalda brillando maliciosamente. Las puertas se cerraron de golpe.

Núcleo volvió corriendo a donde estaban Van y Piedra.

—Perdón —dijo entre jadeos—. Como iba diciendo…

Pero Van no le escuchaba. Hacía años, su madre y él habían hecho una visita guiada por un castillo medieval alemán y la exposición de la mazmorra —instrumentos de tortura, cadenas y estrechos agujeros a los que echaban a los prisioneros— le había provocado meses de pesadillas. Los ganchos y las redes de Navaja le hacían volver aquellas pesadillas. Si el Retén era así, Van tenía que enterarse. Tenía que enterarse ya.

—¿Qué hacen ahí abajo? —soltó—. ¿En el retén? ¿Con los ganchos, las redes y los cuchillos? ¿Les están haciendo daño? ¿Les están matando?

A Núcleo se le heló la mirada tras sus lentes.

—Es todo el tiempo que puedo darte —dijo de repente—. Piedra te mostrará el camino de salida. Buenas noches, Van Markson.

Piedra cogió a Van de la manga y tiró de él. Atravesaron las puertas y salieron a la penumbra del pasillo.

Van oyó que Barnavelt, sobre el hombro de Piedra, decía:

—A mí personalmente me gusta el pastel de cumpleaños de zanahoria. Uy, ¡hola, Piedra! ¿Dónde has estado todo este tiempo? Me gusta el pastel de zanahoria con nueces. Y con canela. Y con cobertura de queso crema. Y con nueces...

Piedra empezó a subir las escaleras. Van la siguió a trompicones.

—¡Espera! —gritó, intentando zafarse de su mano—. ¿Por qué no podemos bajar al Retén? ¿Por qué no quieres decirme lo que pasa ahí abajo?

Piedra le apretó con más fuerza, hasta hacerle crujir los huesos.

—Nadie tiene permiso para bajar al Retén.

—¿Por qué no? ¿Porque hacen algo espantoso allí?

Piedra continuó tirando de Van en silencio. Cuanto más se alejaban de las profundidades, más clara veía Van en su cabeza la carita confiada de Lemmy y más le pesaba el bulto de horror que tenía en el estómago.

—Dímelo, por favor —suplicó—. Tengo que saberlo. ¡Dímelo!

Pero Piedra no abrió la boca. Se limitó a tirar de él escaleras arriba, sin girarse siquiera. Iba cada vez más deprisa. Subió el último tramo pisando los escalones con fuerza, después le arrastró por el pasillo tan rápido que Van apenas distinguió las paredes laterales, siguió arrastrándole por la oficina y finalmente le sacó por la puerta a la calle, bajo la luz de la luna. Pero tampoco allí aminoró el paso.

Corrió hasta que hubieron doblado una esquina y perdido de vista la Agencia Urbana de Recolección. Una vez allí, se giró tan de repente que Van retrocedió de un brinco.

—¡Eh! ¡Si es Van! —chilló Barnavel desde el hombro de Piedra—. ¿Dónde has estado?

Piedra miró a Van cara a cara.

—Te ha enseñado los devorasueños —dijo casi escupiendo las palabras—, ¿verdad?

A Van empezó a darle vueltas la cabeza. El bulto del estómago golpeó su corazón acelerado. ¿Qué sabía Piedra? ¿Hasta dónde podía explicarle la verdad? Y si lo hacía, o si no, ¿iría a buscarle Navaja con sus ganchos y…

—Te los ha enseñado —dijo Piedra—. No hace falta que lo digas. Ya lo digo yo.

Van tragó saliva.

—Has visto todas aquellas cajitas que tiene en su habitación escondida —continuó— y crees que los devorasueños son esas cositas suavecitas tan monas…

—Uy, gracias —dijo Barnavelt, acariciándose los bigotes modestamente—. Supongo que soy bastante suavecito.

—Y crees que todos son diminutos, dulces e indefensos —añadió, y se acercó a Van—. Pero ¿sabes lo que son las langostas?

Van estaba bastante seguro de que una langosta era tanto un crustáceo como un insecto. Tenía la imagen mental de un crustáceo saltarín.

—Más o menos.

—Vale —dijo Piedra—. ¿Y las termitas?

—Bueno, nunca he visto una…

—Pero sabes lo que hacen. Sabes que son unos bichitos diminutos, indefensos y hambrientos que se convierten en plagas que pueden destruir una casa entera. —A Piedra se le oscureció la mirada—. El tío Ivor no es mala persona —dijo con firmeza—. Pero es el tipo de persona que tendría como mascotas una plaga de termitas.

Van se dio cuenta del frío que hacía. Estaba temblando. Deseaba estar en casa, a salvo bajo las mantas, con su madre en la habitación del fondo del pasillo. Miró a Piedra. Con su abrigo grueso, no parecía tener frío, ni en las salas subterráneas de la Colección donde hacía muchísimo más frío que allí. Van se preguntó cómo debía de dormir allí abajo, con el frío, la humedad y la oscuridad. ¿La despertarían aquellos horribles rugidos? ¿Tendría su habitación en alguna parte? ¿Tendría cama siquiera?

—¿No echas de menos al señor Falborg? —preguntó—. Él sí que te echa de menos.

Piedra parecía casi sorprendida. Se inclinó hacia atrás, parpadeando, y tardó unos segundos en responder, como si tuviera que pensar bien la respuesta, o desenterrarla.

—A veces —dijo al fin, y miró a Van de una manera extraña—. Pero cuando eliges un bando no puedes echarte atrás.

Van apartó la vista hacia el suelo. Si seguía aguantándole la mirada a Piedra, la chica podría ver a través de él y llegaría al lugar en que sus secretos esperaban como centavos en un estanque de aguas transparentes.

Piedra dio media vuelta y continuó caminando por la acera desierta. Van corrió a su lado. Pasaron bajo una farola y Van se percató de que movía algo pequeño y brillante entre los dedos. No lo veía bien pero estaba casi seguro de que era la canica que le había dado él el día que se habían conocido, junto a la fuente del parque.

—¿No podrías estar en los dos bandos? —le preguntó mientras la veía girar la bolita—. Puede que los coleccionistas lo entendieran. El señor Falborg es de tu familia.

Piedra señaló hacia atrás, en dirección a la Agencia Urbana de Recolección.

—Esa es mi familia.

—Quiero decir tu familia de verdad —insistió Van mientras analizaba el perfil de Piedra—. Debes de haber tenido a otras personas de tu familia. ¿Qué me dices de tus padres? ¿Qué les pasó?

Piedra miró a Van de reojo.

—No tengo —dijo—. No he tenido nunca.

—Todo el mundo tiene padres —la contravino Van—. Aunque no les conozcas. Aunque se vayan. Has de tenerlos para nacer.

—Yo no nací.

Piedra se detuvo tan de golpe que Van continuó caminando varios pasos sin ella. Cuando se giró, volvió corriendo al lugar donde se había quedado, en una amplia escalera de entrada de piedra. La luz tenue que salía por las puertas de cristal perfilaba su abrigo con hilos dorados.

—El tío Ivor me deseó —dijo.

Van estaba convencido de que no lo había entendido bien.

—¿Qué?

—Así es como se hacen los coleccionistas —explicó Piedra—. Por eso somos... como somos. No somos como la gente normal. Vemos cosas que la gente normal no ve y oímos cosas que ellos no oyen. Vivimos más años. Y no nacemos. Se nos desea.

Durante unos segundos aterradores, la cabeza de Van dio saltos mortales por todos los recuerdos que atesoraba. Él veía cosas que otras personas no veían y oía a las criaturas. Pero tenía padres. Y había nacido, de eso estaba seguro porque había visto sus fotos en el hospital.

—Vaya... —dijo en voz baja—. Así que todos los coleccionistas...

—También son el resultado del deseo de alguien —completó Piedra—. Para hacer a una persona hace falta un deseo grande. Y puede fallar de muchas maneras. Es arriesgadísimo. Por eso los coleccionistas solo lo hacen cuando es verdaderamente imprescindible. Y por eso soy la única joven que hay ahora.

Van sabía lo que era ser el único niño en un mundo lleno de adultos. Por las óperas no había muchos niños más. Ahora bien. No ver nunca a otros chavales y no tener familia...

—Suena solitario —dijo.

Piedra se encogió de hombros.

—Por eso me deseó el tío Ivor —no paraba de dar vueltas a la canica—, porque quería compañía. No solo gente que trabajara para él, sino alguien como él.

—No —dijo Van—. Quería decir solitario para ti.

Piedra volvió a encogerse de hombros, esta vez algo menos.

—A veces. Pero ser diferente ha de ser así. A veces.

Sobre su hombro, Barnavelt estaba excepcionalmente callado. Van se dio cuenta de que la ardilla se había apretado contra la mejilla de Piedra.

—Ya sé que no soy exactamente como tú —empezó Van—, pero tampoco soy diferente a ti. Así que si tener un amigo puede ayudarte, o algo…

—Bueno, no es que lo necesite —dijo Piedra, aún sin mirar a Van. Se pasó la canica de una mano a otra—. Pero supongo que no me haría ningún daño tener uno.

—Exacto —dijo Van—. No te haría ningún daño.

Piedra cerró el puño con la canica dentro.

—Así pues, ¿somos…?

—¿Somos amigos?

—¿Lo somos?

—Sí —contestó Van—. Somos amigos.

Piedra no dijo nada más pero Van la vio sonreír a escondidas mientras dejaba la canica en el bolsillo, y la sonrisa le volvió a transformar la cara.

El resto del camino hasta la calle de Van, anduvieron deprisa. Piedra se detuvo en la esquina, bajo el susurro de un gran árbol oscuro.

—No tardaremos en venir a por ti —le dijo—. Hasta entonces, no hagas ninguna tontería. —Y, con una sonrisa rápida, dio media vuelta y se marchó corriendo entre las sombras.

—¡Buenas noches, Minivan! —oyó que le decía Barnavelt mientras ambos desaparecían de su vista.

De puntillas, Van entró en el edificio, cruzó la portería y entró en su casa. No oía la respiración de su madre tras la puerta cerrada de su dormitorio, pero notaba que estaba allí: su calidez, un matiz de su perfume. Fue a su habitación y tras cerrar las cortinas y volver a revisar todos los rincones, sacó la caja de Lemmy de debajo de la cama.

El devorasueños dormía profundamente. Se había acurrucado en una bolita tan pequeña que parecía una pelota de tenis de pelusa. Pero al darle la luz de la lamparita se agitó y miró a Van con los ojos de par en par, sorprendido e inquieto. Después, al reconocerle, se le relajó la expresión.

—Hola, Lemmy —susurró Van.

La criatura sonrió y, tras un escalofrío, volvió a acurrucarse en una bola.

—¿Tienes frío? —preguntó Van—. Parece como si tiritaras.

Van rebuscó en los cajones para encontrar el jersey más suave que tenía, uno que su madre le había comprado en Italia, hecho de lana peluda plateada. Lo colocó en el fondo de la caja y el devorasueños se deslizó con cuidado sobre él. Le dio unas palmaditas y lo olfateó antes de acurrucarse y cerrar los ojos.

Van pensó en Navaja y sus ganchos, en la profunda oscuridad del Retén y en aquel rugido espantoso que agitaba las piedras. Pensó en Piedra, en el señor Falborg y la pequeña criatura que descansaba en la caja sobre su regazo.

Quizás hubiera la manera de poder ayudarles a todos. Quizás cuando supiera la verdad podría utilizarla no solo para liberar a los devorasueños sino para demostrar a Piedra hasta qué punto podían ser injustos los coleccionistas y para devolverla sana y salva a alguien que la echaba tanto de menos. Aquel pensamiento lo llenó de una calidez eléctrica. Podía intentarlo, al menos.

Cerró la tapa de la caja de Lemmy con cuidado y volvió a meterla bajo la cama. Se quitó los audífonos y los colocó en su sitio, sobre la mesilla de noche. Dejó al lado el pisapapeles del señor Falborg. Tras ponerse el pijama, apagó la lamparilla, se metió entre las almohadas y le envolvieron la suavidad y el silencio.

Pero su cabeza aún no estaba lista para desconectarse. Lo llevó de nuevo a lo vivido aquella noche, al momento en que había salido por la ventana para montar en el trineo volador y se había ido en mitad de la noche. Sonrió y movió los pies bajo las mantas. Núcleo le había hecho un montón de advertencias sobre los deseos y sus poderes pero en ningún momento había mencionado lo asombrosos que podían ser.

Tal vez los coleccionistas no quisieran que lo supiese nadie. O a lo mejor era un secreto aún mejor que mantenían escondido.

Pero ahora Van lo sabía.

Se acurrucó entre las almohadas y cerró los ojos.

En sus sueños, con su larga capa negra ondulando al viento, se elevaba sobre bosques llenos de criaturas plateadas, sobre montañas y ríos de un mundo en el que no pudiera cumplirse nada que se desease.

18

PIZZA DE FRANKFURT CON TODO

Van seguía a su madre por la acera en dirección a la ópera. Hacía un día claro, las calles bullían y las aceras estaban atestadas pero Van estaba demasiado enredado en los recuerdos de la noche anterior como para notar cualquier otra cosa. Tampoco ayudaba el hecho de haber dormido solo cuatro horas. No vio el dado de veinte caras que había en la entrada trasera de la ópera, ni la pulsera rota de cuentas de cristal morado que brillaba sobre la moqueta de uno de los pasillos. Ni siquiera se dio cuenta de que su madre había girado a la izquierda en vez de a la derecha y se estaban alejando de las salas de ensayos por una hilera de despachos cada vez más y más grandes, hasta que de pronto la voz resonante de su madre exclamó:

—¡Hola, Peter! ¿Cómo estás?

Habían llegado a la puerta del despacho del señor Grey. Dentro, tumbado en uno de los elegantes sofás de cuero y con el ceño fruncido ante un videojuego, estaba Peter Grey. El chico levantó la vista y los miró con sus fríos ojos de color piscina.

Peter murmuró algo que Van no oyó —sonó como «dale», o «sale» o «ave»— pero seguramente dijo «vale».

—Ya que los dos tenéis que pasaros el día aquí mientras ensayamos, Charles y yo hemos pensado que os lo pasaríais mejor juntos —dijo su madre al tiempo que lo empujaba hacia el despacho—. ¡Que os divirtáis!

Y se marchó.

Peter no se movió de donde estaba.

Van dejó caer la mochila sobre la elegante alfombra.

—Me he comprado un libro de cómics —empezó a decir—, así que si quieres seguir jugando a eso yo puedo...

Pero Peter se puso de pie y cruzó el despacho tan de repente que Van se sobresaltó y retrocedió un paso.

—Vamos —murmuró Peter y un instante después salió por la puerta.

Van le siguió. Empezaba a tener la sensación de que se pasaba el día detrás de la gente: su madre, Piedra y Barnavelt, Peter. Pero a él ni siquiera podía preguntarle adónde iban. No le veía la cara y el chico siempre le hablaba entre dientes, casi sin mover la mandíbula, y en esas condiciones le costaba entenderle incluso cuando lo tenía cara a cara. Así pues, no le quedó otra que correr tras él, cada vez más con la sensación de un perro a quien nadie quiere sacar a pasear.

Peter bajó dos tramos de escaleras, cruzó un vestíbulo trasero y salió por una puerta metálica que daba a la acera.

De repente, se hizo el ruido a su alrededor: camiones de la basura que pasaban rugiendo, motores que se revolucionaban, cláxones que pitaban.

—Espera —dijo Van al fin—. Se supone que no he de… —Puf, sonaba como un crío, no como un agente doble importante. No como SuperVan—. He prometido que no saldría del edificio.

Peter se encogió de hombros y continuó caminando.

—Bandos… huelga… vecina…

—¿Qué? —gritó Van.

Finalmente, Peter se detuvo y se volvió a mirar a Van.

—Que VAMOS a la VUELTA de la ESQUINA —dijo tan despacio y tan fuerte que cada palabra sonó como un insulto. Después dio media vuelta y empezó a andar lo bastante rápido como para que Van no pudiera atraparle.

Doblaron la esquina y cruzaron la plaza en la que una hilera de fuentes lanzaba chorros de agua al aire. En ella había multitud de personas que bebían de un vaso de papel, hablaban por teléfono o hacían fotos. Van intentó ver si alguna de ellas lanzaba monedas al agua —o si había gente con abrigo negro al acecho, observando, esperando— pero Peter ya estaba entrando en una tienda. El letrero decía PIZZA PAVAROTTI— ¡CADA TROZO ES UN TRIUNFO!

Van entró tras él por la puerta de cristal.

La tienda era una sala larga y estrecha. Había un aparador de cristal con luces cálidas que iba de punta a punta y estaba lleno de pizzas. Cada una tenía una etiquetita al lado, como los cuadros en los museos. Van se inclinó a mirarlas. Estaba la pizza de frankfurt con todo, la pizza de lasaña casera de mamá, la pizza de manteca de cacahuete y gelatina con salsa de nube… Van se acercó aún más y un torrente de olores extraños y maravillosos le subió por la nariz y le llegó hasta el estómago.

—Mi FAVORITA es la PIZZA de MACARRONES y QUESO —dijo Peter aún hablando despacio y fuerte—. Pero TODAS son bastante BUENAS. Menos la de HUEVO A LA ESCOCESA.

—Bueno es saberlo —dijo Van.

—¿CUÁL QUIERES?

—Ay, es que no llevo dinero —dijo Van, tocándose los bolsillos.

—Yo sí —dijo Peter haciendo un gesto con la cabeza hacia el aparador—. Tú ELIGE.

—Supongo que... la de macarrones y queso parece buena.

Peter pidió dos trozos. El hombre de detrás del mostrador se las puso en bandejas de papel y Peter abrió paso hasta una mesita que había en un rincón.

—¿LO VEEES? —dijo Peter, alargando la vocal, cuando ambos hubieron probado la pizza—. Está BUEEENA.

Van asintió mientras masticaba. Después respiró hondo. Supervan diría lo que pensara, actuaría con calma y valentía.

—No hace falta que hables así.

Peter frunció el ceño.

—Así, ¿cómo?

—Tan despacio y tan fuerte. Ya te entiendo.

—Ah. —Peter parecía... ¿avergonzado? Se pasó la mano por el pelo—. Yo pensaba que... por lo de tu...

—Cuando hay mucho ruido, o si estoy en la calle, me cuesta más —explicó Van—. Pero si estoy cerca de la persona, le veo la cara y no hay muchos ruidos más, normalmente oigo bien.

—Ah —volvió a decir Peter—. Lo siento.

Se quedaron en silencio un momento.

—Tienes razón —dijo Van—. La de macarrones y queso está buenísima.

Pasaron un rato comiendo y después Peter dejó su pizza en la bandeja y dijo, esta vez hablando con normalidad:

—La semana pasada mi padre y tu madre comieron juntos tres veces.

—¿Qué? —dijo Van.

—Que MI PADRE y TU...

—Te he oído. ¿Qué quieres decir?

—Quiero decir que comieron juntos. En un restaurante. Tres veces. Ellos solos. —Peter miró a Van con impaciencia—. Como una cita.

Van, que se había estado imaginando a su madre y al señor Grey sentados solos a una mesa tranquila y apartada de una cafetería escolar, vio cómo la imagen cambiaba de golpe. Ahora había mantel, velas, botellitas con flores, y su madre y el señor Grey estaban más juntos, reían y brindaban una y otra vez, como suponía que hacía la gente en las citas.

—¿Cómo lo sabes? —preguntó.

—He visto su agenda.

—Pero... ¿cuándo? Si siempre estoy con...

—Una vez el sábado —le interrumpió Peter—, cuando tú no estabas. Dos veces la semana anterior, cuando estabas con los de vestuario o los de atrezo, o con quien sea. Ha pasado. Tres veces. —Peter se encogió de hombros con impaciencia—. ¿Por qué crees que tu madre ha venido a ensayar tan pronto hoy? ¿Dónde crees que están ahora mismo?

Van tragó un trozo de pizza que de repente sabía a poliestireno.

—A lo mejor están hablando de cosas del trabajo —dijo—. Puede que nos vayamos a Inglaterra, así que...

Peter volvió a cortarle.

—Hoy me ha dicho mi padre que debería acostumbrarme a estar contigo. Están intentando que nos hagamos amigos. —Los ojos de Peter se volvieron aún más fríos—. Sabes por qué, ¿no? Si continúan quedando, seguramente se casen. Y entonces tú y yo seríamos...

A Van se le cayó la palabra de la boca, como un trozo de comida a medio masticar:

—Hermanastros.

Los dos chicos se quedaron en silencio.

Van no sabía qué estaba pensando Peter pero a él la cabeza le iba de una imagen horrible a otra: compartir habitación con Peter; el arrogante Peter y el estirado del señor Grey sentados a la mesa en todas las comidas; dejar de viajar solos él y su madre, de ayudar a su madre a descubrir nuevas ciudades, de buscar la mejor heladería de cada barrio. Dejar de ser solo ellos dos.

—He pensado que debías saberlo —dijo Peter finalmente.

Van dejó el borde de su pizza en la bandeja.

Peter le miró a los ojos.

—Tú no quieres que pase, ¿verdad? —preguntó—. No quieres que se casen, ¿no?

—No —respondió Van—. No. —Y, por si acaso, añadió—: No.

La mirada de Peter se suavizó un poco.

—Yo tampoco —dijo—. El día de mi cumpleaños, incluso pedí el deseo de...

A Van se le dispararon las orejas. «Peter Grey. 8 de abril. Decimosegundo cumpleaños». Pero Peter no acabó la frase.

—¿Qué deseo? —inquirió Van.

—No, nada —dijo Peter—. Es una tontería.

—¿Qué era? ¿Pediste que a tu padre lo aplastara una pizza gigante de macarrones con queso?

Peter soltó un bufido que bien podría haber sido una carcajada.

—No, solo… —se calló—. Dicen que si le cuentas el deseo a alguien no se cumple.

—Pues a mí no me lo han dicho nunca —dijo Van sin pensar.

—¿Qué?

—Que yo no lo he oído nunca —dijo Van, que dio un último mordisco a su pizza e intentó parecer despreocupado—. Pero bueno, ¿quién cree en los deseos?

—Vale —dijo Peter, soltando el aire—. Pedí que mi padre dejara de salir con tu madre.

—¿De verdad? —dijo Van—. No desearías quizás que a mi madre le pasara algo malo o que…

—No —contestó Peter rápidamente—. Tu madre está bien. Es solo que no quiero que se casen, nada más.

Van asintió.

—Ni yo.

—Quizás ni siquiera pase —dijo Peter tras un silencio—. Como he dicho, solo he pensado que debías saberlo.

El chico se levantó y metió su bandeja de papel en la papelera. Van lo siguió hacia el ruido de la calle y hasta las puertas de la ópera con la pizza de macarrones y queso bailoteando revoltosamente en su estómago.

ϒ

Aquella noche, la madre de Van estaba de un humor maravilloso. De vuelta a casa, se pasó el camino tarareando. Van desconectó del sonido de su voz, del tráfico y de la brisa y clavó la mirada en la acera.

Envoltorios de chicle, tapones de botella, botones perdidos… nada bueno.

Su madre le tiró de la mano. Al levantar la vista, Van vio su sonrisa iluminadora de escenarios.

—Giovanni —dijo—, ¿qué te parecería que nos quedáramos aquí para siempre?

A Van el corazón le salió disparado como un cohete y se estampó contra el cielo de la boca.

—¿Qué? —preguntó casi sin aire—. ¿No nos íbamos a ir a Inglaterra?

—Era solo una posibilidad —dijo su madre con una sonrisa aún más radiante—. Charles tiene algunas ideas que me harían estar aquí unas cuantas temporadas. Quizás más.

Van intentó controlar la voz pero aun así le salió como un grito.

—¿Ideas sobre ópera?

—Sí. En su mayoría. He pensado que tal vez vaya siendo hora de que nos asentemos en un lugar. Podría dar clases a algunos alumnos, hacer grabaciones, trabajar con conjuntos pequeños y nuevos compositores… Hay muchas posibilidades. —Le miró con incredulidad—. ¿Qué pasa, Giovanni? Anoche no querías irte y ahora te digo que puede ser que nos quedemos… ¡y se te ve completamente abatido!

—Es que…

—Dijiste que empezaba a gustarte esto. Que estás conociendo gente. ¿Me equivoco?

—No —consiguió decir Van.

—¿Y entonces? —preguntó su madre, de nuevo con una sonrisa—. Esto no es más que una nueva posibilidad. Una nueva probabilidad. Vamos a dejarlo en eso de momento.

El resto de camino a casa lo hicieron sin hablar, Ingrid tarareando y Van tras ella, a la deriva, en medio de una neblina silenciosa.

En cuanto su madre cerró la puerta del piso, Van corrió por el pasillo y se encerró en su habitación.

Se dejó caer en el suelo. No podía marcharse ahora. No sin ayudar a los devorasueños. Pero no quería quedarse si tenía que ser el hermanastro de Peter Grey. Estaba atrapado entre dos cosas dolorosas, como un trozo de piel enganchado en una cremallera.

Sacó su colección de debajo de la cama. Quizás le vendría bien hacer una representación con el peón-niña, el Mago Blanco y SuperVan. Y tal vez a Lemmy le apeteciera mirar.

La caja de zapatos estaba en el mismo sitio donde la había dejado, junto a la caja de los tesoros. Van tiró de ella y se la puso sobre el regazo.

Pero cuando levantó un poco la tapa no asomó ninguna carita neblinosa ni le miraron unos grandes ojos. El miedo sacudió a Van de arriba abajo. Por un instante estuvo convencido de que la caja estaba vacía.

Abrió la tapa del todo. Y allí, menos mal, estaba Lemmy, aún acurrucado en un rincón.

El devorasueños estaba temblando. Su cuerpo neblinoso parecía más borroso que antes. Su aspecto era como el de la condensación en una ventana fría, algo que se podría borrar con la mano sin querer. Van alargó un dedo y le acarició la oreja rizada. El devorasueños abrió los ojos lentamente y miró a Van. Hizo un gesto débil de tocarle y después, como si aquel movimiento le hubiera requerido demasiado esfuerzo, volvió a hundirse en el rincón.

—¡Lemmy! —gritó Van con voz entrecortada—. ¿Qué te pasa?

El devorasueños tuvo un escalofrío y después hizo otro gesto, esta vez para llevarse una manita nudosa a la boca.

—¿Tienes hambre? —preguntó Van—. ¿Quieres decir eso?

El devorasueños le agarró el dedo pero sin fuerza. Tenía los ojos tristísimos.

—¡Pero si te di de comer ayer! —susurró Van—. ¿Te dejó demasiado cansado aquel deseo? —Se inclinó más cerca de la criatura—. ¿Necesitas volver a comer? ¿Es eso?

Lemmy no contestó. Su cuerpo neblinoso tuvo otro escalofrío algo más fuerte.

Van empezó a ser presa del pánico.

¿Podía ser que Lemmy tuviera hambre tan pronto? ¿Y él por qué había usado ya aquel dichoso hueso de los deseos? ¿Qué iba a hacer ahora?

Solo había una persona capaz de responder a aquellas preguntas.

Van salió corriendo de su habitación.

—Mamá, ¿puedo usar tu teléfono? —preguntó jadeante.

Su madre levantó la vista de una partitura que tenía esparcida por la mesa y levantó las cejas.

—¿Para qué lo necesitas?

—Eh... —Van se devanó los sesos en busca de una buena respuesta—. Iba a llamar a Peter.

La cara de sorpresa de su madre se convirtió en deleite.

—¿De verdad? ¡Pues claro que puedes! —exclamó, y le tendió el teléfono—. Tengo el número de los Grey en contactos.

Van corrió a su habitación teléfono en mano y cerró la puerta.

Por norma general, Van odiaba los teléfonos: le costaba entender las voces planas, sin cara. Pero ahora no había opción. Con el teléfono bajo el brazo, rebuscó en su caja de los tesoros hasta encontrar la tarjetita blanca con el teléfono del señor Falborg.

—*Hallo*? —dijo la voz de Gerda al segundo tono.

—Eh... ¿hola? —tartamudeó Van—. Eh... ¿señora Gerda? Soy Van Markson. ¿Está el señor Falborg?

—Lo siento... supasta... no volverrá... pesado mañana...

—¿Está en una subasta? —repitió Van—. ¿No volverá hasta pasado mañana?

—¿... emergggencia?

La última palabra se entendía claramente. Van pensó un momento. Sin duda aquello parecía una emergencia. Pero ¿podía fiarse de Gerda? ¿Cuánto sabía? ¿Y cómo podía explicarle el desastre terrible que había provocado?

—Eh... —tragó saliva—. No, ya hablaré con él cuando vuelva.

—... Komo kiere. Buenos noches, señorrr Marrrkson.

Gerda colgó.

El pánico empezaba a helarse en el pecho de Van donde notaba un bulto seco y frío. ¿Qué podía hacer? ¿Qué haría SuperVan?

Volvió a rebuscar en la caja de los tesoros. La botella de cristal azul seguía allí, al fondo de la caja, envuelta en su bolsa. Van sacó la botella a la luz y el cristal brilló. La voluta giraba en su interior como una bailarina de ballet de ensueño. «Peter Grey. 8 de abril. Doceavo cumpleaños.»

Peter había dicho que había deseado que su padre dejara de salir con la madre de Van. Si él hubiera tenido otro hueso de los deseos habría pedido el mismo deseo. Pero ¿y si Peter no le había contado toda la verdad? Recordó cómo le había mirado Peter desde el otro lado del pastel de cumpleaños justo antes de soplar las velas. ¿Y si había pedido que Van y su madre desaparecieran? ¿O algo peor?

Se quedó un momento quieto mientras el bulto de pánico se hacía más gélido. ¿Y si el deseo de Peter realmente no tenía que cumplirse?

Van miró a Lemmy en su caja. El devorasueños continuaba en un rincón, sin fuerzas, pero seguía cada centelleo de la botella de cristal azul. Van vio el hambre y la esperanza en sus ojitos neblinosos. No podía esperar, y menos si eran días, hasta que regresara el señor Falborg. Ni siquiera horas, hasta que a Van se le ocurriera algún otro plan. Le necesitaba.

Tenía que arriesgarse. Tenía que confiar en que Peter hubiera dicho la verdad. Y tenía que confiar en que el deseo se cumpliera del modo menos malo posible.

Puede que el señor Grey y la madre de Van discutieran. Quizás el señor Grey encontrara otra novia. A lo mejor la madre de Van se daría cuenta de que el señor Grey era un arrogante repulsivo, de que no quería pasar más tiempo con él y de que Van y ella debían volver a hacer cosas divertidas juntos. Eso no sería malo en absoluto.

—Te pondrás bien —susurró Van a Lemmy—. Yo te cuidaré.

Como si intentara coger una pompa de jabón sin hacerla estallar, Van cogió a Lemmy en una mano. Nunca había sostenido nada tan ligero.

Con la otra mano sacó el corcho de la botella, que se abrió con un pequeño taponazo. La voluta de humo salió de ella girando y fue directa a la boca de Lemmy, como el aliento helado pero a la inversa.

Van notó que el ambiente se suavizaba. En su mano, el devorasueños dejó de temblar. Su contorno borroso parecía más firme y ya no tenía expresión de miedo ni de hambre. Se volvió hacia Van con una sonrisita de agradecimiento.

—¿Ha funcionado? —susurró Van.

Como si de una respuesta se tratara, el móvil de su madre empezó a parpadear. Van dejó a Lemmy en el suelo y se puso en pie de un salto.

—¡Mamá! —gritó, y salió corriendo por el pasillo con el teléfono en la mano antes de que su madre fuera a buscarlo—. ¡Te está sonando el móvil!

—Ah, es Leola —dijo su madre al mirar la pantalla—. Tenemos que hablar sobre la prórroga de mi contrato aquí. Gracias, *caro mio*.

—¡De nada! —gritó Van, y volvió corriendo a su cuarto.

Cuando entró, Lemmy se había subido al escenario en miniatura y gateaba entre las figuritas que Van había dejado sobre él: SuperVan, la ardilla de cerámica y el Mago Blanco. Estaba tocando las ropas del mago con sus deditos nudosos.

—Al menos parece que te encuentras mejor —dijo Van cuando el devorasueños saltó al otro lado del mago. Y era cierto. Lemmy tenía un aspecto más sólido, y quizás ligeramente más grande, que hacía un minuto. La carita feliz del devorasueños relucía como el rocío a la luz del sol—. ¿Te encuentras mejor?

El devorasueños no contestó pero al cabo de un momento la punta de la vara de plástico del mago blanco empezó a brillar. Ambos se quedaron mirando cómo el brillo subía de intensidad y formaba una bola dorada como la luz de una luciérnaga que iluminó todo el escenario. El resplandor alcanzó a la ardillita de cerámica, que se sentó y se puso a acicalarse los bigotes y a agitar la cola, y a SuperVan, que levantó los brazos y alzó el vuelo.

Van ahogó una exclamación.

SuperVan se elevó en espiral hacia el techo. Su diminuta capa negra se hinchaba tras él. Antes de golpear el yeso con sus puñitos de plástico, giró y bajó y se quedó suspendido delante de la cara de Van. Cuando el niño alargó la mano para tocar la figurita, esta se fue volando. Van lanzó una carcajada. SuperVan se puso a trazar círculos sobre su cabeza y a bajar en barrena una y otra vez.

Van miró a Lemmy, que estaba agachado en el escenario iluminado y miraba los muñecos encantados y la cara de Van alternativamente. Cada vez que el chico sonreía, él sonreía también.

Aquello era la bomba, pensó Van. Lemmy era la bomba. La criaturita no solo concedía deseos sino que era capaz de hacer magia de broma. ¿Cómo podía el señor Falborg reprimirse de dejarlos corretear a sus anchas todo el día para que hicieran magia? Claro que había dicho que darles de comer a todos era un tema delicado. Y ahora Van se había quedado sin nada de comida.

—Lemmy —dijo Van—, no te canses, que no tengo...

Antes de que acabara la frase, se abrió la puerta de la habitación. Van notó un soplo de aire, se giró y vio entrar a su madre.

La ardilla se petrificó, SuperVan cayó de golpe sobre la cama de Van y la vara del mago se apagó. Lemmy se escondió tras el fondo de terciopelo del escenario.

—¡Giovanni! —dijo su madre con cara resplandeciente—. ¡Traigo noticias estupendas! ¡Quieren que mi próxima ópera sea en La Scala! —La madre de Van lo dijo gritando, como la mayoría de la gente gritaría «¡DisneyWorld!».

Van parpadeó.

—¿Qué?

—Me lo han dicho con muy poca anticipación —explicó su madre, agitando la mano—. Una persona se ha puesto enferma, a otra la han despedido, aunque se supone que eso es un secreto. En fin... ¡La Scala! ¡Esa ópera maravillosa! ¡Verano en Italia! ¡*Gelato*!

—Pero... —Van tenía la sensación de que el tiempo lo hubiera cogido, hecho retroceder y dejado caer en medio de un problema que ya tenía resuelto—. Pero... ¿cuándo nos iríamos?

—Cuanto antes mejor. A Charles no le va a gustar ni pizca —dijo, y su cara soleada se nubló—. Pero no habíamos hecho ningún acuerdo oficial. Creo que lo entenderá. —Volvió a agitar la mano—. Mañana hablaré con él ¡y después haremos las maletas y nos iremos!

Van quería taparse los oídos y chillar pero solo podía mirar a su madre boquiabierto e intentar fingir que no se estaba desmoronando en una pila de pánico.

—¿Y lo que dijiste de establecernos aquí por un tiempo?

—Giovanni... —su madre se agachó y le revolvió el pelo—. No puedo dejar escapar esta oportunidad. Quién sabe qué puertas me abrirá. —Volvió a enderezarse—. ¡Italia! ¡*Gelato*! —Se paró junto a la puerta y repiqueteó con las uñas en el marco—. Si a Charles no le gusta nada, nada... puede que sea solo por unos días.

Algo frío y duro resonó en el pecho de Van.

Su madre volvió a sonreírle y le lanzó un beso.

—No te quedes despierto hasta muy tarde, *caro mio*.

Y cerró la puerta.

Van se sentó despatarrado contra el lado de la cama y se envolvió la cabeza con los brazos.

¿Qué había hecho?

El deseo de Peter se había cumplido. La madre de Van y el señor Grey no solo se iban a separar: pronto estarían a un océano de distancia. Y Van cruzaría ese océano también y perdería la oportunidad de salvar a los devorasueños, de ayudar a Piedra y al señor Falborg y de formar parte de la magia de la Colección.

El deseo lo había echado todo a perder. Volvía a estar donde al principio, sin deseos para gastar. Y ahora tenía todavía menos tiempo.

Lemmy asomó un ojo por entre la tela.

Van dejó caer los brazos.

—¿Por qué lo has hecho de manera que nos tengamos que marchar? —su voz amenazaba con convertirse en un grito—. ¡No puedo llevarte conmigo! Y ahora los demás devorasueños se quedarán atrapados y yo… —Se le hizo un nudo en la garganta—. Yo me habré ido.

El devorasueños se encogió de miedo y se quedó mirando a Van desde detrás del trozo de terciopelo, con los ojos neblinosos llenos de lágrimas.

Quizás fuera por aquellas lágrimas pero el enfado de Van se esfumó. No era culpa de Lemmy, sino suya. Piedra y Núcleo le habían advertido sobre lo impredecible que podía ser que un deseo se hiciese realidad y él no les había escuchado, o le había dado lo mismo. Se dejó caer más en el suelo hasta tener los ojos a la altura de la criatura.

—Lo siento, Lemmy —murmuró—. No has querido empeorar las cosas. Solo has hecho lo que haces. —Se inclinó y enterró la cara entre los brazos—. Pero ¿qué hago yo ahora?

Van se quedó mucho rato así, con la cabeza agachada, abrazándose. La habitación se fue oscureciendo. Tras las ventanas, la noche era cada vez más tranquila. Finalmente, Van notó un par de manitas cubiertas de rocío a cada lado y del cuello. Lemmy también le abrazaba.

Y Van tomó una decisión.

19

PASOS EN LA OSCURIDAD

Van estaba tumbado en la cama, mirando el techo, tan despierto como las dos horas anteriores. En su interior, los pensamientos burbujeaban como la gaseosa. El cerebro le zumbaba y no podía parar de mover los dedos de los pies. Los audífonos estaban en su sitio de la mesilla de noche y aun así notaba un zumbido impaciente en la cabeza.

Se giró de lado. Por la rendija de debajo de la puerta veía una línea de luz amarilla, lo cual significaba que su madre todavía no se había ido a dormir.

Van contó las inhalaciones y espiraciones que hacía, escuchó el latir de su corazón. Puso la mano sobre la caja de Lemmy, que había metido a su lado bajo las mantas.

Al fin se apagó la luz amarilla y el pasillo quedó a oscuras.

Van bajó de la cama, se calzó las zapatillas y se puso la caja de Lemmy bajo el brazo. Después se metió un centavo en el bolsillo del pijama y dejó los audífonos sobre la mesita de noche. Aquella noche no quería en la cabeza la molesta confusión de los sonidos. Necesitaba tener la vista aguda y la mente clara.

Fue abriendo la puerta despacio y vio que la de su madre estaba cerrada. Salió de puntillas de la habitación, se escabulló por el pasillo y cruzó la cocina. Ya tenía práctica en ello. Se sentía como un espía de verdad: sigiloso, confiado, con los sentidos aguzados para una misión secreta. Salió por la puerta del piso.

—¿Giovanni? —lo llamó su madre con voz soñolienta.

Pero Van no la oyó. Bajó corriendo las escaleras, cruzó la portería, abrió las grandes puertas de pomos de latón y salió a la calle.

El aire de la noche era fresco y húmedo y se le metía por los puños mangas arriba como el agua de un riachuelo poco profundo. Van apretó con fuerza la caja de Lemmy y empezó a correr.

A la luz del día, las calles de alrededor del parque estaban animadas, con las tiendas y las cafeterías. Por la noche, en cambio, las mismas calles parecían abandonadas. Las tiendas estaban a oscuras, con rejas que tapaban los escaparates y las puertas. Las sillas de las cafeterías estaban apiladas y guardadas. No había gente haciendo ruido, paseando o caminando atropelladamente, solo un niño con un pijama a cuadros corriendo por la acera.

Van se deslizó entre los barrotes de la reja de entrada al parque. Allí hacía más humedad y estaba más oscuro. Los olores de tierra, agua y flores le envolvieron con la brisa. El miedo que le repiqueteaba en el pecho empezó a desvanecerse.

Por supuesto, no podía oír los pasos que le seguían en medio de la oscuridad.

Van caminaba a paso ligero por la hierba. Atajó por un parterre de rosas y las espinas le rasgaron el pijama. Una le arañó el tobillo pero Van no bajó la vista. Podía ser que en aquel preciso instante les estuvieran vigilando los coleccionistas. Si Jota y sus hombres estaban a punto de cogerle, al menos pediría su deseo antes.

En la oscuridad, tras su espalda, se quebró una ramita. Van no lo oyó.

Se pegó a la fuente y las gotitas que caían le salpicaron las manos. Dejó la caja de Lemmy en el borde y levantó la tapa. En la penumbra solo intuía a la criatura asomándose y olisqueando el aire.

Van cogió el centavo que llevaba en el bolsillo del pijama.

Necesitaba que aquel deseo se hiciera realidad y continuara siendo realidad. Necesitaba que su madre se quedara en la ciudad, y cuanto más tiempo mejor, pero no por el altivo señor Grey. Y necesitaba que no cambiara sus planes si le surgía un trabajo mejor. ¿Sería capaz de comprimir todo lo que quería en un solo deseo no demasiado grande?

Cerró los ojos y apretó el centavo tan fuerte que los bordes le dejaron marca en la mano.

«Deseo que mi madre y yo nos quedemos aquí mucho tiempo.»

Van abrió los ojos y lanzó el centavo. Cuando la moneda tocó el agua, a su alrededor se formó la luz verdedorada del deseo a la espera.

Lemmy pateó hacia él como un osezno pescando salmón y sus deditos nudosos atraparon el disco brillante. La moneda, desprovista de su luz, se hundió hacia el fondo de la fuente. El devorasueños se sentó en su caja con las manos alrededor del disco luminoso y abrió la boca.

Por un instante, el aire se quedó quieto y todo se iluminó. El deseo desapareció en la boca de Lemmy.

En el mismo momento, por el rabillo del ojo, Van vio que los arbustos se movían. Una silueta alta y oscura, con un abrigo largo y oscuro, fue hacia él dando tumbos.

A Van le dio un vuelco el corazón. Tapó la caja como pudo y en algún lugar de su cerebro, lejano y profundo, donde el pánico no lo había inundado todo, se percató de que la tapa apenas cerraba. Agarró la caja y salió disparado de la fuente y de la silueta de abrigo oscuro que ya corría tras él.

Cruzó la hierba corriendo. Se dirigió hacia las sombras, aunque pudieran esconder raíces en las que tropezar, árboles contra los que chocar y cosas de ojos negros, agudos y observadores. Sabía que no podía ser más rápido que un coleccionista, al menos no que uno adulto, pero quizás pudiera ser más hábil que él.

Se lanzó hacia una fila de arbustos. Una ramita le sacudió en el ojo izquierdo y se le nubló la vista. Entre muecas y parpadeos, continuó adelante a tropezones y dio directo contra una puerta de hierro forjado.

Había llegado al límite del parque y no había tiempo de buscar una reja de salida. Se puso la caja de Lemmy bajo el brazo y trepó hasta la barra horizontal. Tenía los pies lo bastante estrechos y el cuerpo lo bastante ligero, así que pudo utilizar las espirales de hierro de la parte superior como punto de apoyo. Desde allí saltó al otro lado.

Tras el porrazo de pies contra la acera, a punto estuvo de escapársele la caja. Cuando se enderezó, notaba el ojo ardiendo y las piernas le palpitaban. Los arbustos y las sombras se estremecieron tras él. El coleccionista estaba a unos pocos pasos de distancia.

Cruzó la calle zumbando. Quizás pudiera esconderse en algún callejón. Tal vez pudiera llegar a la vuelta de la esquina y desaparecer sin que el coleccionista viera adónde había ido.

Corrió hacia la otra acera, que estaba desierta. No había ni un alma para ver a un niño pequeño corriendo por la calle. No había ni un alma para salvarlo.

Le pareció oír gritar a alguien tras él. Pero notaba el latir del corazón en los oídos y sabía que le dominaba la imaginación.

El ojo herido se negaba a mantenerse abierto y con él cerrado Van perdía el equilibrio. Y el ojo bueno también se comportaba de forma extraña: en los escaparates oscuros veía su reflejo pequeño y aterrado, pero habría jurado que el reflejo iba vestido con una malla de superhéroe y una capa negra larga al viento. Van echó una miradita rápida a la caja de Lemmy. El devorasueños asomaba la cabeza por debajo de la tapa y tenía los ojos bien abiertos y una sonrisilla en la cara.

Van frenó al llegar a un cruce. En la calle que cruzaba había bastante tráfico. Los coches pasaban zumbando y sus luces le deslumbraban. Sin esperar a que el semáforo cambiara, Van se lanzó a la calzada. Notó que un coche pasaba volando tras él y tras eso llegó a la otra acera tambaleándose, pero sano y salvo.

Apenas le había dado tiempo de resollar cuando, a través de la confusión, el aporreo del corazón y la oscuridad, oyó un grito claro y potente.

Van conocía aquel grito.

Se giró como un rayo.

Su madre estaba junto al bordillo. Se había echado encima del pijama de seda un abrigo largo y oscuro. Le caían sobre la cara bucles de cabello cobrizo. Tenía la pierna doblada en un ángulo imposible. Un taxi se detuvo junto a ella y se abrió la puerta del conductor. Otros coches también se detuvieron. Empezó a salir gente de los portales que se acumuló como hormigas alrededor de un helado caído en el suelo.

Van se acercó más.

Su madre continuaba gritando.

—¡Giovanni!

Su voz parecía muy lejana, incluso mientras Van se iba acercando, hasta que finalmente su madre lo agarró el borde de los pantalones del pijama. Van no oyó el ruido de las sirenas hasta que las luces azules y rojas les iluminaron a su madre, a él y a la caja que llevaba bajo el brazo.

20

YA VIENEN

—¿Por qué demonios has hecho eso? —gritaba Ingrid Markson—. ¿No me has oído llamarte?

—No llevo puestos los audífonos —respondió Van, que aún no los llevaba. Pero en una habitación de hospital pequeña y bien iluminada no tenía ningún problema para entender a su madre.

—A ver, para empezar, ¿por qué has salido de casa? —preguntó con una voz que hizo resonar las paredes—. ¿Por qué, en nombre de todas las cosas que tienen sentido, habrías de salir corriendo de casa a la calle tú solo a medianoche?

Van sabía que se decía que las cantantes de ópera eran capaces de romper copas de champán con la voz. Él no había visto a su madre hacer eso nunca, pero en aquel momento vio sin duda que el vidrio de la puerta temblaba.

—No lo sé —dijo.

—¿Que no lo sabes? —repitió su madre—. ¿Ni siquiera vas a contarme un cuento sobre un gato callejero, o un perro, u otro animal que hayas visto por la ventana?

Van miró hacia la ventana. No le habría sorprendido ver una ardilla, un pájaro u otro animal mirándole a través de las cortinas, vigilando cada uno de sus movimientos.

—Creo —empezó—, que puede ser que tuviera una pesadilla.

—¡Ay, Giovanni! —dijo su madre, dejando caer la cabeza hacia atrás sobre la cama del hospital con dramatismo. De no haber sido por la voluminosa escayola blanca que le cubría una pierna habría parecido que interpretaba la escena trágica de una ópera—. ¿Qué voy a hacer contigo?

—No lo sé —volvió a decir Van. Tenía un nudo doloroso en la garganta—. Lo siento, mamá.

Quería lanzarse sobre su cama y dejar que le envolviera en un gran abrazo de aroma de azucena pero no sabía si eso le haría más daño a su madre, o si estaría demasiado enfadada para abrazarle, así que se quedó donde estaba.

Una enfermera y un médico entraron por la puerta y la confusión de sus voces llenó la habitación. Van se frotó el ojo herido. De repente se sentía cansadísimo, allí tirado en un sillón, en pijama, envuelto en una manta azul de hospital. Tenía la caja de zapatos de Lemmy sobre el regazo, escondida entre los pliegues de la manta. Todos habían estado demasiado preocupados por su madre para percatarse de ella. Van se ajustó más la manta.

De un modo retorcido y terrible, su deseo había funcionado. Ahora su madre no podría aceptar el trabajo de Italia. Pero la manera en que el deseo se había cumplido…

Van se estremeció.

Solo era una pierna rota. Su madre se pondría bien. Podría haber sido peor. Cuando Van imaginó cuánto peor, le entraron ganas de vomitar. Se aferró a la caja de Lemmy. Tardaría mucho en volver a pedir un deseo.

Quizás no lo hiciera nunca.

Por fin empezó a calentarle la manta y se le venció la cabeza. Tenía los ojos medio cerrados cuando volvió a abrirse la puerta. Charles y Peter Grey entraron en la habitación. El señor Grey llevaba una gabardina larga sobre unos pantalones de vestir. Peter iba en pijama: pantalón gris oscuro y camiseta térmica a juego. Un pijama chulo, no como el de cuadros que llevaba él. Van encogió las piernas para que no se le vieran.

A su madre se le iluminó la cara, se llevó la mano al pelo y enderezó los hombros.

—Ay, Charles —Van oyó su voz entre la niebla—. Un encanto…

—Bueno… hermana… sola —dijo el señor Grey.

Los ojos de Peter recorrieron la habitación y se posaron sobre Van como dos globos de agua helada lanzados contra él. A Van se le encogió el pecho.

Pidió un deseo que sabía que no se cumpliría: que Peter supiera lo que estaba pensando él; que, solo con mirarle, Peter se diera cuenta de que Van no quería nada de aquello.

Los ojos de hielo de Peter volvieron a apartarse de él.

Los médicos y la enfermera se pusieron a hablar; la madre de Van hizo lo propio; y el señor Grey, también, y la habitación se llenó de una niebla ruidosa. Al cabo de unos minutos, sentaron a Ingrid Markson en una silla de ruedas y el grupo al completo salió al pasillo.

Tras la puerta del vestíbulo del hospital esperaba el conductor de la furgoneta. Unos camilleros ayudaron al señor Grey a doblar la silla de ruedas y a meterlas a ella y a la madre de Van en la parte central del vehículo. Peter subió al asiento trasero y el señor Grey ocupó el delantero.

—Sube, Giovanni —le dijo su madre desde dentro, como si ya lo hubiera dicho más veces de las que quería.

Van entró y se acurrucó junto a su madre, alguien cerró la puerta tras él y se marcharon. Aún faltaba para que amaneciera y estaba oscuro.

Su madre y el señor Grey hablaban pero Van ni siquiera intentaba seguir la conversación. Sostenía con fuerza la caja de Lemmy y tenía la cabeza contra la ventanilla. El zumbido del motor y la vibración del cristal lo borraban todo a su alrededor y se le cerraron los ojos.

Cuando la furgoneta se detuvo al cabo de un rato, Van se despertó y miró por la ventanilla, adormilado.

Se habían equivocado de edificio, y de calle. Aquello era una manzana de casas de piedra muy estiradas. Y la que tenía justo delante era la casa de piedra muy estirada de Peter.

—¿Qué hacemos aquí? —preguntó Van y, por la manera en que se giró el señor Grey con el ceño fruncido, se dio cuenta de que ya lo había explicado.

—Madre… mesita… alguien que… anude… —dijo el señor Grey.

Van miró fijamente a su madre.

—Charles y Peter han sido tremendamente amables por dejarnos quedar con ellos por un tiempo —dijo su madre con claridad y con toda la intención.

—Pero…

—Solo hasta que me sepa valer con las muletas. ¿No es amable por su parte, Giovanni? —Su mirada era como un empujón.

—Sí —respondió él.

El conductor de la furgoneta ayudó al señor Grey a levantar a la madre de Van del asiento y a volver a ponerla en la silla de ruedas y la subieron en volandas por las escaleras de la puerta principal. Peter y Van les siguieron. Van aferraba la caja de Lemmy; Peter tenía la vista al frente, sin mirar a nadie.

Una vez dentro de la gran casa de piedra, Van empezó a oír voces entre la niebla.

—Emma, la niñera, irá a tu casa... cosas... mañana —decía el señor Grey—. Lista... exactamente... considerar... traer.

—De verdad, Charles —dijo la madre de Van—. Esto es demasiado.

El señor Grey le cogió la mano.

—No es nada.

Van vio que a Peter se le tensaba la expresión.

—Por ahora... cómodos como podamos. Ingrid... cama para ti en el piso de abajo... sala. Giovanni, tú... HABITACIÓN DE INVITADOS ROJA. Peter... estrellará el camino.

Sin decir palabra, Peter se volvió y, con aire ofendido, empezó a subir la escalera curva. No miró atrás, ni siquiera cuando llegaron al descansillo.

Se detuvieron delante de la tercera puerta a la derecha.

—Es aquí —masculló, y la abrió. Dentro había una habitación de invitados de paredes rojas, con una gran ventana y una cama cubierta con una manta gris.

Peter hizo ademán de marcharse.

—Espera, Peter —dijo Van—. Lo siento. O sea… yo no quería que pasara esto. Yo quería que pasara justo lo contrario.

Peter clavó la mirada en el suelo y movió la boca, pero Van no captó las palabras que pronunció.

—No quiero estar aquí —continuó Van susurrando en un tono que esperaba que fuera alto, aunque no demasiado alto—. No quiero que mi madre esté aquí. No quiero esto.

Peter miró a Van un instante y dijo con mucha claridad:

—Pero es culpa tuya.

Van no tenía argumentos contra aquello. Se quedó de pie en la puerta de la habitación de invitados, aferrando la caja de Lemmy entre ambos brazos, mientras Peter se iba a su habitación y se encerraba de un portazo.

Dormir en una cama extraña, por muy mullida, cómoda y calentita que sea, y por muy cansado que estés, nunca es tan fácil como dormir en tu propia cama. Y el cuerpo de Van estaba tan agitado, con tanta rabia y tantos miedos que apenas podía estarse quieto.

El grito de su madre tumbada en medio de la calle. La mano del señor Grey en el hombro de su madre. Los ojos de hielo de Peter. Van metió la caja de Lemmy bajo la manta, a su lado. Después volvió a sacarla y abrió la tapa para echar un vistazo.

Lemmy dormía dulcemente, envuelto en sus propios brazos de neblina.

Al verlo, Van se sintió algo mejor.

Quizás estuvieran en una casa extraña pero las personas por las que se preocupaba estarían bien. A su madre se le curaría la pierna. El devorasueños estaría a salvo en su caja de zapatos, y Van le querría y le cuidaría, al menos hasta que volviera a tener hambre. Pero ya pensaría en ese problema más tarde.

Volvió a meter la caja bajo las mantas, que olían a saquitos de lavanda. Las sábanas se fueron suavizando y calentando conforme su cuerpo se iba acomodando a ellas. Se le fueron cerrando los ojos y el silencio y la lavanda le envolvieron.

No oyó el golpeteo en la ventana de la habitación de invitados. No oyó que el golpeteo aumentaba de intensidad y rapidez porque lo que fuera que llamara lo hacía más fuerte. No oyó el ruido de la ventana al abrirse, ni los pies cayendo sobre la alfombra y avanzando hacia su cama.

Solo supo que había entrado algo cuando ese algo le aterrizó en el pecho.

Van se incorporó de golpe y apenas reprimió un grito.

Había una ardilla sobre el cuello del pijama. Van miró más allá de Barnavelt y vio la cara pálida y presa del pánico de Piedra.

—Ya vienen —susurró.

21

AGÁRRATE FUERTE

Van se enderezó contra el cabecero.

—¿Qué? —dijo con voz ahogada—. ¿Quién viene?

Aún no había amanecido y en la oscuridad a Piedra se le veía la cara gris. Van solo entendió una de sus palabras, pero fue más que suficiente:

—Navaja.

Se le pusieron los pelos de punta.

—¿Por qué?

Piedra agitó la cabeza con impaciencia.

—Porque lo saben.

—¿Que saben qué?

—Lo del devorasueños —dijo Piedra, casi bramando—. Te vieron... —Movía los labios deprisa y Van perdió el hilo de las palabras.

—¿Qué ha dicho? —preguntó a Barnavelt.

—Dice: «Te vieron porque pediste un deseo en un parque público y tenías un devorasueños justo al lado, imbécil». —Barnavelt inclinó la cabeza—. Ay, lo siento.

—¿Y qué van a hacer? —preguntó Van.

Piedra siguió hablando con rapidez y energía.

—Dice: «Van a meterlo en el lugar al que pertenece» —chilló Barnavelt—. Eh, ¿y tus sábanas de naves espaciales?

—¿Lo van a meter en el Retén? —A Van se le empezaba a formar un nudo en la garganta—. ¿Le harán daño?

Piedra dejó de hablar. A Van le pareció oírla decir «no» o «no sé». El niño abrazó la caja de Lemmy con más fuerza con la esperanza de que la criatura no pudiera oírles.

—¿Qué debería hacer? —murmuró.

—Nada —contestó Piedra con firmeza—. Entrégaselo y ya está.

Barnavelt asintió en señal de acuerdo.

—Entrégaselo y ya está —repitió—. Será lo mejor para todos. Bueno... casi para todos.

Van intentó imaginarse entregando a Lemmy a Navaja, con su cara llena de cicatrices y sus ganchos relucientes, y su mente se apagó como cuando se desenchufa una tele. No podía hacerlo, ni siquiera imaginarlo. De ninguna manera podría poner a Lemmy, tan pequeñín y confiado, en manos de los coleccionistas.

—Si crees que debería dejar que se lo llevara, entonces, ¿por qué has venido a avisarme? —preguntó Van.

—Porque —empezó Piedra, inclinándose mucho hacia él con expresión resuelta. Le cogió la mano y Van tuvo la sensación de que, por una vez, Piedra no estaba a punto de arrastrarle hacia algún lugar: solo le estaba cogiendo fuerte la mano—. No intentes luchar contra ellos, por favor. Podrían herirte y no quiero... No quiero que eso pase. —Miró hacia la ventana—. Será mejor que me vaya.

—¡Espera! —Van gateó hasta ponerse de rodillas, aún con la caja en la mano—. ¿Cuándo van a venir?

Piedra se encogió de hombros.

—Pronto —le pareció a Van que decía, aunque también podía haber dicho otra cosa. La chica pasó una pierna por encima del alféizar—. Barnavelt.

La ardilla dejó de olfatear las mantas.

—¡Ay! ¡Hola, Van! —exclamó—. ¡Un gusto encontrarte aquí! ¡El mundo es un pañuelo!

—¡Barnavelt! —insistió Piedra.

La ardilla saltó a su hombro.

—¡Piedra! —chilló—. ¡Me alegro mucho de verte! ¡Hacía siglos!

Piedra miró a Van por última vez antes de desaparecer por la ventana.

—Mantente a salvo —dijo.

«Mantente a salvo». O «mantente bravo». O «mantén el ánimo». Van no estaba seguro de qué le había dicho.

Y se quedó allí solo, arrodillado en medio de la cama de la habitación de invitados, agarrando con fuerza la caja de cartón.

Echó una miradita dentro. Lemmy seguía dormido pero cuando se abrió la caja la criatura se dio la vuelta y sonrió adormecida.

Aquella sonrisa cayó sobre Van como la gota que colma el vaso. A él lo colmó sin duda. ¿Y qué si le herían? De ninguna manera iba a dejar que Navaja se llevara a su amiguito indefenso. De ninguna de las maneras.

Van bajó de la cama. Con la caja de Lemmy bajo el brazo, cogió las almohadas y la suave manta gris.

El armario de la habitación de invitados estaba vacío

salvo por un albornoz blanco y el juego de sábanas de repuesto. Van los apartó y estiró la mitad de la manta en el suelo, colocó sobre ella las almohadas, se metió dentro y cerró el armario tras él. Nadie le cogería por sorpresa allí dentro.

Van se estiró con el cuerpo hecho un ovillo alrededor de Lemmy, para protegerlo. Aguzó los sentidos y notó la ligera vibración de las tuberías en el suelo, vio el hilo de luz de luna que entraba por debajo de la puerta, olió la lavanda gastada de la manta. Al cabo de unos minutos, o de unas horas, finalmente se durmió.

Por debajo de la puerta del armario se veía luz, una luz más brillante que el resplandor de color melocotón de la mañana, así que Van supo que había dormido bastante. O que alguien había encendido la luz de la habitación.

Una sombra pasó por delante de la luz. Van se quedó helado. Sin los audífonos no captaba ningún sonido más allá de la puerta. Pero allí había alguien. Alguien o algo que se movía despacio.

Van aguantó la respiración, y la caja de Lemmy, con todas sus fuerzas.

La luz de debajo de la puerta desapareció: la tapaba el cuerpo de una persona, o un abrigo largo y oscuro. La sombra se detuvo allí, esperando, escuchando.

A Van el corazón le aporreaba el pecho como una canica en una lata vacía.

Se recogió en la esquina del armario e intentó esconderse tras el albornoz que había colgado. La puerta del armario se abrió un poquito y, desesperado, se puso a

Lemmy detrás, fuera de la vista. La luz del día lo inundó todo y Van alzó la vista hacia la silueta que había en la puerta.

Era Emma, la niñera.

—Bueno, hola —vio que decía—. ¿… bien?

—Sí, estoy bien —respondió él con voz entrecortada.

—¿Te… desayunar?

—Ah, claro —dijo Van. Habría deseado que el corazón no le latiera tan fuerte y no estar agachado en el suelo del armario de invitados de una casa ajena.

Mientras se comía un cuenco de cereales en la cocina de los Grey, Van tuvo la caja de Lemmy sobre el regazo. Después, mientras se ponía una muda demasiado grande de ropa que le había prestado Peter, la dejó al alcance de la mano. También la llevó consigo cuando acompañó a Emma a su casa a recoger unas cuantas cosas importantes, entre ellas sus audífonos. Y también en el taxi de vuelta a casa de los Grey, y mientras Emma y él jugaban una partida al Scrabble con su madre, y cuando Peter bajó las escaleras, los vio en la sala y se volvió a su habitación dando zapatazos. Incluso tuvo la caja sobre las piernas cuando estaban todos juntos sentados a la mesa para cenar.

El señor Grey le lanzó una mirada rara y por fin preguntó:

—¿Qué hay en la caja, Giovanni?

—Bueno… parte de mi colección —dijo Van.

—Nadie quiere robarte tu dichosa colección —murmuró Peter.

—Peter —dijo el señor Grey.

—¿Qué? —dijo Peter, frunciendo el ceño—. Seguramente ni me habrá oído.

—Te he oído —dijo Van en voz baja.

Pero nadie pareció oírle a él.

Después de cenar, Peter volvió a su habitación. Emma fregó los platos y el señor Grey y la madre de Van se quedaron en la mesa acabándose el postre y explicando batallitas sobre amigos de la ópera. Van se escabulló y subió con Lemmy al piso de arriba, al lavabo de invitados. Echó una miradita bajo la tapa para asegurarse, vio que la criatura dormitaba plácidamente y dejó la caja sobre el mármol. Después se quitó los audífonos, se desnudó y se metió en la ducha.

Van se había duchado en cientos de pisos y hoteles y no tuvo demasiado problema para averiguar cómo abrir el agua en la sofisticada ducha de los Grey. Bajo el chorro de agua caliente, la advertencia de Piedra empezó a diluirse. Quizás se hubiera equivocado. Quizás no fuera a ir nadie, después de todo. O quizás no hubiera sido más que un truco para asustarle, para hacerle entregar a Lemmy o revelar los secretos del señor Falborg.

Tendría que ser listo, ir con cuidado y no dejarles ver que tenía miedo.

No tenía miedo.

«*Dun da dun* DUN, *dun da dun…*», canturreaba para sí mismo bajo el ruido del agua. Cerró los ojos y se lavó la cara. En ese momento, una sombra se cernió sobre la cortina de la ducha.

Van abrió los ojos y le empezaron a picar por el jabón, pero no parpadeó.

—¿Hola? —susurró.

Si hubo respuesta, no la oyó.

Se quedó esperando pero no vio más sombras. Contó

hasta treinta sin parpadear, incluso cuando le caían gotas en los ojos. Nada.

Finalmente, se permitió relajarse. Se volvió hacia la alcachofa de la ducha, se enjuagó el jabón de la cara y cogió el champú.

«*Dun da dun* DUN...»

Otra sombra se deslizó por encima de la cortina. La tela se movió casi imperceptiblemente. Por el rabillo de un ojo empañado, a Van le pareció ver algo oscuro que retrocedía, como un líquido derramado volviendo a la botella.

Agarró la cortina de la ducha y la abrió, con la esperanza de que Peter, el señor Grey o Emma no estuvieran allí mirándole.

Pero el lavabo estaba vacío. Los audífonos estaban junto a la pica, donde los había dejado. La caja de Lemmy estaba bien cerrada.

Van respiró hondo. Había sido su imaginación. Otra vez.

Acabó de ducharse tan rápido como pudo, se secó con una de las mullidas toallas de los Grey, se puso su pijama de rayas, el menos embarazoso de los que tenía, y se enfundó las zapatillas.

Se dirigió lentamente hacia la habitación roja por el pasillo, con la caja de Lemmy protegida entre los brazos. Cuando hubo cerrado la puerta, corrió las cortinas, comprobó los rincones y se sentó en medio de la cama.

Y levantó la tapa.

La caja estaba vacía.

22

OTRO HUESO ROTO

Van corrió hacia la puerta de la habitación. En el pasillo no había nadie. Fue hacia la ventana y abrió las cortinas. Tampoco había nadie en el patio de abajo, ni en el callejón de detrás del muro de ladrillo cubierto de vides, ni en ninguna parte hasta donde le alcanzaba la vista.

Cerró los puños. El corazón le iba a mil. Las venas le pinchaban como si estuvieran llenas de abejas picándole.

¿Qué podía hacer? Lo que había pasado no podía contárselo a nadie, al menos a nadie que hubiera en la casa, sin tener que explicar demasiadas cosas imposibles. Y tampoco podía dar el devorasueños por perdido, menos aún cuando sabía quiénes debían de habérselo llevado y adónde se dirigían.

Van levantó la hoja de la ventana y miró afuera. Bajo la ventana de la habitación de invitados había una cornisa ancha de piedra que recorría la parte trasera de la casa y formaba un saliente más ancho sobre las ventanas del comedor.

Sin darse tiempo para preocuparse por ello, Van pasó

una pierna por encima del alféizar y puso el pie con la zapatilla sobre la cornisa, igual que Piedra debía de haber hecho la noche anterior. Y si Piedra lo había hecho, ¿por qué no iba a poder él?

Pasó la otra pierna por encima del alféizar y buscó el equilibrio sobre la cornisa con la espalda bien pegada a la fachada. El suelo estaba a una distancia intimidante. Lo único que le impedía volverse derechito para adentro era pensar en el pobre Lemmy, muerto de miedo sin saber qué le esperaba mientras le hacían cruzar la ciudad a empujones.

Apoyándose contra el muro, fue arrastrando los pies de lado hasta que la cornisa se ensanchó. Una vez allí se dio la vuelta, se puso a cuatro patas y reculó hacia el borde. Si se aguantaba en la cornisa con ambas manos hasta el último segundo, la caída hasta el suelo no sería tan grande. Al menos eso se dijo él.

Descolgó por la cornisa primero una pierna, después la otra, y fue reptando hacia atrás sujetándose a la piedra con las manos, hasta quedarse colgando como una manga de viento mojada justo delante de las grandes ventanas del comedor, donde estaban sentados el señor Grey y su madre. Por suerte no miraban hacia la ventana.

Van cogió aire y se dejó caer.

Golpeó el suelo con ambos pies. Por las zapatillas le subió una sacudida dolorosa hasta las espinillas y a Van se le escapó un pequeño «ayyy». Con las piernas doloridas, cruzó el césped gateando, se subió a un gran macetero de piedra y desde allí trepó al muro trasero del patio una vez más. Una vez fuera, salió corriendo hacia la ciudad crepuscular.

Avanzaba una manzana tras otra. No pensaba en el cansancio de sus piernas, ni en lo que le dolían los pulmones, ni en los problemas que tendría cuando regresara a casa de los Grey. No pensaba en nada que no fuera Lemmy.

Así que no fue hasta que llegó jadeando a la gran casa blanca que Van recordó que el señor Falborg no estaba en ella. Y el corazón, que le iba a mil, se le cayó a los pies.

Pero debía de haber algo que pudiera hacer él solo, sobre todo si contaba con la ayuda de uno o dos deseos.

Van se apartó de la acera y se metió en el seto. Por entre las hojas veía luces en algunas ventanas de la casa. Tal vez el señor Falborg hubiera regresado a casa pronto. Y, aunque no fuera así, quizás Van pudiera colarse por una ventana trasera y subir hasta la habitación escondida donde…

Los pies de Van salieron volando, su cuerpo se inclinó hacia atrás y su espalda golpeó el césped dolorosamente.

Alguien se cernía sobre él. En la penumbra, Van solo veía los rasgos de una cara arrugada.

Hans.

El hombre movió los labios. Un hilillo de sonidos pasó entre el corazón desbocado de Van y sus jadeos, pero no descifró ninguna palabra porque, como recordó con preocupación, se había dejado los audífonos junto a la pica del lavabo de los Grey.

—Necesito… —dijo con voz entrecortada—. Necesito ayuda.

Hans extendió una mano cálida y callosa y puso a Van de pie mientras decía algo más con su acento marcado. Estaba demasiado oscuro para que Van pudiera leerle los labios pero supo lo que le estaba diciendo al verle hacer un gesto hacia la puerta principal.

Van le siguió hasta la casa.

Gerda estaba sentada en la gran cocina blanca y negra, tomando un té y clasificando el correo en una mesa cuadrada blanca. Renata estaba tumbada sobre una pila de sobres, a su lado. Ambas levantaron la vista cuando entraron Hans y Van. Gerda puso ojos de sorpresa; Renata parecía igual de aburrida que siempre.

Gerda se levantó de la silla e hizo un gesto a Van para que se sentara, acompañado de unas palabras que acababan en:

—¿… hacerrr por usted?

Van se quedó de pie.

—Había olvidado que el señor Falborg no estaría aquí —dijo con prudencia. Gerda y Hans intercambiaron miradas mientras Van continuaba—. Me prestó una cosa pero me la han robado y me temo que le van a hacer daño. —Se le estaba formando un nudo duro y pegajoso en la garganta. Tragó saliva—. Se me ha ocurrido que a lo mejor… si pudiera usar otra de las cosas del señor Falborg, podría recuperar la primera.

Gerda y Hans volvieron a mirarse. Después Gerda se acercó más a Van.

—Elija una kaja pequeña —dijeron sus labios—. Y sea muy prrreciso al desearrr.

Van dio un respingo.

Gerda sonrió.

—No solo nos okupamos de la kasa, ¿sabe?

Hans condujo rápidamente a Van hacia la habitación escondida.

—Gerda y yo entraríamos con usted —dijo colocándose frente a Van antes de abrir las puertas—, pero nos reconocerían.

—¿Les reconocerían? —repitió Van—. ¿Les conocen los coleccionistas?

—Uy, sí —respondió Hans—. Lo saben todo sobre nosotros, para desgracia nuestra.

Hans palpó entre las puertas y encendió la luz. Van observó que inspeccionaba la habitación con detenimiento —seguramente en busca de arañas, murciélagos o cajas que faltaran— antes de dirigirse hacia el baúl cerrado con llave y abrirlo para coger dos huesos de los deseos.

—Coja otro hueso más —le dijo a Van—. Por si acaso.

Dicho esto, le entregó los huesos, echó un último vistazo a la sala y se marchó, cerrando las puertas tras él.

Van se quedó allí solo… aunque no del todo.

Se volvió lentamente, rodeado de hileras e hileras de cajas. Notaba la respiración tranquila y neblinosa de los cientos de criaturas contenidas en ellas. Levantó uno de los huesos de los deseos y al instante notó que el aire cambiaba, como si todas aquellas respiraciones neblinosas se hubieran acelerado un poco. Los devorasueños se habían despertado. Olían la comida. Y le rodeaban por todas partes, expectantes, hambrientos… Van recordó las palabras de Piedra sobre la plaga de termitas.

Pero un devorasueños no era peligroso. Y él solo necesitaba uno.

Se metió en el bolsillo el hueso de los deseos que había cogido y cogió la caja más pequeña de la estantería más baja. Se sentó en el suelo y levantó la tapa.

A primera vista parecía que la caja estuviera vacía pero entonces Van vio una cosa enroscada en un rincón, una cosa larga, como una serpiente. Mientras Van lo observaba, aquello empezó a desenroscarse y dejó a la vista numerosos pares de patitas a lo largo de su cuerpo, una cara lobuna de rasgos afilados. La criatura levantó la cabeza para mirar a Van. De la boca le colgaba una lengua diminuta y neblinosa. Jadeaba ligeramente.

—Hola —susurró Van—. Te he traído un regalito.

El gusano lobo jadeó más fuerte.

Van se veía incapaz de dejar que aquella criatura le subiera a las manos. Era imaginar todas aquellas patas rechonchas trepándole por las palmas de las manos y tener la sensación de que se acababa de tragar un limón exprimido. En lugar de eso, dejó la caja en el suelo y se inclinó sobre ella con el hueso de los deseos en las manos, a punto para romperlo.

Y entonces se detuvo.

Pensó en todos los deseos que había pedido, o contribuido a pedir. La mitad había funcionado a la perfección, pero la otra mitad habían salido mal. Y el último casi había hecho que su madre… Van no podía ni pensar la siguiente palabra.

Tendría que ser preciso, tremendamente preciso. Pediría un deseo lo más pequeño y limitado que pudiera, más parecido a los dos primeros. Quizás así todo el mundo estaría a salvo.

Van agarró el hueso de los deseos con más fuerza.

«Deseo entrar en el Retén sin que nadie se dé cuenta.»

Y rompió el hueso.

De su extremo chorreó una pequeña voluta. El gusano lobo la bebió a lengüetadas como un perro que bebiera de una manguera.

El aire se hizo más denso. Van notó el rocío en la piel, un hormigueo fresco en cada vello y algo que chispeaba en la punta de sus pestañas. Y el rocío se disipó.

Van no se notaba diferente. Miró por la habitación. No había cambiado nada. Esta vez no había ningún trineo tirado por renos esperándole para llevarle. Tal vez encontraría pruebas del deseo más tarde, como con el ciervo blanco. Ojalá fuera así. Volvió a tapar la caja del gusano lobo y la colocó en su lugar. Fue corriendo hacia la puerta pero cuando estaba en el umbral volvió a detenerse.

Van nunca había deseado oír perfectamente. Eso habría sido como desear tener más dientes, o una mano de más. Se había acostumbrado a lo que tenía, y sabía cómo funcionaba y cómo utilizarlo.

Pero aquella noche, sin sus audífonos, en la oscuridad profunda de la guarida de los coleccionistas…

Se dio la vuelta y en dos pasos se plantó delante de una estantería y bajó una cajita de cartón.

La criatura que había en su interior tenía forma de osezno. Cuando se giró y miró a Van, el niño vio que tenía los ojos grandes, casi de humano, y hocico de cerdo. Cuando Van sacó del bolsillo el hueso de los deseos que le quedaba, la criatura se sentó y empezó a olfatearlo con impaciencia.

Van cogió el hueso por ambos extremos. No quería nada demasiado grande. No quería superpoderes. Lo único que quería era, por una sola noche, oír como un chico normal de once años.

Rompió el hueso.

Y Van se dio cuenta de que lo había oído romperse.

Se llevó las manos a los oídos por instinto, pero los audífonos no estaban allí. Aun así, era capaz de oír el roce de las yemas de los dedos contra los pliegues de piel. Se estremeció. Al girar la cabeza oyó el roce del cabello contra el cuello del pijama. Oía su propia respiración agitada tan alta que le fastidiaba, incluso le molestaba.

Oyó un tintineo por encima de la cabeza y alzó la vista. La gran araña de cristal y latón había empezado a dar vueltas. Van miró alrededor pero nada más se movía, solo la lámpara, que ahora giraba y se balanceaba de un lado a otro.

El devorasueños también levantó la vista hacia el techo. Se sacudió un poco y el pelo de su cuerpo como de osezno se ahuecó a su alrededor como una niebla. Un instante después la luz de la lámpara empezó a cambiar de color: se oscureció hasta el azul mar, después palideció a verde antes de eclosionar en un fucsia llamativo. El tintineo aumentó de volumen y empezó a oírse una canción.

Bum-bumbum-BUM-bum, bum-bumbum-BUM-bum…

Van se encogió de miedo. El sonido era cada vez más fuerte y le presionaba como una manta de espinas. Cuando bajó la vista, el devorasueños también era más grande.

En un arrebato nervioso, Van intentó tapar la caja pero el devorasueños se rebeló empujando hacia afuera con su cuerpecillo tupido. La lámpara cambió a morado. *¡Clin-clin-CLIN!*, tintineaban sus brazos de cristal. *¡Bum-bum-bum-BUM-bum!*, sonaba la música, que parecía proceder de todas partes a la vez. Y entonces, deprisa pero con suavidad, la lámpara empezó a caer. Su cadena se alargó como el hilo de una araña que descendiera. La música continuó subiendo de volumen. Cuando la lámpara estaba a cosa de un metro del suelo, dejó de caer y empezó a balancearse, adelante y atrás, cada vez más rápido, trazando un arco cada vez mayor en la habitación. *¡Clin-clin-CLIN! Bum-bumbum-BUM*. La luz pasó de morado a rojo.

El balanceo era cada vez más fuerte y los frágiles brazos de cristal de la lámpara estaban a punto de golpear las estanterías a cada lado de la habitación. Pasaba justo por encima de la cabeza de Van, lo bastante cerca como para que la oyera cortar el aire.

—¡Párala! —siseó Van al devorasueños—. ¡Se va a hacer añicos!

Pero el devorasueños continuaba empujando la tapa y siguiendo la luz con su carita sonriente.

La lámpara se abalanzó sobre la pared de enfrente trazando sombras combadas. No tocó las estanterías de milagro. Ahora volvía hacia Van, que se tiró al suelo justo cuando pasaba por el lugar en que había estado su cabeza hacía un segundo.

Van se echó encima de la tapa de la caja con todo su peso.

—¡Ya vale! —suplicó mientras el devorasueños empujaba hacia arriba con sus bracitos peludos. Cuando Van estaba a punto de pedir auxilio a gritos, el devorasueños perdió pie y se cayó de lado, lo que Van aprovechó para volver a tapar la caja.

La música se detuvo, la luz volvió a ser blanca. Tras un último balanceo, la lámpara se quedó quieta y, después de un suave clic, la cadena se retrajo hacia el techo y la araña de cristal se elevó. Y todo volvió a ser como era antes.

Van metió la caja del devorasueños en su estantería y se desplomó sobre la alfombra. El sonido de su respiración pesada le atoraba los oídos.

Su deseo no era que pasara aquello. Del mismo modo que no había deseado que los muñecos de su escenario en miniatura cobraran vida. La sofisticada araña de cristal del señor Falborg podría haberse roto en mil pedazos que podrían haberle provocado a Van mil cortes. Entonces habría tenido que usar otro deseo para reparar el daño y quién sabe adónde habría llevado eso. Las palabras de Núcleo resonaron en su cabeza: «Los deseos son extremadamente difíciles de controlar». Ver a Lemmy jugando con SuperVan había sido divertido, pero lo de hoy había sido aterrador. Como subir a una atracción de feria, mirar abajo y ver que no hay nadie a los mandos.

Estaba mareado y se tambaleaba pero la realidad de lo que le esperaba evitó que se cayera. Sin un hueso de los deseos de repuesto estaba desarmado, desprotegido, incluso más solo aún.

No usaría otro deseo, decididamente no. No a menos que no le quedara otro remedio.

Pero ¿y si no le quedaba otro remedio?

Fue corriendo al baúl de cuero con la esperanza de poder abrir la cerradura de alguna manera. Sin embargo, no tuvo más que tirar de la tapa y el baúl se abrió. Hans debía de haberse olvidado de cerrarlo, o quizás lo hubiera dejado abierto a propósito.

Van metió la mano y eligió un hueso de los deseos puntiagudo y perfecto y se lo metió en el bolsillo del pantalón. Después salió corriendo de la habitación, deshizo el camino por los pasillos serpenteantes y bajó por la escalera principal de la gran casa blanca. Al doblar un rellano le pareció ver por el rabillo del ojo la imagen de una figura con traje blanco pero cuando volvió a mirar la imagen había desaparecido, si es que alguna vez había estado allí.

Cuando llegó al recibidor, se le ocurrió otra cosa.

—¿Hans? ¿Gerda? —llamó, derrapando hacia la cocina—. ¿Me pueden prestar una linterna?

Un instante después, Van salió corriendo por la puerta principal con una linterna pequeña en el bolsillo chocando contra el hueso de los deseos y se adentró en la noche.

23

LA BESTIA

Bajo el cielo de la noche, la Agencia Urbana de Recolección continuaba en el mismo lugar sucio de siempre.

Van tiró de la puerta para abrirla. Una vez dentro, se apoyó en la pared un instante, jadeando, y dejó que la calma de la oficina le envolviera. Tenía el corazón desbocado. Los rugidos y zumbidos de la calle aún rebotaban en su cabeza. Oír de aquella manera le hacía sentir incómodamente frágil, como si estuviera por ahí fuera con una capa menos de piel.

Se había pasado todo el camino esperando que apareciera algún tipo de transporte mágico: un dragón afable, quizás, o un auto de choque. Pero por lo visto su deseo no iba a cumplirse de ese modo. Además, solo había pedido entrar en el Retén. El resto tendría que hacerlo solo.

Cuando le hubo disminuido el pulso de los oídos, van entró de puntillas por la puerta inferior.

En la escalera de piedra no había nadie. Incluso las bandadas de palomas y las ratas que siempre correteaban parecían haber desaparecido. Bajó corriendo las escaleras en dirección a la luz verde-dorada pero cuando echó un vistazo a la sala de acceso se le heló la sangre.

Había coleccionistas por todas partes. Tal vez debido a la espesa capa de nubes que cubría el cielo y tapaba la visión de estrellas fugaces era una noche de trabajo extraordinariamente tranquila. Había montones de gente con abrigo largo y oscuro paseando, hablando, riendo.

Van fue hacia un rincón en sombra que había un poco más allá de la escalera, un movimiento afortunado, ya que un instante después un cuervo bajó volando por la escalera y pasó como un rayo por delante del escondite. Sus graznidos taladraron los oídos a Van.

Le siguió una voz humana.

—¡Ayuda! ¡Necesito ayuda aquí!

Todos los coleccionistas se dieron la vuelta para mirar.

Por la escalera bajaba un hombre con abrigo oscuro que entró como una bala en el pasillo principal. Llevaba en brazos un bulto de pelo y sangre.

—¡Llamad a Plumín! ¡Es grave!

Varios coleccionistas se acercaron corriendo. Sus pasos resonaron en la cabeza de Van.

—¿Quién es? —gritó alguien.

—Ruddigore —contestó el primer hombre, jadeando—. Le ha alcanzado un perro.

La gente ahogó un grito.

—¿Un perro?

—Un pastor alemán bastante grande. Estábamos vigilando las fuentes del parque Venti...

La multitud se agolpó en torno al hombre y le llevó con urgencia hacia uno de los pasillos adyacentes, pero no antes de que Van viera la cola rayada de un mapache colgando flácida de su brazo.

Se le hizo un nudo en el estómago. No tenía manera de saber si el mapache herido era el mismo que le había ofrecido una patata frita pero sin duda podía tratarse de él.

¿Había sido su deseo lo que había provocado aquello? ¿Sería un pobre mapache herido lo que les distrajera mientras él bajaba al Retén?

Van se balanceó sobre los pies.

¿Qué podía hacer? Ya era tarde para evitar el daño y tampoco podía contribuir a salvar al mapache. Solo podía intentar salvar a otra pobre criatura. Y aquélla era su oportunidad.

Van corrió con todas sus fuerzas hacia la enorme escalera.

Y siguió escaleras abajo, cada vez más hondo. Pasó el Atlas y sus mapas y el Calendario y sus pesados libros negros. Oía los molestos zapatazos de sus propios pies contra las piedras. Pasó de largo el descansillo que conducía a las grandes puertas dobles de la Colección y continuó bajando hacia una oscuridad más fría y espesa.

Finalmente, empezó a ir más despacio. Cuando la oscuridad se hizo tan densa que apenas veía el siguiente escalón, Van sacó la linterna del bolsillo y la encendió.

No alumbraba mucho ni a lo ancho ni a lo largo y cuando la enfocaba directamente hacia delante no veía nada de nada. Era como intentar llegar al fondo de un pozo con un palillo. «Muy bien», pensó Van. Como no quería que Navaja o sus ayudantes lo vieran, alumbró hacia abajo y vio que formaba una mancha débil sobre los escalones de piedra. Van la siguió. Iba pisando en las manchas de luz y mantenía los ojos y los oídos bien atentos. Esta vez nadie le iba a coger por sorpresa.

Había llegado al final de otro tramo de escaleras cuando un rugido se extendió por la oscuridad. Estaba más cerca que nunca y, a oídos de Van, era mil veces más fuerte. El ruido vibró por las escaleras y se le metió directo en los huesos. El cráneo le retronó. Sus pensamientos estallaron como fuegos artificiales. Instintivamente se llevó las manos a los oídos para quitarse los audífonos pero no los llevaba puestos. No tenía escapatoria a aquel ruido espantoso y arrasador. Van apretó los dientes, se agarró a la baranda y esperó.

El rugido se fue desvaneciendo despacio, suavemente, como una nube de humo que se va dispersando por un cielo oscuro.

Van no se enfadaba muy a menudo. De hecho, lo hacía tan rara vez que casi no reconocía la sensación. Pero en aquel momento, de repente, estaba lleno de algo rápido, fuerte e intenso. Se sentía como si pudiera darle un puñetazo a una pared de ladrillos y romperla en tropecientos mil pedazos.

Era un poco como ser SuperVan.

¿Cómo se atrevían los coleccionistas a llevar a criaturas indefensas como Lemmy a un agujero frío y oscuro lleno de monstruos que no paraban de rugir? ¿Cómo se atrevían?

Van emprendió la marcha hacia una oscuridad que ya no le asustaba en absoluto. Apagó la linterna y se la metió en el bolsillo. Comprobar cada escalón solo le hacía ir más despacio. Bajó volando otro tramo de escaleras, y otro más, y llegó tambaleándose a un suelo de piedra.

No había luz. Hacía frío y humedad como si hubiera una cascada allí al lado. Con ambas manos extendidas hacia delante, Van se aventuró a caminar hacia delante, con los oídos pitándole. Pisó algo pequeño y quebradizo que se rompió con un chasquido. Van se agachó y palpó el suelo.

Eran huesos, estaba seguro de ello. El suelo estaba lleno de huesos. Sacó la linterna y la enfocó hacia el suelo. Pese a lo poco que alumbraba, comprobó que había acertado. No eran huesos de los deseos, sino unos huesecillos finos como briznas de paja, rebañados hacía mucho tiempo, dejados allí por los ratones, las ratas o los pájaros. Crujían bajo sus dedos. Van miró por encima del hombro. Estaba demasiado oscuro para ver nada, pero le pareció oír el batir de unas grandes alas.

Otro rugido amortiguado agitó la oscuridad. Van lo sintió en los dientes y el suelo se estremeció bajo sus pies. Ahora estaba muy cerca de aquello. Se le revolvió el estómago y se le hizo un nudo en la garganta.

Pero alguien debía de saber la verdad. Alguien de fuera. Alguien que pudiera investigar y sacar aquella verdad a la luz.

Van se enderezó. De aquella oscuridad, no muy lejos de allí, surgía una línea fina de luz, el tipo de luz que sale por la rendija de debajo de una puerta cerrada. El chico se metió la linterna en el bolsillo y se lanzó a la negrura. Sus manos chocaron contra una superficie gélida de metal que tembló al oírse otro rugido. Era una puerta. Temía que serlo. Van topó con un cerrojo de metal y tiró de él.

La puerta se abrió con un chirrido.

Y Van se encontró mirando por un pasillo ancho y serpenteante. A lo largo de sus muros curvos chisporroteaban faroles de llamas naranjas. Al principio Van pensó que los muros eran enteramente de piedra pero conforme se fue adentrando en el pasillo vio que muchas de las piedras eran en realidad puertas, puertas grises de metal que habían sido pintadas para que se integraran en los muros. Las había pequeñas como sobres y grandes como una lavadora. Todas estaban cerradas con pestillos metálicos gruesos y todas tenían una mirilla de cristal diminuta.

Con un escalofrío agitándole las costillas, Van se inclinó y puso el ojo ante la mirilla de una puerta del tamaño de una cesta de pan.

En su interior había una sala de piedra muy pequeña y en una esquina había enroscado algo pequeño y neblinoso.

No era Lemmy. Su cuerpo era demasiado largo, más parecido al de una comadreja que al de un lémur. Pero tenía el pelo neblinoso de Lemmy y era aproximadamente de su tamaño.

La criatura apenas tenía espacio para girarse. No tenía juguetes, ni comida, ni ventanas. No pareció percatarse de que Van miraba por la mirilla, ni de oírle susurrar:

—¿Hola?

Van avanzó hasta la siguiente puertecita. También había algo pequeño y peludo hecho una bola en el suelo de aquella celda. Porque Van se dio cuenta de que eran eso: celdas. Aquel lugar había sido construido para recluir a cientos de devorasueños, quizás miles o más, hambrientos, solitarios y tristes. Y Lemmy tenía que estar allí, en alguna parte.

Van corrió a la siguiente puerta, y a la siguiente, y a la siguiente. Pero cuantas más comprobaba y más avanzaba, más puertas veía extenderse ante él. No le daría tiempo de comprobarlas todas. Solo había deseado que no se dieran cuenta de que entraba en el Retén, pero ahora estaba allí, vulnerable y solo, y cualquiera podía darse cuenta de ello fácilmente. Empezó a avanzar más deprisa. Diez puertas más. Veinte. Ni rastro de Lemmy. Ahora notaba el pulso acelerado tamborileándole dolorosamente en los oídos. Apenas notó que bajo sus pies el suelo empezaba a descender abruptamente, ni que las puertas que había a lado y lado eran cada vez más grandes.

Se oyó otro rugido que procedía del fondo del pasillo. Van se quedó helado ante aquel estallido que hizo temblar las piedras tan fuerte que casi le hizo caerse. Con razón temblaba la Colección. Sin muros o escaleras que lo amortiguaran, el rugido no solo se oía más alto, también sonaba diferente. Parecía más enfadado, más hostil. Casi como una palabra.

Después el rugido se disipó. Van continuó corriendo y tropezó al resbalar con un saliente, pero alargó los brazos y recuperó el equilibrio justo a tiempo.

El suelo inclinado se había convertido en otro tramo de escaleras. Ante los pies de Van se extendían escalones poco altos que bajaban hacia una sala abierta, enorme y redonda.

Van y su madre habían visitado el Coliseo cuando habían ido a Roma. Pues bien, la sala de abajo le recordaba a aquella antigua arena. Solo que esta estaba bajo tierra y los laterales no estaban forrados de arcadas y bancos de piedra. Estaban forradas de puertas, unas puertas gigantescas, unas puertas lo bastante grandes como para que pasaran por ellas dos tráilers uno al lado del otro.

En la sala de piedra había una docena de coleccionistas formando un círculo. Sostenían pinchos afilados y redes plateadas extendidas. En medio del círculo, dando la espalda a Van, había un hombretón con sendos ganchos brillantes en cada mano, ambas llenas de cicatrices. Era Navaja.

Y en la retaguardia de Navaja estaba la cosa más espantosa que Van había visto en toda su vida. Una bestia gigantesca, descomunal y estremecedora. Tenía la forma de un cocodrilo estirado, con la cola aplastada, la cabeza triangular y un hocico largo, larguísimo, increíblemente largo, lleno de dientes puntiagudos. Tenía la piel de color gris nube y era más grande que un autobús urbano. A su lado, las personas parecían muñequitos de plástico pequeñitos.

La bestia soltó otro rugido atronador y Van volvió a oírlo: era una palabra. La palabra NO.

La bestia dio un latigazo con la cola y tres personas del círculo cayeron hacia atrás. Navaja se lanzó hacia un lado balanceando un gancho de metal. La bestia fue hacia el borde y rugió, enfadada.

—¡A mi izquierda! —gritó Navaja—. ¡Puntada! ¡Llave! ¡Haced que retroceda!

Pero el monstruo se había quedado quieto y ahora olfateaba el aire.

Los coleccionistas estaban agachados, a la espera.

La bestia giró su enorme cabeza y husmeó hacia otro extremo de la arena, hacia las escaleras, justo hacia donde estaba Van. El niño dejó de respirar. Por un instante, el monstruo se quedó paralizado también. Sus ojos eran dos nubes de humo blanco pero Van sabía con certeza que le estaban mirando, evaluando.

Después, tras un bramido, el monstruo cargó contra él.

Van dio media vuelta y empezó a correr escaleras arriba, zapateando por el empinado pasillo. Oía sus propios chillidos pero le daba igual que pudieran oírle otros.

Detrás de él, la bestia enfiló la escalera. Sus pezuñas hacían temblar el suelo. Van la oía respirar con ansia, resoplar. Van, que avanzaba cada vez más rápido, miró atrás por encima del hombro. El cuerpo neblinoso del monstruo llenaba todo el pasillo y le estaba ganando terreno. A su paso, las puertas de las celdas se agitaban y los faroles parpadeaban.

Van corría más deprisa que nunca antes en toda su vida. Ahora oía que el monstruo se acercaba y notaba el frío húmedo que le envolvía los talones. Empujó la puerta exterior del Retén justo cuando una fuerza enorme le lanzó hacia delante y le hizo caer hacia la oscuridad.

Aterrizó de barriga y resbaló sobre la gravilla y los huesos rotos, sin aire y con las manos abrasadas por el roce con el suelo. Se le clavó en el muslo el hueso que llevaba en el bolsillo. El corazón le golpeaba el pecho y respiraba a bocanadas. A su espalda, en algún lugar, el monstruo volvió a rugir. Había tanto ruido que se estaba mareando. Quería extirpar de sus oídos todos aquellos horribles sonidos, así como el recuerdo que dejaran tras ellos. Se volvió hacia arriba, intentando respirar y ver entre los fuegos artificiales que tenía en sus ojos.

La bestia cruzó la puerta atropelladamente. Brillaba en la oscuridad como la electricidad estática en una pantalla negra. Le brillaban los dientes con luz tenue. Sus ojos de humo blanco no parpadeaban. Van gateó hacia atrás pero no había lugar donde esconderse ni tiempo para llegar a él. Algo glacial y centelleante llenaba el aire. A través de la neblina helada, Van vio que el cuerpo de la bestia estaba más cerca y abría de par en par su mandíbula dentada.

—¡Ahora! —gritó una voz.

Alguien se lanzó delante de él con un farol colgado de un gancho oscilante. Van vio cómo el gancho rascaba el cuerpo transparente de la bestia y que de la herida surgía un rastro de humo. La criatura soltó un rugido.

—¡Redes a mi derecha! —gritó la voz.

Entre las sombras, las figuras de abrigo oscuro corrieron a formar barricadas de cuerpos y cuerdas. La bestia dio la vuelta pero las figuras la cercaron y le hicieron pasar de nuevo por la puerta abierta del Retén. Alguien agarró a Van del brazo y tiró de él.

En formación compacta, los coleccionistas obligaron a la bestia a descender por el pasillo, pasados los faroles parpadeantes, hasta el borde de la escalera. La mano soltó a Van.

—¡Todos juntos! —gritó la voz profunda—. ¡Adelante!

Van se tambaleó al inicio de la escalera, sin aliento, mientras la línea de coleccionistas cargaba. La bestia retrocedió escalera abajo hasta llegar al suelo de piedra, con los coleccionistas tras ella. Pasaron zumbando ganchos por el aire. El monstruo rugió. Las piedras temblaron.

La bestia se dio la vuelta y golpeó con la cola a varias personas, a las que tiró al suelo. Mordió a dos más, a los que agarró y lanzó hacia atrás. Después se detuvo, resoplando, con la cabeza gacha y dirigió sus ojos color hueso hacia Van.

El monstruo emitió un ruido sordo y Van habría jurado oír otra palabra en aquel murmullo. MÍO.

La bestia empezó a subir de nuevo por la escalera. Van observó petrificado cómo la mandíbula abierta se iba acercando a él.

Justo antes de que pudiera alcanzarle con los dientes, una silueta negra se interpuso en su camino. Se oyó un gancho cortar el aire seguido de otro rugido atronador, y la bestia patinó escaleras abajo. La formación de gente se cerró a su alrededor y la obligó a entrar en la celda abierta, tras lo cual la enorme puerta de metal se cerró con estruendo.

Van soltó un soplido aunque era casi un gemido. Estaba vivo y a salvo.

La silueta negra que había delante de él se giró.

Quizás estuviera a salvo.

Navaja se alzaba ante él. Respiraba con fuerza pero su rostro lleno de cicatrices estaba tranquilo. Habló con voz profunda y sorprendentemente agradable.

—¿Estás bien?

—Eh… —Incluso con su oído aguzado, Van no captaba la palabra con el ruido de su propio corazón. ¿Qué…? ¿Qué era esa cosa?

Abajo, alguien de entre la multitud rio.

Navaja no cambió de expresión. Miró a Van mientras volvía a colocarse los ganchos en las correas de los hombros. Tenía unos ojos negros y vivos.

Dentro de su celda, la bestia emitió un último rugido amortiguado.

Navaja hizo un gesto de cabeza hacia la puerta.

—¿Eso? —preguntó—. Eso es un devorasueños.

24

DEPREDADORES

—¿Eso...? ¿Eso es un devorasueños? —preguntó Van, casi sin aliento—. Pero si son... ¡yo creía que era diminutos!

—Cuanto más comen, más crecen —respondió Navaja—. Y más hambre tienen. —Sus ojos brillaban a la luz de los faroles—. ¿Qué llevas en el bolsillo?

Van dio un respingo.

—¿En el...?

—En el bolsillo —dijo Navaja con voz aún tranquila señalando los pantalones de pijama de Van—. En ese bolsillo.

Con mano temblorosa, Van sacó la linterna y después el hueso de los deseos.

Navaja asintió.

—Eso es lo que perseguía —explicó. Después, mirando hacia uno de los coleccionistas que había abajo, dijo—: Ocúpate de él, Ojal.

Una mujer que llevaba una trenza negra muy apretada subió las escaleras, le arrebató el hueso de la mano a Van y se marchó.

Van se quedó mirando cómo se iba y de repente se sintió pequeño, tonto y peligrosamente afortunado, todo al mismo tiempo.

Navaja cruzó los brazos.

—Tú eres el niño que trajo Piedra.

—Soy Van —dijo él, tragando saliva—. Van Markson.

—Y nos ves.

—Sí, os veo.

—Y los ves a ellos.

—Sí —dijo Van, y volvió a tragar saliva—. Pero… nunca había visto uno tan grande.

—Al principio son pequeños, como todo —explicó Navaja mirando a Van fijamente a los ojos—. Si no comen, se van encogiendo hasta llegar a un tamaño manejable. —Su boca trazó lo que parecía el indicio de una sonrisa—. Al final.

—O sea que… ¿los metéis en celdas hasta que se encogen? —preguntó Van.

Navaja asintió mirando a los demás.

—Ese es nuestro trabajo como Retenes: contenerlos, mantener a todo el mundo a salvo.

—¿Querrás decir… matarlos de hambre?

Navaja no parpadeó.

—¿Cuando no dejas que un fuego te queme, lo estás matando de hambre?

Van le dio vueltas a la pregunta.

—Pues…

—No les hacemos daño —continuó Navaja—. A menos que nos veamos obligados a ello. —Tocó uno de los ganchos—. Los devorasueños odian el hierro afilado. Y no pueden atravesar la telaraña, que es de lo que están confeccionadas estas redes —dijo señalando las que llevaba colgadas del brazo—. Usamos herramientas para cercarlos y cuando los tenemos del todo contenidos se atontan y se vuelven dóciles. Pero no los matamos. De hecho, no pueden morir.

Van empezaba a notar la cabeza como una maleta llena hasta reventar. El ruido, el pánico y todas las cosas que había visto y oído estaban allí dentro aplastadas y en medio de aquel caos era incapaz de encontrar nada que necesitara.

—O sea que todos esos rugidos eran… —empezó Van—. Pensaba que no hacían ningún ruido.

Unos cuantos Retenes rieron. Navaja les sonrió y su cicatriz se retorció.

—Uy, sí que lo hacen. Cuando quieren.

Van se estremeció.

—¿Qué más hacen?

—Cuando acaban de comer, casi nada.

—¿Pueden hacerte daño?

Navaja continuó sonriendo y dio unos golpecitos juguetones en la herida.

—Vaya si pueden.

A Van se le agrió la saliva.

—Ese que me perseguía… ¿Qué me habría…? ¿Qué me habría hecho?

Navaja le puso la mano en el hombro a Van. Era una mano pesada pero reconfortante y Van de repente se dio cuenta de llevaba un buen rato temblando.

—¿Por qué no damos un paseíto? —dijo Navaja.

Navaja condujo a Van por el pasillo sin quitarle de hombro su mano estabilizadora. Cuando hubieron perdido de vista la arena, a mitad del pasillo de puertas, Navaja se detuvo y se volvió a mirar a Van.

—Sabemos por qué has venido —dijo.

El estómago de Van, que justo había dejado de parecer un saco lleno de comadrejas cabreadas, empezó a revolverse de nuevo.

—Sabemos que tenías uno de los devorasueños —continuó Navaja, ahorrándole a Van la confesión, o la mentira—. Hemos tenido que confiscártelo, por tu seguridad. Por la seguridad de todos.

—Pero si Lemmy es muy pequeño. —A Van se le escapó el argumento antes de que le diera tiempo a embotellarlo—. No es más que una bolita de pelo. No le haría daño a nadie.

—Eso es lo que tú crees. Pero nadie puede prever con exactitud lo que hará un devorasueños. Ni cómo hará que se cumpla un deseo. Ni cómo lo cambiará. Ni qué hará cuando coma y esté a tope de energía. —Navaja miró a Van a los ojos—. Has visto lo que hacen entonces, ¿no?

Van recordó a SuperVan volando por su habitación y el bamboleo de la lámpara de araña del señor Falborg.

—Cuanto más tiempo están libres, más comen y más grandes y peligrosos se vuelven —continuó Navaja—. Se vuelven despiadados, coléricos, imposibles de controlar.

A Van se le estaba formando un nudo en la garganta.

—¿Todos? —consiguió preguntar.

Navaja volvió a mirarle sin atisbo de crueldad en sus ojos negros y señaló una puertecita que había justo por encima del hombro de Van.

—Mira.

Van acercó el ojo a la mirilla.

En el interior de la celda, algo más grande que una caja de zapatos, había una silueta pequeña y peluda acurrucada en el suelo. Dormía plácidamente con la cola enroscada alrededor del cuerpo. Tenía unas orejas grandes y rizadas dobladas alrededor de la cara.

—¡Lemmy! —exclamó Van con voz entrecortada.

La criatura no se despertó.

—Puedes verlo por ti mismo —dijo Navaja—. Solo les mantenemos a salvo.

Van puso las manos contra el metal frío de la puerta. Cada impulso de su cuerpo le decía que tirara de ella, que la abriera. Pero tenía a Navaja justo detrás.

—Y... cuando los cogéis, ¿qué pasa? —preguntó. Empezaba a notar un hormigueo en los ojos.

—Los dejamos dormir —dijo Navaja—. En realidad es una hibernación. Pueden pasarse años en ese estado, o siglos. Con el tiempo, se encogen hasta que finalmente desaparecen.

Van se quedó mirando la bolita de pelo gris.

—¿Eso es lo que le pasará a él? ¿A Lemmy? —preguntó, incapaz de mirar a Navaja a los ojos: no quería que el hombretón le viera los suyos llenos de lágrimas—. Se quedará aquí hasta... ¿hasta que deje de existir?

—Piensa en lo que pasaría si no lo tuviéramos aquí metido —dijo Navaja a modo de respuesta. Después hizo un gesto hacia la arena—. Suelto crecería hasta convertirse en algo como eso. Es su naturaleza: los oseznos se convierten en osos, los gatitos se convierten en gatos y los depredadores comen.

Van soltó un largo suspiro. Aunque Navaja tuviera razón, y Van tenía la sensación horrible y desconcertante de que seguramente la tenía, él había fracasado. Había prometido que mantendría a Lemmy a salvo y no lo había conseguido. Se sentía vacío y dolido como si le hubieran raspado el cuerpo por dentro.

—Has sido muy valiente al venir.

Van levantó la vista hacia Navaja, aunque se le había escapado una lágrima que empezaba a correrle mejilla abajo.

—¿Qué?

—Podrías haberlo olvidado sin más pero has preferido arriesgarte y ponerte en peligro, un peligro mayor del que imaginabas. —Navaja sonrió—. Eres valiente. Y leal. Serías un buen coleccionista, Van Markson.

Lentamente, un pequeño resplandor acuoso empezó a llenar el vacío que Van sentía en su interior. Era la primera vez que un hombre como Navaja le decía que era valiente. Por un instante, Van deseó que Navaja le volviera a poner la mano en el hombro.

En lugar de eso, se oyó un aullido que lo llenó todo.

Tanto Van como Navaja se volvieron hacia la puerta exterior del Retén. La puerta se abrió.

—¡Tenemos uno grande! —gritó una mujer hacia el pasillo. Tras ella, en la oscuridad, Van alcanzó a ver una bandada de pájaros que sobrevolaba la escalera de piedra graznando—. ¡Lo están bajando!

—¡Retenes! —se oyó resonar la voz de Navaja por el pasillo—. ¡Todos a las escaleras! ¡Tenemos una llegada!

Antes de que Van pudiera hacer preguntas, Navaja le hizo salir por la puerta hacia la penumbra y le colocó contra la pared, lejos del pie de la escalera.

—Quédate aquí —le dijo con firmeza—. No te muevas.

Van asintió.

Navaja dio media vuelta y se fue deprisa, con su abrigo negro ondeando tras él.

Otro Retén estaba encendiendo los faroles colgados alrededor de la enorme sala vacía. A la luz parpadeante que ofrecían, Van pudo ver el ciclón de pájaros oscuros —búhos, cuervos y cornejas— que llenaban el aire y graznaban como si hubieran visto un animal muerto. Por la puerta metálica que tenía detrás de él salieron más Retenes, otros llegaron veloces por las escaleras. En mitad de la escalera de caracol había algo que bajaba corriendo entre las sombras: algo plateado, enorme, envuelto en un enredo de redes y cuerdas.

Los Retenes formaron un círculo cerrado.

—¡En posición! —gritó Navaja—. ¡Abrid la red!

Dos hombres tiraron de las cuerdas y apareció un devorasueños en el suelo de piedra.

Este tenía forma de toro, con el morrillo descomunal y el cuerpo como un tren de mercancías. Le coronaban la cabeza dos cuernos curvados. En lugar de pezuñas, sus patas acababan en garras, como las de un león. Cuando mugió tembló toda la caverna.

—¡Haced que retroceda! —dijo Navaja mientras su gancho dejaba una estela como de un cometa ante los ojos de Van—. ¡Puntada, al centro!

La bestia agachó la cabeza y cargó. Navaja y otros dos Retenes salieron de su camino de un salto.

—¡Aquí! —gritó la mujer llamada Ojal, la que se había llevado el hueso de los deseos. Ahora agitaba los brazos para atraer la atención del devorasueños, que arremetió contra ella. Entonces la mujer se hizo a un lado y la bestia se coló por la puerta del Retén.

—¡Redes! —gritó Navaja. Los Retenes sacaron rápidamente sus redes y formaron una jaula por la retaguardia de la criatura—. ¡Guiadlo hacia abajo!

Van observó cómo los Retenes obligaban al devorasueños a retroceder. Se oyó otro mugido por el pasillo. Cuando su eco se hubo desvanecido, Van volvió a entrar de puntillas en el Retén.

Sin aquel horrible rugido que lo había acaparado todo, el amplio pasillo parecía tranquilo. La luz de los faroles iluminaba desde los muros todas aquellas puertas cerradas. A Van le recordaban un pasillo de hotel por la noche, cuando todo el mundo duerme en su habitación.

Lentamente, se dirigió de nuevo hasta la mirilla de la puerta de Lemmy.

En su sueño, el devorasueños se había girado un poco y ahora Van podía verle la carita. Parecía tranquilo, igual que cuando descansaba en su caja de zapatos bajo la cama de Van.

Quizás Navaja decía la verdad. Los devorasueños no parecían heridos, ni tristes, ni asustados, al menos cuando ya estaban contenidos. No estaban maltratándolos ni abusando de ellos. Solo estaban… a buen recaudo. No era tan terrible, se dijo Van. De hecho, no era tan diferente de las hileras e hileras de cajas que había en la habitación escondida del señor Falborg.

Van apretó la mano contra la puerta. Aunque lo que de verdad quería fuera abrir la puerta, meterse a Lemmy bajo la camiseta del pijama y llevárselo a escondidas directo a casa, sabía que no podía hacerlo. Seguro que le vería alguien y entonces les cogerían a los dos. Aunque los Retenes no fueran crueles con los devorasueños, no tenía claro qué le harían a un traidor. Además, si Navaja decía la verdad, Lemmy acabaría convirtiéndose en una bestia enorme y peligrosa como la que había estado a punto de comérselo como a un sándwich.

Al menos podría explicar al señor Falborg lo que había visto. A los devorasueños no les estaban haciendo daño y estaban a salvo en un lugar seguro.

Van tragó saliva y apartó la mano de la puerta.

—Adiós, Lemmy —susurró.

Con gran pesar de su corazón, se dio la vuelta.

Pero de repente, el aire a su alrededor empezó a centellear.

Van se giró.

Lejos, en la zona hundida de la arena, los Retenes arreaban a la bestia con forma de toro para que entrara en una celda. Los gritos y los mugidos se iban desvaneciendo.

Rodeado por una niebla centelleante, Van alcanzó la puerta de la celda de Lemmy y su mano giró el pestillo de metal.

Van se quedó mirando la mano. No le había ordenado que hiciera aquello. No le había ordenado a sus dedos que abrieran la puerta de metal, ni a su cuerpo que se retirara un poco al abrirse esta.

Lemmy se despertó y pestañeó hacia Van. Rápidamente, salió gateando por la puerta y bajó al suelo flotando. Entonces levantó la vista hacia él y empezó a sonreír.

A Van le entró el pánico. ¿Qué estaba haciendo? ¿Por

qué lo estaba haciendo? ¿Y cómo lo estaba haciendo sin ni siquiera decidirlo?

Van se inclinó para coger a Lemmy pero a medio camino su cuerpo dio un tirón hacia atrás. Volvió a intentarlo pero sus manos se negaban a alcanzar al devorasueños. En lugar de eso, giraron el pestillo de otra puerta de al lado. Y después de otra. Y de otra más.

Algo le estaba controlando. Van se dio cuenta de ello con un sobresalto vertiginoso. Algo le hacía moverse como una marioneta en un escenario invisible.

Otros cuatro devorasueños salieron de sus celdas. Después seis, diez, más.

Las manos de Van volaban de una celda a otra haciendo girar los pestillos y abriendo puertas. Al final, cuando una manada de devorasueños diminutos —unos como lagartijas peludas, otros como ardillas aladas, otros como animales que Van no había visto ni imaginado nunca— se hubieron unido a Lemmy y llenado el pasillo de pared a pared, el cuerpo de Van se detuvo.

Los devorasueños se volvieron hacia la entrada del Retén, todos con el hocico, las orejas y el cuerpecillo neblinoso estirado atentamente en la misma dirección. Y entonces, como un montón de semillas de diente de león que volaran del tallo, salieron corriendo por la enorme puerta de metal.

Van se quedó muy quieto. Notaba el cuerpo extrañamente pesado, como si de repente le hubieran cortado las cuerdas que antes le habían sostenido. Le dolía la cabeza y le flojeaban las piernas. Incluso los brazos le dolían como si hubiera empujado algo mucho más grande y fuerte que él. Se encontraba mal.

Van miró hacia la arena. ¿Qué pensarían Navaja y los demás Retenes cuando se enteraran de lo que había hecho?

Pensarían que era un traidor.

Y quizás lo fuera.

Tenía que salir de allí.

Van emprendió la huida del Retén.

Le envolvieron las sombras del hueco de la escalera. Incluso en la penumbra, estaba seguro de que los devorasueños no estaban a la vista. ¿Adónde había ido Lemmy? Se agarró a la gélida baranda de piedra. Solo había subido un par de tramos de escalera cuando oyó el jaleo.

Procedía de arriba y había gritos, golpes y ruido de cosas rotas. A medida que iba subiendo, aumentaba de intensidad. Por enésima vez aquella noche, Van deseó poder llevarse las manos a las orejas y quitarse los audífonos. Se le hizo un nudo de pavor en el estómago: suponía de dónde procedía aquel jaleo y cuando llegó al siguiente rellano lo supo con certeza.

Las puertas dobles de la Colección estaban abiertas y dentro la sala era un caos.

Muchos deseos embotellados se habían caído de las estanterías o, mejor dicho, habían sido empujados. El suelo estaba salpicado de fuegos artificiales de cristales hechos añicos. Los coleccionistas gritaban. Los halcones y los cuervos graznaban. Los roedores correteaban por todas partes para apartarse del paso de los pies. Mientras Van miraba el umbral de la puerta, una botella verde cayó en picado desde media altura de la pared. Al estrellarse contra el suelo, se rompió en mil esquirlas de color esmeralda y se vio un destello, como una estrella fugaz diminuta. El destello se elevó como un cometa y fue directo a la boca abierta de una criatura del tamaño de un gran danés que se había colgado de una escalera de caracol. La criatura tenía las extremidades largas —seis, según contó Van—, dedos prensiles en los pies, como los monos, y la boca llena de colmillos puntiagudos y humeantes.

Dos coleccionistas armados con pinchos de hierro corrieron hacia ella, escalera arriba pero entonces apareció de la nada una nube roja que soltó sobre sus cabezas un torrente de lluvia sangrienta que les hizo precipitarse escaleras abajo. Van habría jurado que vio reír a la bestia.

Otro devorasueños, este ya del tamaño de un poni, arremetió contra una estantería baja donde montaban guardia una fila de coleccionistas. En el último momento, el devorasueños giró a un lado y con su cola de serpiente dio un latigazo hacia la cabeza de los coleccionistas y las botellas del estante superior. Los coleccionistas se agacharon para esquivar el golpe y sufrieron el bombardeo de los cristales que caían al suelo. De las botellas hechas añicos surgieron decenas de volutas plateadas. Los coleccionistas, desesperados, recuperaron algunas de ellas, pero la mayoría fueron a parar directas a la boca abierta del devorasueños.

La criatura se hinchó y pareció que de su cuerpo salían un montón de sombras que empezaron a girar por el aire con sus picos afilados, sus garras y sus alas puntiagudas, antes de lanzarse en picado sobre los coleccionistas para obligarlos a dispersarse en todas direcciones.

—¡Mantened la posición! —gritó Núcleo por encima

de aquella cacofonía—. ¡No dejéis que os distraiga su magia! ¡Que alguien dé la alarma!

Otro ruido se unió a la furia. Era un gemido mecánico que aumentaba cuanto más arriba estaba, hasta que Van tuvo la sensación de que le iba a explotar la cabeza de la presión. Se tapó los oídos y volvió a mirar hacia la Colección. Solo veía cuatro devorasueños, lo cual quería decir que muchos, muchos más, debían de haber subido más arriba. Lemmy debía de estar entre ellos.

Retrocedió hacia la escalera tambaleándose. Se oían los pasos de los Retenes que subían.

—¡Redes preparadas! —gritaba Navaja—. Cuando lleguemos a las puertas, formaremos un muro humano. Puntada, Bala, Garrapata, quedaos en la sala principal. El resto…

Van no se quedó a oír más y salió corriendo escaleras arriba tan rápido como le permitían las piernas. Había altavoces de alarma colgados por todo el hueco de la escalera de manera que, a medida que Van iba subiendo, el gemido era cada vez más fuerte. A Van se le llenaron los ojos de lágrimas. Apretó los dientes tan fuerte que pensó que se le iban a romper.

La escalera empezó a llenarse de gente. Los coleccionistas corrían en todas direcciones y casi tiraron a Van al suelo. Todo el mundo estaba demasiado centrado en la emergencia que tenían delante como para mirarle dos veces… hasta que se posó sobre sus hombros una cosa de ojos pequeños y brillantes y pico afilado como un lápiz.

El cuervo miró a Van mientras le clavaba las garras en la piel a través del pijama. Van reconoció el cuervo de Jota y el cuervo le reconoció a él.

A Van se le heló la sangre.

El cuervo alzó el vuelo y remontó a toda velocidad hacia la oscuridad. Van salió corriendo y empezó a subir aún más rápido que antes. Tropezó y cayó de rodillas sobre la piedra rugosa. Por rápido que corriera, era incapaz de rebasar al cuervo, que probablemente ya habría llegado hasta Jota. Tenía que esconderse.

En el siguiente descansillo, se desvió bajo el arco que daba entrada al Calendario.

El caos había llegado también a aquella sala. Varias estanterías habían caído unas sobre otras como fichas de dominó y los pesados volúmenes negros que albergaban habían quedado esparcidos por el suelo. Se oían gritos. Las criaturas chillaban.

Van trepó por encima de una estantería que había en el suelo, se metió en un rincón que había justo pasado el arco y pegó la espalda al frío muro de piedra. Después se agachó y se quedó tan encogido como pudo. Tenía que recobrar el aliento. Cuando se asegurara de que Jota y los guardias le habían perdido la pista, volvería a salir.

Oyó que varios pasos se detenían en el rellano.

—¿Está por aquí, Lemuel?

Aquella voz dura y profunda era la de Jota. Van se tensó.

—¡*Aquíííí*! —graznó el pájaro.

—Maza, tú ve hacia arriba. Roblón, tú, abajo. Yo me quedo en esta planta. —La voz se endureció—. Ese mocoso idiota. Juro que cuando lo encuentre lo tiraré por la baranda.

Dos pares de pasos se alejaron. Un tercero se acercó.

Van aguantó la respiración al ver pasar a Jota bajo la arcada. El coleccionista se detuvo de espaldas a Van y examinó la sala. Sobre su hombro, el cuervo hizo lo propio.

Con la espalda bien pegada al muro, Van fue caminando de costado hasta pasar la estantería que había en el suelo. Si podía escabullirse por el arco mientras Jota estaba de espaldas, quizás pudiera escapar. Claro que Roblón le estaba buscando arriba. Van se detuvo. ¿Quién no iba a buscarle cuando se enterara de que aquello era culpa suya?

Aunque en realidad no era culpa suya. Alguien le había hecho abrir aquellas celdas. Alguien que... Van tropezó con un libro que había en el suelo e hizo ruido.

El cuervo giró la cabeza hacia él.

Antes de que Jota tuviera tiempo de volverse también, Van salió disparado por la arcada.

Empezó a subir las escaleras como alma que lleva el diablo, lamentando que sus piernas cortas solo le permitieran subir los escalones de uno en uno y demasiado aterrado para mirar siquiera por encima del hombro. El corazón se le salía por la boca. Sus zapatillas golpeaban el suelo cada vez más rápido pero Van se dio cuenta de que ya no las oía. Al principio pensó que los latidos de su corazón lo ahogaban todo pero incluso ese latido era cada vez más leve. Su deseo se estaba desvaneciendo.

En el siguiente rellano, viró bajo el arco del Atlas. Tal vez encontrara otro lugar donde esconderse.

Pero allí, en mitad de la sala, apartando mesas a empujones, estaba Roblón. Van se escondió tras una columna justo en el instante en que Roblón se giraba. En ese mismo momento, algo humeante y alado subió volando por el hueco de la escalera central. Van notó la ráfaga de viento sobre los hombros y se dio la vuelta. Batiendo unas alas enormes sobre el agujero había a una bestia que parecía un cruce de dragón y buitre. El devorasueños soltó una llamarada verde que un instante después se fundió en una lluvia de canicas. Los coleccionistas que estaban en los pisos inferiores de la escalera gritaron al recibir el golpe de las bolas.

Al darse la vuelta, Van se encontró de frente con la mirada negra y afilada de Roblón. Ahogó un grito y salió corriendo bajo el arco y escaleras arriba. Derrapó sobre unas canicas pero se agarró a la baranda para no caerse. Entonces un ala negra y brillante aleteó ante sus ojos.

—¡Aquíííí! —gritó la voz de Lemuel entre la confusión.

Van miró hacia abajo. A dos rellanos vio a Jota mirándole. Sus ojos parecían dos flechas.

Van llegó a la sala de entrada corriendo a todo meter. Aquella estancia nunca le había parecido tan enorme; parecía que el suelo no tenía fin. Esquivó a grupos de coleccionistas y vio a Clavo en el centro de un grupo consternado.

—Puede que ya haya… —estaba diciendo cuando Van pasó junto a ellos corriendo, pero su voz clara y profunda se diluyó entre el ruido.

Tanto Jota como Roblón habían llegado a lo alto de la escalera. Tenían a Van en el punto de mira y estaban cada vez más cerca.

Van se lanzó a por la última escalera, la que llevaba a la oficina y a la salida. Dobló la esquina y… había un montón de coleccionistas mirando hacia abajo. La escalera estaba llena de lado a lado, de arriba abajo, todos ellos armados con barras de hierro y cuerdas pegajosas para capturar a cualquier devorasueños que quisiera escapar.

O a cualquier niño traidor con pijama de franela.

—¡Eh! —oyó que gritaba una coleccionista. Su voz sonaba apagada y muy lejana—. ¿No es ese el niño que...?

No oyó nada más. Porque en ese momento algo le enganchó del brazo y le arrastró hacia atrás, hacia la más completa oscuridad.

25

LA CAÍDA

No oía nada.

No veía nada.

Una oscuridad repentina y absoluta le envolvió como un capullo y su cuerpo exhausto quedó allí dentro. Sabía que estaba en un lugar pequeño porque el aire tenía la calma de un sitio cerrado y también sabía que no estaba solo. Nada más.

Se quedó tan quieto como pudo con la esperanza de que quien fuera que hubiera allí tampoco viera ni oyera nada.

Algo peludo le rozó el cuello. Van dio un brinco y sus hombros chocaron contra la pared de piedra fría.

—¡Eh! ¡Van! ¡Generador de Van de Graaf! —chilló una voz—. ¿Qué haces aquí?

Van hurgó en el bolsillo y sacó de él la linterna. Cuando la encendió, un haz de luz cortó la oscuridad de repente e iluminó a una ardilla plateada y la cara familiar y desesperada de Piedra.

Van le miró los labios.

—Que salir… aquí —decían.

—¡No me digas! —estalló Van—. Eso es lo que intento hacer, pero…

Piedra le tapó la boca con la mano.

—Oídos… partes… —su voz era apenas un murmullo—. Caninos sectarios…

Van se quitó la mano de encima.

—Las escaleras están bloqueadas —dijo con desesperación—. Me persigue Jota. Todo el mundo cree que he liberado a los devorasueños, pero no es verdad. O sea, no lo he hecho querien…

Piedra volvió a taparle la boca de un tortazo y dijo algo que podría haber sido: «¡No!» o «¡Eso lo sé yo!» o «¡Jo!» antes de agarrarle del brazo y tirar de él hacia una oscuridad más densa.

El haz de luz de la linterna rebotaba ante ellos e iba iluminando pequeños puntos de un pasillo estrecho y serpenteante.

La voz de Barnavelt trinó animadamente en su oído.

—Yo conozco los caminos secundarios. Conozco todos los caminos. Los de delante, los de atrás, todos…

—Barnavelt —susurró Van—. ¿Piedra va a entregarme?

—¿A entregarte qué?

—A entregarme a Jota.

—¿Que si Piedra va a entregarte a Jota? —La ardilla parecía confusa—. No creo que pueda.

—Entonces, ¿adónde vamos?

—Arriba —dijo la ardilla.

Habían llegado a una gran escalera negra de caracol. Piedra le arrebató la linterna a Van y enfocó hacia la espiral metálica. Antes de que Van pudiese ver dónde acababa la escalera, Piedra empezó a subir por ella tirando de Van.

La escalera giraba en sentido ascendente en una espiral vertiginosa. Los escalones de metal temblaban bajo sus pies. La barandilla parecía igual de firme que un trozo de hilo dental. Van se esforzaba por no mirar hacia abajo, aunque sabía que solo habría visto oscuridad.

Tras decenas de escalones, Piedra aminoró el paso. Van se aferró a la barandilla, jadeando, mientras ella llegaba a una pequeña plataforma, se guardaba la linterna en uno de sus numerosos bolsillos y abría una puerta.

Un instante después escapó por ella arrastrando a Van tras de sí.

Habían llegado a una gran sala redonda apenas iluminada por luces parpadeantes. Las paredes eran de metal y por el suelo había alfombras gastadas y sillones hundidos. Sobre una tarima, en el centro de la sala, había reunidas varias personas alrededor de la base de lo que parecía un telescopio gigante. Otras personas estaban junto a unas mesas, atareadas con cartas e instrumentos. Nadie pareció percatarse de que Van y Piedra pasaban sigilosamente por allí.

—¿Es esto el Observatorio? —preguntó Van a Barnavelt en un susurro—. ¿Qué hacemos aquí?

—¿Qué? —La ardilla sacudió la cabeza. Después volvió a mirar a Van—. ¡Eh, Van Gogh! ¿Qué haces aquí?

—Eso mismo acabo de preguntarte yo.

Piedra giró la cabeza rápidamente.

—¡Chist! —les hizo callar y señaló delante de ellos, hacia unos peldaños de metal curvos que subían por la pared.

A Van se le encogió el estómago.

Piedra se agarró a los peldaños y empezó a subir. Miró atrás y le hizo a Van un gesto con la cabeza para que la siguiera.

—Muy bien —susurró él para sí mismo—. Vamos allá.

—¡Viva! —jaleó la ardilla—. ¡Vamos allá! ¡Nos vamos! ¡Vámonos!

Los peldaños eran firmes y estaban fríos, pero las manos sudorosas de Van los dejaron calientes y resbaladizos en un santiamén. Las suelas finas de sus zapatillas se doblaban alrededor de los barrotes y eso le causaba dolor y le hacía tambalearse. Aún no se veía el final de la escalera. Van clavó la mirada en la pared que veía entre barrote y barrote, intentando no pensar en cuánta le quedaba aún por recorrer ni en cuánta iba menguando bajo sus pies.

—¡Buen ascenso! —animaba Barnavelt—. ¡Ya casi hemos llegado!

—¿De verdad? —preguntó Van con voz entrecortada.

—No, la verdad es que no —respondió la ardilla acercándosele al oído y reduciendo su voz a un susurro—. Y tampoco subes muy bien que digamos.

Continuaron subiendo más y más alto.

A Van le dolían los brazos, le quemaban las manos y, después de haber soportado su peso subiendo todos aquellos barrotes de metal, notaba los pies como si les hubieran clavado herraduras.

Entonces notó que algo le hacía ondear las puntas del pelo y miró hacia arriba. A unos pocos peldaños, Piedra había abierto una trampilla que había en la pared de metal. A través de ella, Van veía un trozo de cielo púrpura salpicado de estrellas.

—¡Ya casi estamos! —chilló Barnavelt dando saltos sobre el hombro de Van—. ¡Y esta vez de verdad!

El dobladillo del abrigo de Piedra desapareció por el borde de la trampilla. Un instante después, sacó la cara por la abertura y dijo algo que Van no pudo oír.

La sangre le palpitaba en los oídos. Subió los últimos peldaños y sacó la cabeza al aire de la noche.

Estaban en un lugar elevado, pero que muy elevado. El aire era poco denso, tejido con hilos de fuerte viento. Le golpeó una racha y se agarró fuerte a los barrotes de la escalera.

Piedra le tendió la mano. De mala gana, Van se soltó del peldaño para agarrarla y Piedra medio le ayudó a salir por la trampilla medio le arrastró. Estaban sobre una pequeña plataforma. Van se soltó de Piedra para cogerse a la barandilla que había al borde de la plataforma. Cuando hubo acabado, miró a su alrededor.

La ciudad entera se extendía a sus pies.

Van observó los tejados de los edificios altos, las líneas de luz de las calles que se entrelazaban, los destellos diminutos de los coches que se movían. Algunos rascacielos se elevaban por encima de la plataforma en la que se encontraban ellos y arponeaban el cielo violeta con sus puntas afiladas. Lentamente, Van se giró y vio que Piedra y él estaban en lo alto de una torre de agua, uno de esos enormes tanques redondos acabados en punta que se alzaban sobre los edificios más antiguos de la ciudad. De repente tenía lógica que la sala del Observatorio fuera redonda y tuviera las paredes metálicas. Qué lugar tan perfecto para esconderse y mirar las estrellas. El cielo parecía estar tan cerca que Van podría haber estirado el brazo para tocarlo con los dedos; bueno, eso si no hubiera tenido tanto miedo de soltarse de la barandilla.

—¡Y ahora, para abajo! —trinó Barnavelt, y saltó del hombro de Van al de Piedra.

—¿Para abajo? —repitió Van mientras se asomaba por la barandilla.

Allí, en el exterior de la torre de agua, había otros peldaños de metal.

A Van empezó a revolvérsele el estómago.

Piedra pasó una pierna por encima de la barandilla. Sopló una ráfaga de aire y la niña se detuvo para mantener el equilibrio. Después se agachó y colocó los pies sobre los peldaños. Antes de que Van tuviera tiempo de hablar, Piedra ya había desaparecido de su vista.

Van titubeó. Volvió a mirar el cielo, como si fuera a aparecer volando un práctico trineo de plástico para recogerle. Pero no había trineo, solo el enorme cielo nocturno de color púrpura, la gigantesca ciudad centelleante y la guarida oculta llena de coleccionistas furiosos que le esperaban abajo, como un avispero.

No tenía opción.

Pasó una pierna por encima de la barandilla, como había hecho Piedra. Él no llegaba a los peldaños, así que tuvo que mantener el tronco en equilibrio sobre la barandilla y avanzar de lado muy lentamente, hasta tocar una superficie sólida con los pies. Después pasó la otra pierna. Ahora estaba agarrado a la parte exterior de un saliente mínimo y nada salvo el fuerte aire de la noche le separaba de la ciudad, tan lejana allá abajo.

Poco a poco, sin soltar la barandilla, Van se agachó y aseguró primero la mano derecha y después la izquierda alrededor del peldaño superior. De repente sopló una ráfaga de viento que le empujó a un lado y Van soltó un alarido. Los brazos se le pusieron rígidos. Después de lo que le parecieron siglos, el viento amainó y Van arrastró los pies hacia abajo en la oscuridad, hacia el peldaño que le esperaba.

«No pienses en los peldaños que quedan —se dijo—. No pienses en lo lejos que estás del suelo. Tú baja de uno en uno. Con calma, con valentía, como SuperVan.»

Claro está que SuperVan podría haber bajado volando.

«Tampoco pienses en eso.»

Los peldaños de metal estaban muy fríos y resbaladizos a causa de la condensación. Ni las manos sudorosas de Van podían calentarlos. Se aferraba a cada barrote tan fuerte que le brillaban los nudillos a través de la piel. El dolor de los pies aumentó a entumecimiento acorchado. Se daba cuenta de que había alcanzado otro peldaño solo por la presión que notaba en las espinillas.

Bajó otro escalón, y otro, y otro más.

Avanzaba tan despacio que tardaría toda la vida en llegar abajo, pero estaba demasiado aterrado para ir más rápido.

Lanzó una miradita hacia abajo.

Piedra estaba muchos peldaños más abajo, tan lejos que apenas le veía la cara en la penumbra. El viento azotaba su gran abrigo. Bajo ella se extendía un mundo de árboles y edificios en miniatura y cochecitos de juguete. Todo era tan pequeño que parecía de mentira, como el decorado de una maqueta enorme.

Van bajó otro peldaño. Nunca iba a llegar abajo. Para empezar, apenas recordaba cómo se había metido en todo aquello. Llevaba una eternidad atascado en las alturas, aferrado a una escalera vertical y allí se quedaría porque no había manera alguna de bajar de una sola pieza.

Estaba perdido.

Se le bloquearon las rodillas y le invadió el pánico, un pánico que le salía del estómago, le llenaba la boca y le provocaba un cortocircuito en el cerebro. Por un largo momento vacío, Van se quedó allí colgado, con los ojos cerrados y el viento azotándole el pelo.

De pronto, otra cosa le rozó la cara. Van levantó la mirada y vio un pájaro negro brillante planeando a su lado. Después el ave se posó en el peldaño de arriba sin dejar de mirar a Van, atravesándole con la mirada como si de dos alfileres se tratara.

Era Lemuel.

Van ahogó un grito. El pájaro se elevó.

—¡Está aquííí! —le oyó graznar Van mientras viraba hacia arriba y desaparecía de su vista—. ¡Aquííííííí!

Van se obligó a avanzar de nuevo. Sus manos sudorosas no atinaban con los peldaños. Miró hacia arriba pero no vio ni rastro de Jota ni de los demás guardias bajando la escalera, al menos no todavía.

Miró hacia abajo: aún le quedaba mucho para llegar al suelo. Y, mientras estaba mirando, le patinó la zapatilla y se le fue el talón hacia atrás. En una milésima de segundo, estaba colgando de la escalera agarrado tan solo con una mano helada y exhausta.

Por un instante se quedó allí colgando, con el viento pegado al pijama como unos dientes hambrientos. Cerró la mano tan fuerte como pudo, pero todos los músculos de su cuerpo estaban a punto de rendirse. Notó que se le aflojaba el codo, después la muñeca y después, uno a uno, todos los dedos congelados.

Y entonces ya no quedó nada.

Y Van cayó.

En la caída libre, vio pasar la cara de Piedra, horrorizada, y al pequeño Barnavelt sobre su hombro, con los ojos muy abiertos, y después los dos se fueron alejando hacia arriba mientras él continuaba cayendo más y más.

No dio contra el tejado del edificio de abajo de milagro. Van no sabía si eso era bueno o malo, si el impacto le habría matado o no, aunque en el fondo tanto daba. Continuaba cayendo y ahora el muro de piedra del edificio pasaba junto a él a toda velocidad, y supo que el impacto solo se había retrasado.

De repente todo se ralentizó. Su cuerpo se dio la vuelta entre braceos y patadas. Van vio volar una de sus zapatillas en la oscuridad. El aire se volvió denso como el agua y Van notó que oponía resistencia a su caída y que cada vez se hacía más cálido, húmedo y lleno de rocío…

Un resplandor lo iluminó todo y una cosa grandísima, con unas alas que ocupaban casi la calle entera, se tiró en picado tras él.

Van se encogió pero en medio del aire no había refugio alguno y aquella cosa avanzaba hacia él a la velocidad de un cometa. Por un segundo se preguntó si no sería un cometa de verdad, pero entonces vio que le envolvían dos grandes garras humeantes.

El viento soplaba en todas direcciones a la vez. Van era incapaz de saber si estaba cayendo o volando, o si era el batir de las enormes alas de la criatura lo que le sacaba el aire de los pulmones. Con mirada borrosa levantó la vista y vio un cuerpo como de león con cara de murciélago, alas curtidas y una cola de látigo que parecía llegar hasta la otra punta de la manzana.

Era un devorasueños, un devorasueños enorme.

Se precipitó hacia la acera y Van cerró los ojos, preparándose para el impacto.

Pero el impacto no llegó.

Su cuerpo golpeó contra algo firme pero elástico, algo que le hizo rebotar hacia arriba, como un gimnasta en un trampolín. Abrió los ojos justo a tiempo de ver al devorasueños elevarse sobre él hasta que su cola se desvaneció en la distancia. Cuando el cuerpo de Van llegó al punto más alto del rebote, volvió a caer suavemente hasta llegar a un trozo de tela a rayas que se hinchó a su alrededor. Después empezó a rodar por la lona de un toldo hasta caer en un macetero de petunias.

Van se quedó allí un buen rato. Nada —ni la cama de la habitación de invitados de los Grey, ni la cama extragrande con tropecientasmil almohadas en la que había dormido en aquel hotel de Covent Garden en Londres, ni su cama con sábanas de naves espaciales— le había parecido nunca tan cómodo como aquel macetero de petunias.

El corazón retronaba incesantemente en su pecho.

Miró hacia el pedazo de cielo púrpura que se veía entre los imponentes edificios. Ahora le parecía muy, muy lejano...

... hasta que apareció en sus narices la cara de una ardilla que le miraba muy, muy de cerca.

—¡Es Vanderbilt! —aclamó Barnavelt—. ¡Está vivo!

Sobre los hombritos de Barnavelt apareció la cara de Piedra. Incluso en la penumbra, Van veía que tenía la cara roja y estaba sin aliento, como si acabara de bajar corriendo varios tramos de escaleras de incendios.

—¡Ha sido un devorasueños! —exclamó Van antes de que Piedra dijera nada—. ¡Me ha salvado!

Piedra sacó la mano del bolsillo y le enseñó las dos mitades de un hueso de los deseos roto.

—Ya lo sé.

26

DESEOS DESAGRADABLES

Van ahogó una exclamación.

—¿De dónde lo has sacado?

Le costaba verle los labios a Piedra siendo de noche.

—Elevador... caso...

—¿Qué?

—Ha dicho: «Lo llevo encima por si acaso» —dijo Barnavelt con voz aguda.

Piedra cogió a Van de las manos y tiró de él para sacarlo del macetero. Van se balanceó y salió a la acera. Notaba las rodillas flojas, pero en el resto del cuerpo sentía un alivio y una alegría tales que podría haberse evaporado en mil burbujas.

Piedra miró a ambos lados para examinar la calle casi desierta. Después, aún cogiéndoles del brazo, empezó a correr.

—¿Y ahora adónde vamos? —preguntó Van mientras Barnavelt trepaba a toda mecha por su pijama y se colocaba junto a su oreja.

Si Piedra le contestó, Van no lo oyó ni lo vio.

—Huele a dónuts —dijo Barnavelt distraídamente—. ¿Oléis a dónuts?

La verdad era que Van sí que olía a dónuts y al cabo de un momento se dio cuenta de por qué. A su derecha, esparcidos por la escalera de entrada de un edificio, había decenas y decenas de dónuts. Y mientras Van miraba iban cayendo más dónuts. Parecían caer directamente del cielo como granizo glaseado y con fideos de azúcar.

—Pero ¿qué…? —empezó a decir Van, pero encontró la respuesta.

Claro. Los devorasueños. ¿Cuántos deseos de la Colección se habían comido y hecho cumplir? ¿Cuánta magia más habían hecho? ¿Cuántos de ellos andaban sueltos?

Van aún estaba viendo cómo un dónut espolvoreado con fideos de azúcar rebotaba sobre una barandilla cuando pasó al galope una manada de caballos de color crema. Van se giró a verlos correr calle abajo, con sus crines y sus colas al viento, hasta que desaparecieron entre los edificios.

Piedra le lanzó una mirada por encima del hombro.

—Ha dicho: «¿Ves?» —le chilló la ardilla al oído—. La gente pide tonterías.

Piedra siguió tirando de él con más fuerza, doblando esquinas, por manzanas cada vez más arboladas y tranquilas, hasta que se encontraron corriendo por una calle conocida.

En aquel momento, en la cabeza de Van chocaron varios pensamientos.

Piedra había pedido un deseo. Siempre había parecido estar terminantemente en contra de pedir deseos pero quizás solo estuviera en contra de ello cuando se pedían «tonterías», no en caso de emergencias de vida o muerte. Quizás pensara que los riesgos de pedir deseos no la incumbían a ella. O quizás allí pasaba algo más, pensó Van mientras la veía correr delante de él en dirección a la casa blanca del señor Falborg.

Piedra pasó de largo del camino de entrada que conducía a la puerta azul. Arrastró a Van a través de los setos perfectamente podados y giró por un estrecho camino lateral que discurría entre altas paredes de arbustos. Por encima de los setos, Van veía las ventanas de la casa del señor Falborg mirándolos como ojos negros y huecos. Cuando llegaron a un macetero lleno de parras, Piedra volvió a girar y tiró de Van a través de un hueco que había en otro seto, abrió una reja de hierro forjado y entró en un gran jardín tapiado que estaba a nivel más bajo.

El jardín del señor Falborg era tan grande y bonito como su casa. Había plantas en flor que trepaban por las paredes de ladrillo, estatuas sobre pedestales iluminadas por la luz de la luna, árboles robustos cargados de frutos o de flores que agitaban sus ramas al ritmo de la brisa. En medio del jardín había una gran fuente de piedra. Las perlas de agua caían de pileta en pileta antes de llegar a un estanque lleno de nenúfares. Van vio aletas de tonos melocotón avanzando entre las sombras.

Y sentado en un banquito junto al estanque, con su traje blanco reluciente en la oscuridad, estaba el señor Falborg. No pareció sorprenderse de ver entrar en su jardín a una niña con un abrigo demasiado grande, a un niño en pijama y a una ardilla plateada de ojos desorbitados. De hecho, parecía encantado. O incluso aliviado.

El señor Falborg se puso de pie.

—Ah, ya estáis aquí —le vio decir Van. Pero había poca luz y demasiado ruido, entre la brisa, la fuente y su propia respiración ronca, como para pillar más.

Finalmente, Piedra le soltó del brazo y se dirigió hacia el señor Falborg hablando deprisa. Van solo oyó un montón de sonidos que caían unos encima de otros, como las gotas de la fuente, y miró hacia el agua.

Y entonces lo vio. Tras la fuente, detrás de unos árboles, había una cosa humeante, plateada y muy, muy grande enroscada en la oscuridad. Van vio también unos ojos muy abiertos, unas orejas rizadas y unos dientes puntiagudos de más de un palmo.

Las ramas de un arce se agitaron y Van levantó la vista. En las ramas había algo de alas curtidas y larga cola de látigo. Su cuerpo era casi tan grande como el mismo árbol.

Miró a los rincones. Allí había más caras, más garras humeantes, más dientes, más ojos enormes y neblinosos, y todos miraban ansiosamente hacia la fuente.

A Van se le secó la boca.

Miró a Piedra y al señor Falborg. Era incapaz de decir si estaban discutiendo o simplemente hablando, pero de momento le parecía que hablaban de él. El señor Falborg hizo un gesto en dirección a Van y después levantó la vista, tal vez a la espera de que Van respondiera.

—¿Qué ha dicho? —susurró Van a la ardilla.

—Ha dicho: ¿verdad? —respondió Barnavelt.

—¿Verdad qué?

Barnavelt parpadeó.

—¿Qué de qué?

—... no nos oye —le pareció que decía Piedra.

El señor Falborg levantó las cejas. Después se llevó la mano al bolsillo del chaleco y sacó un puñado de monedas relucientes.

Las devorasueños escondidos estiraron el cuello. Van notaba en el aire su apetito intenso y punzante.

El señor Falborg dijo algo a Piedra y volvió a hacer un gesto hacia Van. Piedra lanzó una mirada de pánico también en dirección a él.

—¿Y ahora qué ha dicho? —preguntó Van a la ardilla.

—Ha dicho: «Un deseo noble» —repitió la ardilla—. ¿Por qué no arreglamos ese problema de una vez por todas?

El señor Falborg ya tenía la moneda de plata sobre la pila de la fuente.

No nos oye. Ese problema. De una vez por todas.

De repente, Van se dio cuenta de todo.

Pensó en el desagradable caos de sonidos fortísimos que le había bloqueado los oídos toda la noche, en todas las veces que había querido llevarse las manos a los oídos y sacarse todos aquellos sonidos de dentro, sin poder hacerlo.

No lo quería. No de una vez por todas.

—¡No! —gritó Van.

Corrió hacia el señor Falborg para intentar quitarle la moneda de la mano pero el anciano levantó la mano fuera de su alcance.

—¡No desee eso! —gritó Van—. ¡No quiero eso!

El señor Falborg le miró con sorpresa.

—Bueno... algunos... mejor... ardilla traductora... —Y después, demasiado rápido para que Van pudiera evitarlo, el señor Falborg lanzó la moneda a la fuente.

Van notó que su corazón repetía el camino de la moneda, latiendo más alto primero y cayendo más y más después.

La moneda cayó en la fuente y Piedra se lanzó tras ella pero una criatura enorme de muchas patas había aparecido de entre las sombras y ya se había lanzado al agua. Van vio una chispa de luz parpadear antes de desvanecerse en la boca de la criatura.

El aire se llenó de neblina y una brisa procedente de todas direcciones golpeó a Van, obligándole a sacar todo el aire de los pulmones y a cerrar los ojos.

Cuando volvió a abrirlos, la brisa se había aplacado, la fuente relucía y la criatura humeante, aún más grande que antes, merodeaba junto a la fuente. Y Van tenía una cosa en la mano. Bajó la vista y la miró: eran sus audífonos.

El niño respiró aliviado. Notaba cómo el aire entraba y salía de sus pulmones, pero no lo oía. Veía cómo las hojas susurraban y la fuente chorreaba, pero tampoco lo oía. Seguía siendo él.

Van miró al señor Falborg. El hombre del traje blanco le miró también, expectante, como si esperara que Van le diera las gracias. Pero Van no sentía agradecimiento, sino todo lo contrario. Se colocó los audífonos mientras fulminaba al señor Falborg con la mirada.

—Solo intentaba ayudarte —dijo con voz suave el señor Falborg cuando Van hubo acabado.

—¡Pues no me ha AYUDADO! —explotó Van—. ¡Yo no le he pedido que me ayude! ¡Y tampoco me ha preguntado qué quería! ¡AYXXX! —gritó tan fuerte que la ardilla dio un brinco en su hombro—. ¡¿Por qué todo el mundo se cree que quiero oír como oyen ellos?!

Piedra, de brazos cruzados, miraba fijamente al señor Falborg.

—La gente siempre cree que todo el mundo quiere ser como ellos.

—O simplemente quiere lo mejor para todos —dijo el señor Falborg. Abrió los dedos en abanico y las monedas que tenía en la mano destellearon. Aquel gesto escondía algo duro y afilado, algo que parecía una amenaza.

Entonces, en una sacudida clara y afilada como cristal hecho añicos, Van se dio cuenta de otra cosa: había sido el señor Falborg quien había pedido el deseo. Había sido el señor Falborg quien había tomado el mando de sus manos y pies para hacerle abrir las celdas de los devorasueños, quien le había hecho sentirse mal, fuera de control e impotente ante su propio cuerpo. Después había atraído a los devorasueños hasta allí, pese al peligro que eso suponía para Van, Piedra y todos los demás, igual que guardaba a los demás devorasueños en cajitas y se decía que lo hacía por su propio bien. El señor Falborg no ayudaba a los demás por bondad, sino porque creía que él sabía más que los demás.

—Ha sido usted —dijo Van adelantándose—. Usted ha deseado que yo liberara a los devorasueños. Me ha hecho hacer cosas que yo no habría hecho nunca.

El señor Falborg le miró y sacudió la cabeza con tranquilidad.

—Ya te expliqué lo que los deseos no pueden hacer —dijo, levantando la mano con la lista entre los dedos—. No pueden controlar a los devorasueños, ni pueden matar o causar un daño directo, ni devolver la vida a las cosas, ni parar o alterar el tiempo, y tampoco pueden obligar a nadie a hacer algo que esa persona no haría nunca. —Miraba a Van fijamente a los ojos—. Pero tú querías liberar a los devorasueños. En el fondo querías que fueran libres, sobre todo tu amiguito, ¿verdad que sí?

—Bueno... ¡sí! ¡Claro que sí! —farfulló Van—. Pero no habría... ¡yo sabía que no era correcto!

—¿Estás seguro? —preguntó el señor Falborg.

Se levantó una ráfaga de viento en el jardín. Van volvió a mirar a su alrededor, hacia las bestias monstruosas que resplandecían entre las sombras. Le pareció reconocer un par de ojos del tamaño de dos platos de postre.

—Usted sabía que yo querría liberar a Lemmy —dijo Van lentamente—. Por eso me lo dio. Me utilizó para que entrara en el Retén y después... —Miró las monedas que el señor Falborg tenía en la mano—. Los atrajo a todos hacia aquí. No quiere que sean libres: los quiere para usted.

El señor Falborg suspiró y ladeó la cabeza hacia un lado. Parecía decepcionado.

—No solo para mí.

—Tío Ivor —dijo Piedra alto y claro—. Tú crees que hacer cosas malas por buenos motivos las hace correctas, pero no es así. —Hizo el gesto de lanzar algo con la mano y el círculo de criaturas humeantes, que les observaba, se puso expectante—. No puedes controlarlos.

—¿Controlarlos? —repitió el señor Falborg—. ¿Por qué iba a querer controlarlos?

A Piedra parecía como si le acabaran de preguntar por qué no podían dormir en medio de la calle.

—¡Porque son peligrosos!

—Son poderosos, que no es lo mismo —dijo el señor

Falborg con una sonrisa compasiva—. Tú crees que entiendes lo que pasa, pero eres muy joven y eres una pequeña pieza de un gran puzle. A veces hay gente, mayor y más sabia, que sabe cómo resolver ese puzle. —Movió las monedas que sostenía y las criaturas se movieron como una jauría de lobos hambrientos—. Por eso voy a llevarme mis colecciones lejos de aquí.

—¿Qué? —dijo Piedra con voz tan débil y ahogada que Van apenas pudo oírla—. ¿Adónde vas?

—Ah —dijo el señor Falborg con una sonrisa aún más grande—. No puedo decírtelo, ¿verdad? No mientras nos observan.

Van volvió a mirar los límites del jardín. Esta vez, detrás de los devorasueños hambrientos que había escondidos, se percató de la presencia de decenas de ojitos brillantes: murciélagos, arañas, pájaros, ratas, todos ellos recopilando secretos.

El señor Falborg miró a Van y el niño se dio cuenta de que él y Barnavelt también eran vigilantes.

El señor Falborg se dirigió de nuevo a Piedra.

—Ya es hora de que vuelvas a casa —dijo—. Con tu auténtica familia. —Levantó una moneda plateada que sujetaba entre el índice y el pulgar—. Quiero que vengas conmigo, Petra.

—¿La acaba de llamar Petra? —preguntó Van a Barnavelt.

Pero, por una vez, Barnavelt estaba del todo centrado en la situación que tenía delante. Estaba tan inclinado hacia Piedra como podía sin caerse y le temblaban los bigotes.

—Deseo que mi niña, Petra Falborg, deje a los coleccionistas y venga conmigo —dijo el señor Falborg—. Y deseo que me ayude a cuidar de estas criaturas, a mantenerlas a salvo de cualquiera que quiera quitárnoslas.

El señor Falborg lanzó dos monedas a la fuente. Esta vez, Piedra ni siquiera intentó detenerle. Se quedó observando sin más cómo las monedas caían al agua una detrás de otra.

Y Van la observaba a ella, incapaz de descifrar su expresión. ¿Qué quería Piedra en realidad? Van ya no sabía qué creer. Ni siquiera le había dicho su verdadero nombre. ¿Había algo de lo que le había dicho, incluido aquello de que quería ser su amiga, que fuera verdad?

A Van le dolía el pecho.

Antes de que pudiera preguntarse más cosas, de la oscuridad salieron dos criaturas, la de las alas curtidas y otra con rasgos de simio y cuerpo de caballo. Ambas se tiraron al agua brillante y al instante se hicieron aún más grandes. La del cuerpo de caballo se alejó repicando fuerte con sus enormes cascos y la otra desplegó las alas y alzó el vuelo, y su cuerpo neblinoso era tan grande que por un momento tapó la mitad del cielo que se veía.

El aire se llenó de rocío y se limpió una vez más.

Piedra se quedó quieta un momento. Parecía alguien que estuviera de pie delante de una puerta con algo muy frío al otro lado. Después dio un pasito adelante. Y otro. Y otro más.

—¿Piedra? —chilló Barnavelt.

Piedra no se detuvo.

El señor Falborg tendió la mano y Piedra se la cogió.

—Lo sabía —dijo el señor Falborg—. Sabía que en el fondo querías volver a estar de mi lado. —Envolvió a Piedra en un largo abrazo. Era difícil estar seguro en la penumbra pero a Van le pareció ver llorar al señor Falborg. Piedra miraba hacia el otro lado.

Finalmente, el señor Falborg miró a Van con ojos brillantes.

—Lamento los problemas que te hemos causado, Maestro Markson —dijo—. Es una lástima que tenga que afectarte de esta manera. Pero lo que has hecho ha cambiado muchas vidas a mejor. Las pérdidas no son verdaderas pérdidas si contribuyen a un bien mayor, ¿no te parece?

Van intentó extraer el significado de las palabras del señor Falborg. ¿Le había oído bien? ¿Cuáles eran las pérdidas? ¿Se estaba disculpando por haber controlado a Van o aún había algo más?

—A veces tenemos que hacer cambios —decía el señor Falborg—. Sacrificios. Abandonamos una cosa preciosa para conseguir otra, o muchas otras. —Hizo un gesto abarcando a las criaturas acechantes—. Y, ciertamente, es la única solución. Tú no eres uno de ellos y tampoco eres uno de nosotros. Sin embargo, sabes demasiado para que cualquiera de los dos lados te deje ir. —Sonrió a Van—. Lo entiendes.

—Yo... —dijo Van—. ¿El qué?

Van miró a Barnavelt. La ardilla aún temblaba sobre su hombro y no dejaba de mirar a Piedra.

—¿Piedra? —susurró.

—Te expreso mis más profundas disculpas —dijo el señor Falborg con ojos arrugados, encantadores y cálidos—. Gracias, Van Markson.

Una moneda trazó un arco en el aire y Van notó que

él mismo caía en picado con ella, como si se precipitara desde la pileta más alta de la fuente, y a cada instante estaba más seguro de que no había nada que pudiera hacer para evitarlo.

Aturdido, vio cómo Piedra se tambaleaba hacia delante y su boca formaba la palabra NO. Pero la moneda ya había tocado el agua. De entre las sombras salió culebreando algo, una cosa que parecía una anguila de dos piscinas de largo, y engulló el destello de luz.

Van no tuvo tiempo de moverse, ni de luchar, ni de gritar cuando la anguila, que estaba aumentando de tamaño, sacó la cabeza de la fuente y cerró su mandíbula humeante ante él.

Van se elevó en el aire. Barnavelt se cayó de su hombro y la zapatilla que le quedaba salió volando. Acto seguido Van sobrevolaba la ciudad a una velocidad tal que las farolas se veían como cintas brillantes y los edificios no eran más que una larga nebulosa de ladrillos. Después todo se hizo oscuridad. Era una oscuridad densa y pegajosa, una oscuridad tan espesa que Van no se veía las manos al moverlas ante la cara.

De repente, la fuerza que le había transportado se retiró y Van cayó sobre una superficie sólida. Tropezó hacia delante y se agarró con las dos manos. Cuando levantó la mirada, la criatura con forma de anguila ya se alejaba serpenteando con su cuerpo borroso como un fantasma.

Van se agachó un momento, respirando fuerte. El aire olía a polvo y metal. Por encima del tamborileo de su propio pulso era incapaz de oír nada.

¿Dónde estaba? ¿Estaba muerto?

No. El señor Falborg había dicho que los deseos no podían matar a nadie.

Se levantó lentamente. Estaba en un lugar cerrado, bajo tierra, un lugar construido por el hombre. ¿Podía ser que estuviera dentro de la Colección?

De lejos notaba un leve movimiento de aire. Después, gradualmente, el movimiento se fue haciendo más fuerte. La superficie bajo sus pies empezó a temblar.

Van se dio la vuelta. Otra anguila monstruosa iba directa hacia él. Esta era de metal y tenía faros en vez de ojos. Su cuerpo estaba dividido en vagones que corrían y se bamboleaban. Corría a toda velocidad hacia él y rugía tan fuerte que Van lo notaba en los dientes.

De pronto tuvo un baño de realidad. No estaba en la Colección, sino en un túnel de tren subterráneo. Estaba sobre las vías. Estaba bajo tierra. No había ningún andén a la vista y el más cercano podía estar a kilómetros. El tren se acercaba a toda velocidad y no había ningún espacio seguro adonde escapar, ni tiempo para correr.

Con todo, el señor Falborg había dicho la verdad. Él deseo no le mataría, no directamente.

Ya se encargaría de ello el tren.

27

EL SEGUNDO TREN

Van cerró los ojos. Así al menos no tendría que ver el resplandor de aquellos faros acercándose. No vería el flash antes de la oscuridad, cuando todo se apagara.

Pensó en su madre, en su sonrisa, en sus manos suaves, y deseó poder verla una vez más, sentir cómo lo envolvía en un último abrazo de aroma de azucena. Pero su madre estaba lejos, en casa de los Grey, con la pierna enyesada y sin tener ni idea de que Van no estaba en la habitación de invitados del piso de arriba. No iba a venir a buscarle.

Van no había tenido intención de herirla, pero había sucedido, indirectamente. Sus elecciones, sus deseos, lo habían desencadenado todo. Dentro del pecho tenía un lamento doloroso. Aquello de los deseos era demasiado: demasiado grande, demasiado salvaje, demasiado lleno de posibilidades, demasiado amplio para controlarlo.

No estaba seguro de que los coleccionistas tuvieran razón en lo de eliminar a los devorasueños para siempre. Pero sí que la tenían sobre los riesgos que entrañaba su magia, una magia que podía destruir a alguien con solo lanzar una moneda a una fuente o romper un hueso de los deseos. Nadie, por muy inteligente o amable que pareciera, debía tener un poder como aquel sobre los demás.

Las luces del tren le iluminaron. El brillo penetró a través de sus párpados cerrados.

En motor rugió. Los frenos rechinaron.

El tren lo golpeó con una dulzura increíble y lo levantó del suelo. Van se sintió extrañamente a salvo, sostenido por su velocidad y tamaño, a gran velocidad a través de la oscuridad absoluta, con el viento aceitoso haciéndole ondear el pelo.

La luz aumentó a su alrededor. Se le metía a presión en los ojos cerrados, cada vez más brillante, y Van se preguntó si aquélla era la luz que esperaba al final del largo túnel de la muerte. Abrió los ojos un poquitín para ver que aquella luz era eléctrica y venía con carteles indicadores, con grafitis y con anuncios de champú y teléfonos móviles.

Estaba pasando por una estación. Y lo que lo llevaba para nada era un tren.

Era una criatura hecha de niebla y rocío. Tenía las orejas rizadas, los dedos blandos y nudosos y unos enormes ojos redondos de lémur.

—¿Lemmy? —dijo Van.

De repente, el devorasueños viró para alejarse de las vías y se elevó sobre el andén desierto. Justo detrás de él, el auténtico tren avanzó chirriando hacia el siguiente túnel y desapareció de la vista.

Lemmy sobrevoló las taquillas y un tramo de escaleras de cemento y salió al cielo del amanecer. Sostenía a

Van contra su pecho neblinoso. Bajo ellos, las calles iban menguando. Subieron más y más, por encima de los tejados de los edificios, por encima de los jardines de los tejados, pasaron filas y filas de ventanas que brillaban con el primer sol del amanecer. Lemmy agarraba a Van con fuerza.

Para Van, era como si lo llevara un pedazo grueso de neblina. El cuerpo del devorasueños estaba fresco, casi frío, y era tan fino como el algodón de azúcar. A través de él, Van veía el suelo. A cualquiera que no hubiese recorrido la ciudad en un trineo de plástico, aquello le habría dado miedo. Pero Van no tenía miedo. De hecho, hacía mucho tiempo que no se sentía tan seguro.

Lemmy trazó un arco descendente sobre un parque y pasó silbando sobre las copas de los árboles, que golpearon a Van en las piernas. Después Lemmy volvió a subir y pasó por encima de manzanas de casas adormiladas y callejones adoquinados, y finalmente, con la suavidad de una semilla de álamo, descendió sobre el borde de un tejado conocido.

Van miró abajo. Estaban encima del jardín trasero de los Grey. La ventana de la habitación de invitados roja continuaba abierta.

Las manos neblinosas de Lemmy le soltaron y Van se afianzó sobre la cornisa. Después levantó la vista hacia los ojos de Lemmy, que eran del tamaño de platos llanos.

—¿Quién ha pedido el deseo de que me salvaras? —preguntó Van—. ¿Ha sido Piedra?

La criatura ladeó la cabeza y estiró las orejas hacia delante.

—¿Le robó una moneda al señor Falborg? —insistió

Van—. ¿O sabía alguien más que yo tenía problemas? ¿Ha sido Barnavelt? ¿Las criaturas pueden pedir deseos?

Lemmy parpadeó.

—¿Quién ha sido? —repitió Van—. ¿Quién ha deseado que me salvaras?

El devorasueños volvió a mirarle, levantó una mano de dedos nudosos y se dio unos golpecitos en el pecho.

—¿Tú? —susurró Van.

Lemmy volvió a mirarle.

—Los coleccionistas dijeron... dijeron que todos acabáis siendo peligrosos. Que si os hacéis demasiado grandes y poderosos... cambiáis. —Alargó el brazo para tocarle el brazo mullido a Lemmy—. Pero tú no pareces peligroso. Te has hecho más grande, pero... sigues siendo tú.

Lemmy le tocó el hombro con una mano ligera como un aliento.

—Gracias —dijo Van—. Gracias, Lemmy.

La boca del devorasueños dibujó una sonrisa. Después la criatura alzó el vuelo con suavidad y se quedó suspendido en el aire un momento delante de Van antes de batir las alas y elevarse moviendo su larga cola tras él, y desapareció de la vista. El niño se quedó allí un buen rato mirando el cielo.

Después entró por la ventana abierta y la cerró tras él. De pura costumbre, comprobó los rincones en busca de arañas y miró bajo la cama y dentro del armario.

¿Estarían buscándole aún Jota y los guardias? ¿Se habrían enterado los coleccionistas de lo que había ocurrido con Piedra y el señor Falborg? ¿Sabía ya todo el mundo la verdad?

La verdad. Aquella palabra le heló la sangre.

¿Había alguien que supiera la verdad?

Si Piedra realmente había querido volver con el señor Falborg, entonces ¿había manipulado a Van todo el tiempo? ¿O acaso ahora estaba engañando al señor Falborg al irse con él? ¿De qué lado estaba en realidad? O quizás... ¿podía ser que uno llegara a entender una cosa lo bastante bien como para no ponerse de ningún lado?

Van se volvió hacia la ventana. Por fin había salido el sol por el horizonte. El cielo de la ciudad empezaba a adquirir un tono dorado con toques melocotón y había volutas de nubes aquí y allá. El sol iba iluminando la ciudad, calle tras calle, casa tras casa, todas ellas llenas de secretos acumulados. De pie en aquella habitación tranquila, a Van el mundo le parecía más grande que nunca antes. Finalmente se alejó de la ventana y subió a la cama, grande y blandita. Se quitó los audífonos y enterró la cara en las mullidas almohadas blancas. Ni de tirar de las mantas tuvo tiempo: se durmió antes.

28

ENTRE LA ESPADA Y LA PARED (Y CHUCK)

Aquella mañana, en casa de los Grey todos durmieron hasta tarde.

La madre de Van y el señor Grey, que se habían quedado levantados hasta muy tarde hablando y riendo, se levantaron casi a mediodía, la madre de Van en el sofá del estudio del piso de abajo y el señor Grey en su habitación del piso superior. La puerta de Peter estuvo cerrada hasta pasada la hora de comer. Y Van durmió como un tronco caído sobre una cama *queen size*.

Cuando se despertó, la habitación estaba llena de la luz del sol. Tardó unos segundos en recordar dónde estaba y recorrer mentalmente los giros de la larga, larguísima noche anterior: Lemmy, que estaba enorme; el tren aproximándose; Piedra y el señor Falborg, los devorasueños sueltos, las bestias del Retén.

Todo aquello hacía que notara la cabeza como un vaso a punto de rebosar.

Bajó de la cama, se puso unos pantalones y una camisa, se ajustó los audífonos y bajó la escalera corriendo.

En la cocina aún olía a café. Emma levantó la vista del libro que leía y sonrió al ver entrar a Van.

—Buenos días —dijo—. O buenas tardes, más bien. ¿Quieres que te prepare algo de almorzar?

—¿Puedo tomar solo un bol de cereales? —preguntó Van.

—¡Pues claro que puedes! —exclamó la niñera.

—¿Dónde están los demás? —preguntó Van mientras Emma trasteaba por los armarios.

—El señor Grey... salido... reuniones todo el día. Peter sigue arriba... videojuegos... y tu madre está descansando en el estudio.

—Voy a decirle hola.

Van fue de puntillas hasta la puerta del estudio. Su madre estaba estirada en el sofá de seda a rayas. Llevaba el pelo cobrizo recogido en un moño suelto en lo alto de la cabeza. Se había tapado la pierna enyesada con una manta de flecos. Leía una revista de actualidad operística. Aún desde el otro lado de la puerta, Van ya olía su perfume de azucenas.

Tal vez ella también le oliera a él, porque bajó la revista y miró a su alrededor. Al verle, sonrió.

—Vaya, buenos días, dormilón —dijo, y abrió los brazos para abrazarle—. ¿Has dormido bien?

Van cruzó corriendo la habitación y dejó que su madre le envolviera entre sus brazos.

—Pareces cansado —dijo su madre cogiéndole la cara con la mano—. No creo que hayas dormido bien.

—No mucho —dijo Van mirando la manga de la bata de seda color marfil que llevaba puesta su madre en lugar de centrarse en sus ojos.

—Ya sé que estar aquí es raro —dijo su madre bajando la voz— pero es temporal. —Le apretó la mano—. Y aunque estemos en casa de los Grey seguimos siendo tú y yo. Un dúo. Para siempre.

Van asintió, pero tenía un nudo en la garganta que hacía que le costara hablar.

—¿Qué pasa, Giovanni?

—Es que... —Van tragó saliva y notó que el nudo le bajaba hasta el pecho, que aún tenía dolorido de las dos noches anteriores—. Lo siento, mamá. Lo siento mucho. Siento mucho que te hicieras daño. Y siento que tengamos que quedarnos aquí. Y siento que sea por mi culpa.

Su madre le acarició el pelo.

—No pasa nada, *caro mio*. Yo estoy bien y tú estás bien. Eso es lo único que importa de verdad.

Van no discutió, aunque por primera vez en su vida había unas cuantas cosas más que le importaban de verdad.

Un rato después, tras decirle a su madre que iba de visita a casa del señor Falborg, Van salió por la puerta de casa de los Grey a la acera en sombra.

Aquella mañana, había un poco de caos en la ciudad. Solo en el barrio de los Grey, Van notó que había un roble lleno de loros rojos graznando, una montaña de novelas de misterio apiladas en el diminuto patio de una casa y que un despacho de abogados que había en una torrecilla se había convertido en un castillo hinchable. En otra esquina vio un camión de helados que había derrapado contra una boca de riego y había desperdigado la carga por toda la calle. Van bordeó a la multitud de gente sonriente que cogía helados del suelo y dobló la esquina a toda velocidad. Se preguntaba si aquellas cosas tan extrañas serían deseos cumplidos o consecuencia de la magia impredecible de los devorasueños, y si alguien más en la ciudad adivinaría la verdad en cualquier caso.

Aún notaba las piernas cansadísismas de la noche anterior. Corría por las calles en sombra tan rápido como podía en dirección a la alta casa blanca. Al verla, aminoró el paso.

La casa del señor Falborg se alzaba tras sus setos tan limpia y radiante como siempre. Pero cuanto más se acercaba Van, más notaba que algo había cambiado.

Van fue hacia los arbustos y desde allí, medio escondido, comprobó las ventanas. Todas tenían echadas unas gruesas cortinas blancas. Cuando estuvo seguro de que no había nadie observando desde dentro, Van corrió por el camino estrecho por el que, la noche antes, Piedra le había llevado hasta el jardín tapiado.

Sí, algo había cambiado. El jardín transmitía una sensación de silencio y abandono. Habían quitado los bancos y las sillas y las esculturas estaban tapadas con arpillera. Si Van no hubiera estado en el mismo lugar la noche antes, habría supuesto hacía meses que nadie visitaba aquel lugar.

La fuente estaba silenciosa. No solo eso, también vacía. Sus piletas de piedra en forma de concha estaban secas y el estanque de alrededor, vacío y limpio. Los peces koi que merodeaban y los nenúfares también habían desaparecido.

Van se alejó de la silenciosa fuente para dirigirse a la puerta de atrás de la casa.

El señor Falborg había intentado matarle, pero ahora sin duda se había ido, llevándose con él a Piedra y la verdad sobre sus planes. A Van no le daba miedo la casa vacía… ¿verdad que no? Además, si había alguna pistilla olvidada sobre adónde habían ido y qué iban a hacer después, Van tenía que encontrarla.

El pomo giró con facilidad en su mano y Van empujó la puerta. Se quedó en el umbral de la cocina, que estaba vacía. No solo vacía de gente, sino de todo. Habían desaparecido todos los muebles, objetos de decoración, tazas, platos y saleros.

Como en un sueño, Van cruzó la cocina y salió al pasillo. Las máscaras, los jarrones, las postales antiguas enmarcadas… todo había desaparecido. Fue hacia el salón de delante: vacío. Ni un libro en las estanterías, ninguna silueta de papel recortada en las paredes. Pasó bajo el arco y encendió las luces. Las cajas llenas de pisapapeles se habían evaporado.

Van se dio la vuelta. Ahora se movía a toda velocidad. Deshizo camino por el pasillo, subió las escaleras, pasó junto a las paredes, esquinas y rincones desnudos que deberían haber estado llenos de tesoros. Cuando irrumpió en la sala de las cortinas rojas, a punto estuvo de salir de un brinco.

Entre las puertas de la habitación escondida había un hombre de abrigo largo y negro.

Al oír los pasos de Van, el hombre se volvió. Del bolsillo delantero del abrigo asomaban las caras de dos ratas negras. Por encima de un cuello alto, Van vio los pómulos altos y duros de Clavo, su nariz afilada y su pelo enmarañado.

Al igual que el señor Falborg la noche anterior, Clavo no parecía sorprendido de verle. Sin embargo, a diferencia del señor Falborg, Clavo no parecía aliviado. Tenía una expresión dura, fría y tranquila, pero Van notaba también un toque de tristeza en ella.

Clavo ladeó la cabeza hacia la habitación escondida.

—Se han ido.

—Se ha llevado a Piedra —soltó Van al mismo tiempo—. Deseó que ella se fuera con él.

Clavo asintió.

—Estábamos vigilando.

—¿Sabes adónde han ido?

Clavo sacudió la cabeza.

—Podría ser a cualquier parte. Ivor Falborg es un hombre de muchos recursos, tanto ordinarios como extraordinarios.

—Tenemos que encontrarla —dijo Van, y entró en la habitación. El vacío que le rodeaba hacía que el espacio pareciera más grande y frío que antes—. ¡Tenemos que recuperarla!

La expresión marcada de Clavo era impenetrable. Pasó un rato antes de que respondiera.

—Podemos intentarlo —dijo finalmente.

—¿Intentarlo? —repitió Van, exasperado—. Si tus criaturas y tú os pasáis el día vigilando, si tanto sabéis, entonces ¿cómo puede ser que no hayáis evitado que pasase esto, para empezar? ¿Por qué no le detuvisteis?

—Ya sabes lo que tenía —respondió Clavo con voz firme—. Lo que era. Imagina el daño que podrían haber causado cientos de esas criaturas si Falborg hubiera sentido la necesidad de utilizarlas contra nosotros.

Van se acercó a Clavo. Tras él vio, dentro de la habitación escondida, las filas de estanterías completamente vacías.

—Los devorasueños... —dijo lentamente—. ¿Se los ha llevado todos? Los pequeños y...

—¿Y los que liberaste tú? —preguntó Clavo con voz aún más firme—. A algunos los volvimos a atrapar nosotros y los hemos devuelto al Retén. Unos cuantos sí que se han ido con Igor Falborg. Y otros creemos que andan sueltos. A estas alturas podrían estar casi en cualquier parte.

Van tragó saliva. Así que Lemmy no estaría solo ahí fuera, en el gran mundo abierto. No estaba seguro de si eso le reconfortaba o le asustaba.

—Navaja dijo que todos los devorasueños se vuelven peligrosos e impredecibles si crecen demasiado, pero... ¿y si a algunos de ellos no les pasara eso?

Clavo frunció el ceño y ladeó la cabeza inquisitivamente.

—O sea... —continuó Van—, ¿y si algunos de ellos fueran buenos?

Clavo esbozó una sonrisa diminuta, aunque sus ojos no sonreían en absoluto.

—No es cuestión de buenos o malos, ni de bondad o maldad. Ni siquiera es cuestión de intención. Puedes tener la intención de hacer el bien y aun así hacer cosas horribles.

Van dio un paso atrás. La noche anterior, Piedra le había dicho casi lo mismo al señor Falborg y ahora Clavo se lo decía a él. Van había usado los deseos con la mejor de las intenciones y, ¿adonde le había llevado? A su madre la había atropellado un coche, se había roto una pierna y había perdido un trabajo. Y ella y él estaban metidos en la última casa de la ciudad en la que Van habría deseado estar.

—Cuando se le da a alguien, quien sea, tanto poder —continuó Clavo—, poder suficiente para controlar a todo el que le rodea, se corre un riesgo tremendo.

Las siguientes palabras se le escaparon a Van antes de que las sopesara.

—¿Pero no es exactamente eso lo que hacéis los coleccionistas cuando atrapáis todos esos deseos y devorasueños? ¿Controlar a todo el que os rodea?

Clavo se enderezó, levantó las cejas y suavizó la expresión de la boca.

—Eres un chico listo, Van Markson. —Eso fue todo lo que dijo. Por un momento, la habitación se quedó en silencio—. Ven. Tendríamos que irnos antes de que alguien se percate de nuestra presencia.

Volvieron por el pasillo y bajaron las escaleras, ambos en silencio. Acababan de entrar en el pasillo inferior cuando una mancha plateada y peluda les pasó dando brincos.

—He comprobado el cuarto piso —informó Barnavelt, que derrapó y se detuvo justo delante de las botas de Clavo—. A lo mejor debería volver a comprobar el tercer piso, solo para asegurarnos.

—Ya has comprobado el tercer piso cuatro veces —apuntó Clavo.

—¿Estás seguro? —preguntó la ardilla parpadeando. ¿Todo entero?

—Todo entero. Cuatro veces.

—Quizás debería comprobar el cuarto piso.

—Lo acabas de hacer.

—¿Todo ente…?

—Todo entero, sí —dijo Clavo—. Cuatro veces.

La ardilla sacudió la cola.

—¿Qué hay del sótano?

Clavo suspiró.

—Barnavelt, Piedra se ha ido.

—¿Se ha ido? —La ardilla repitió las palabras como si no las hubiera oído nunca antes—. ¿Que se ha ido?

—Sí —dijo Clavo con voz muy amable—. Se ha ido.

Se oyó un golpe y Barnavelt los miró a los dos temblando como una hoja.

—Tal vez debería comprobar el tercer piso.

—Deberías subirte a mi hombro y venir a casa conmigo —dijo Clavo—. Miraremos de encontrarla y traerla de vuelta. Si podemos.

Barnavelt trepó por la tela del abrigo de Clavo más lentamente de lo que Van le había visto hacer nada nunca. Se sentó en el hombro y se quedó allí, sin mover siquiera la cola.

Los tres se escabulleron de la casa vacía y salieron por la puerta de atrás al jardín en silencio, bañado por el sol.

—¿Estará bien? —preguntó Van señalando con la cabeza hacia Barnavelt.

—Le cuidaremos —prometió Clavo.

—Y si vuelve Piedra… ¿me avisaréis?

—Sí —respondió Clavo con una sonrisita—. Estaremos cerca. Siempre lo estamos.

Le tendió la mano y Van se la estrechó.

—Cuídate, Van Markson.

Clavo dio media vuelta y se fue con el abrigo ondeando al viento.

—Adiós, SuperVan —le pareció oír decir a Barnavelt, pero cuando miró hacia ellos, Clavo y Barnavelt se habían esfumado.

Van se quedó allí, deambulando alrededor del estanque vacío. Las piedras que había al fondo eran grises y estaban llenas de polvo. Sobre ellas vio brillar ligeramente un par de monedas. Se agachó y cogió una moneda de cinco centavos. La hizo girar entre los dedos, preguntándose si habría portado algún deseo del señor Falborg. Quizás aquella la hubiera tirado para transportar su colección de serpientes disecadas, o para trasladar el estanque lleno de kois gigantes. ¿Pero trasladarlo adónde?

Van soltó un suspiro largo y cansado y se metió la moneda en el bolsillo. Al darse la vuelta, justo detrás de él había una gata gris de aspecto suave.

—¿Renata? —susurró Van.

La gata entornó los ojos, miró a lado y lado y, con voz grave, dijo:

—Llámame Chuck.

Van parpadeó.

—Pero yo creía que te llamabas...

—¿Renata? Jah —rebufó la gata—. Solo para don Esnob. Mi madre me puso Charlene pero todos me llaman Chuck.

—Ah —dijo Van—. Mi madre...

—Tu madre te puso Giovanni pero todos te llaman Van. Lo sé. —La gata volvió a entornar los ojos—. Presto atención. Ya sabes, la mayor parte del tiempo los gatos fingimos dormir.

—Así pues, ¿eres...? —Van miró alrededor para asegurarse de que no les podía oír nadie y bajó la voz hasta un susurro—. ¿Eres una espía de los coleccionistas?

—Trabajo por mi cuenta —respondió la gata, levantando la barbilla—. Voy donde quiero, hablo cuando quiero... y si quiero.

—¿Por eso no te ha llevado con él el señor Falborg?

—Uy, no quería dejarme, pero a un gato no se le puede obligar a hacer una cosa que no quiere. Desde luego no pidiendo deseos. —La gata echó una miradita perezosa alrededor—. De todos modos, la vida aquí se estaba estancando. Ahora pasaré unas cuantas semanas de aventura en las calles, tal vez vuelva a mi antiguo trabajo cazando ratones en una cafetería del centro. Y después... quizás vuelva a mudarme con él cuando regrese. —Agitó una oreja—. Don Esnob siempre aparece con un atún de primera.

A Van se le encendió una chispa.

—¿O sea que va a volver?

—Siempre vuelve —respondió la gata, y se lamió la pata con pereza—. Tiene casas en todas partes: en el campo, en la ciudad, en Italia, en Rusia, en Japón... Pero al final siempre acaba volviendo aquí.

—¿Sabes adónde ha ido?

La gata se calló un momento, Van no sabía si porque no quería decírselo o porque no quería admitir que no lo sabía.

—Esta vez no. Pero yo de ti me olvidaría de todo esto. Falborg es un tipo peligroso. Siempre sabe exactamente lo que quiere y no dejará que nadie se interponga en su camino. Por otro lado, tampoco me gustaría subirme al mal carro de esos coleccionistas. —Volvió a callarse y miró a Van—. ¿Conoces esa expresión de estar entre la espada y la pared? Pues bien, lo que está entre ellas eres tú.

—Pero yo creía que como el señor Falborg se había ido…

—Uy, esto no ha acabado —dijo la gata—. Todos saben de ti. Saben las cosas que puedes oír, ver y hacer. Esto no ha hecho más que empezar. —La gata dio media vuelta moviendo la cola plateada. Van asintió ligeramente, detrás de ella—. Hasta la vista. Guárdate las espaldas.

Y se metió entre los arbustos y desapareció en un abrir y cerrar de ojos.

Guárdate las espaldas.

Van miró por encima del hombro. Durante una milésima de segundo le pareció ver moverse algo enorme y humeante que acechaba entre las hojas de un gran arce pero después la brisa agitó las hojas y lo que fuera desapareció.

Van siguió el camino flanqueado por setos. Al principio estaba demasiado ocupado con todo lo que acababa de pasar como para prestar atención al suelo que pisaba, pero cuando finalmente miró hacia abajo y, por costumbre, empezó a examinar la grava en busca de algún tesoro perdido, se dio cuenta de algo raro.

Allí, medio escondida entre las hojas verdes y brillantes del seto, había una canica. Estaba hecha de un cristal azul reluciente y en su interior brillaba una espiral dorada. Era la canica que le había dado a Piedra. Y alrededor de la canica había dispuestas otras cosas pequeñas: tres centavos cubiertos de verdín, una vela de cumpleaños a medio quemar y el extremo de un hueso de los deseos roto.

Era una señal, una señal para él. Piedra sabía que Van, y quizás solo él, la vería.

Pero Van no estaba seguro de qué significaba. Le había regalado a Piedra la canica y desde entonces ella la había llevado siempre en el bolsillo. Los demás objetos parecían representar tipos de deseos. ¿Aquel mensaje, ¿tenía que ver con recolectar deseos? ¿Era solo su manera de despedirse? ¿O era señal de que Piedra sabía que él iría a buscarla? ¿De que quería que continuara buscándola?

Con cuidado, Van recogió la canica, las monedas, la vela y el hueso roto y se lo metió todo en el bolsillo. Eran cosas diminutas y el mundo era tan grande…

Lo bastante grande como para albergar criaturas que comían deseos; un ejército subterráneo de personas que llevaban abrigos largos y oscuros; arañas, cuervos, gatos parlantes y ardillas plateadas distraídas. Y en algún lugar de aquel mundo enorme había un hombre alto de pelo gris vestido con un traje blanco y una niña de ojos de color centavo cubierto de verdín.

Pero las cosas pequeñas también podían ser poderosas y Van lo sabía. Acarició una vez más aquellos pequeños objetos que llevaba en el bolsillo. Después emprendió el camino de vuelta a casa de los Grey y aguzó la vista: había tesoros en todas partes, solo era necesario saber cómo mirar.

AGRADECIMIENTOS

Debo expresar mi agradecimiento a muchas personas que han hecho realidad mis sueños literarios.

Van y su historia no existirían sin la ayuda de varios alumnos sordos y con discapacidad auditiva, así como de sus profesoras: Shanna Swenson de River Falls y los alumnos Austyn, Noah, Brian y Kennedy; Amanda Kline de la Academia estatal para sordos de Minnesota y los alumnos Dalina, Gifty, Dexter, Amber V. y Amber H.; Angela Dahlen de Red Wing y Cannon Falls y a los alumnos Ella, Cara, Nikki y Maddie. Muchas gracias a todos por dejarme estar con vosotros y bombardearos a preguntas. Espero haber reflejado al menos un poquito de vuestra genialidad en este libro.

Gracias a la mágica Marta Mihalick, por su entusiasmo, honestidad y fe en esta historia y por presionarme cuando era necesario. Y a Laaren Brown, Lois Adams, Virginia Duncan, Paul Zakris, Ann Dye, Meaghan Finnerty, Gina Rizzo y a todo el mundo de Greenwillow: gracias por hacernos sentir como en casa a mí y a los devorasueños.

Gracias a Danielle Chiotti y a todo el mundo en Upstart Crow: me siento muy afortunada de contar con vosotros. Danielle, gracias por tu trabajo (¡incesante!), tu perspicacia y tu guía. Cuando el camino se vuelve duro y oscuro, sé que tú tienes una linterna.

Aunque no vieron el progreso del libro, mi grupo de discusión —Anne Greenwood Brown, Li Boyd, Connie Kingrey-Anderson, Lauren Peck y Heather Anastasiu— me ha hecho una humana más feliz, una lectora más inteligente y una escritora mejor. Abrazo enormes y *cupcakes* para todos.

Gracias a Adam Gidwitz, por la historia de GI Joe.

A Stephanie Watson, por acoger mi primera lectura pública ante extraños del primer capítulo de este libro.

A todos los profesores de música y cantantes de ópera con los que he tenido la suerte de estudiar a lo largo de los años.

A mi familia. Gracias a mamá y papá, por todo, literalmente (¡sobre todo por hacer de canguros!); a Dan, Katy y Alex y a todos los abuelos, tíos, primos y cuñados que me hacen sentir tan apoyada y que hacen que las reuniones familiares sean un jolgorio. Os quiero a todos.

Y por último, y sobre todo, gracias a Ryan y Beren. Estoy deseando vivir más aventuras con vosotros dos.

JACQUELINE WEST

Es la autora de la aclamada serie Otro lugar. Sus relatos y poemas han aparecido en numerosas publicaciones. Es cantante y actriz de formación, y todavía sigue actuando en teatros locales. Vive con su familia en Red Wing.

www.jacquelinewest.com